Poesia em tempos difíceis

Bertolt Brecht

título original *Aus dem Lesebuch für Städtebewohner, Svendborger Gedichte, Steffinsche Sammlung, Hollywoodelegien, Gedichte im Exil* e *Buckower Elegien*

edição Jorge Sallum
coedição Paulo Henrique Pompermaier
assistente editorial Julia Murachovsky
revisão Tercio Redondo
capa Lucas Kröeff

ISBN 978-85-7715-946-8

Dados Internacionais de Catalogação na Publicação (CIP)
(Câmara Brasileira do Livro: SP, Brasil)

Brecht, Bertolt, 1898–1956

Poesia em tempos difíceis. Bertolt Brecht; Tercio Redondo (organização, tradução, apresentação e notas). 1ª ed. São Paulo, SP: Editora Hedra, 2025.

ISBN 978-85-7715-946-8

1. Poesia alemã I. Redondo, Tercio. II. Título.

25-222843 CDD: 831

Elaborado por Eliane de Freitas Leite (CRB-8/ 8415)

Índices para catálogo sistemático:
1. Poesia : Literatura alemã (831)

Grafia atualizada segundo o Acordo Ortográfico da Língua Portuguesa de 1990, em vigor no Brasil desde 2009.

EDITORA HEDRA LTDA.
R. Sete de Abril, 235, cj. 102
01043-904 São Paulo SP Brasil
Telefone/Fax +55 11 3097 8304
editora@hedra.com.br

www.hedra.com.br

Poesia em tempos difíceis

Bertolt Brecht

Tercio Redondo (*organização, tradução, textos de apresentação e notas*)

1ª edição

hedra

São Paulo 2025

Bertolt Brecht, além de grande dramaturgo, encenador e teórico do teatro, foi poeta de enorme talento e produziu a lírica política alemã mais consequente de todo o século XX. Consciente da tarefa que cabia à literatura na luta antifascista, sua obra teve endereço certo, especialmente nos anos de exílio (1933–1947). De um lado, era uma poesia destinada às trabalhadoras e trabalhadores alemães submetidos às rédeas do Estado totalitário e, de outro, a artistas e intelectuais igualmente exilados, um grupo frequentemente despreparado política e esteticamente para o enfrentamento daquela quadra histórica.

Poesia em tempos difíceis comporta seis coletâneas de poemas de Brecht, organizadas desde o fim dos anos 1920 até as vésperas de sua morte, em 1956. Trata-se de uma poesia às voltas com os estertores da República de Weimar, a ascensão do fascismo, o exílio, a guerra e, encerrado o conflito mundial, com uma Alemanha que se partira em duas. É poesia de crise e urgência, como a que nos cobra nossa própria época.

Tercio Redondo é professor de literatura alemã na Universidade de São Paulo. Sua pesquisa dirige-se sobretudo à literatura da primeira metade do século XX alemão, com destaque para a prosa e a lírica brechtianas. Traduziu, entre outros, *As afinidades eletivas*, de Goethe, *Escorpião e Félix*, de Marx, *Woyzeck*, de Büchner, *A cruzada das crianças* e *Conversas de refugiados*, ambos de Brecht. Desenvolve trabalhos de parceria com grupos de teatro da cidade de São Paulo e é colaborador dos sites *A Terra é redonda* e *Outras palavras*.

Sumário

A Claudia Abeling

Apresentação

TERCIO REDONDO

A obra lírica de Brecht é volumosa. Composta ininterruptamente ao longo de quatro décadas e meia, ela abarca mais de dois mil poemas, um feito extraordinário, considerando-se que o teatro sempre ocupou uma posição central em seu trabalho. Mas é preciso também lembrar que suas peças estão coalhadas de canções, escritas por ele e musicadas por diversos compositores, além de as personagens de seu teatro se expressarem constantemente num registro lírico, por vezes na forma da citação.

De Brecht não se pode dizer que tenha sido um escritor de vanguarda, e ele nunca se filiou a um movimento ou corrente literária. No plano da poesia, trilhou um caminho próprio, que se caracterizou, entre outras coisas, por pinçar da tradição coisas que já se tinham por obsoletas, mas que lhe pareciam úteis a seu próprio trabalho. Tal como no teatro, na lírica a intenção foi desde cedo política e, a partir do final dos anos 1920, ela traduziu cada vez mais uma percepção da vida como experiência que se processa no campo da luta de classes.

É preciso, todavia, lembrar que em seu caso a política não se confunde com dogmatismo nem com uma atitude panfletária. Sua arte é política na medida em que relaciona o assunto tratado ao movimento histórico, às contradições sociais de que se constitui a vida. A essa poesia, portanto, não interessa simplesmente apresentar uma determinada visão de mundo. O que ela insistentemente procura fazer é criar obstáculos a uma interpretação fechada ou unívoca de seus fenômenos. Em *Do guia para os habitantes das cidades*, a coletânea que abre este livro, Brecht faz duplicar ou triplicar as vozes que se manifestam num mesmo poema, de modo que, às vezes, pela inesperada intervenção de uma nova instância enunciativa, a leitura subitamente se desestabiliza: uma informação que se lhe adiciona obriga à reconsideração de tudo o que vinha sendo lido. A leitora e o leitor são confrontados não com um determinado ponto de vista, mas com um procedimento que é fundamentalmente investigativo e do qual são convidados a participar, vale dizer, a formular suas próprias questões, o que, no fim das contas, implica o esforço de aprender a formulá-las.

Um dos traços mais salientes da lírica brechtiana é a tendência à narração. O movimento é análogo ao que se verifica em seu teatro, avesso aos limites impostos pelo diálogo *intersubjetivo* como condutor preferencial, ou mesmo exclusivo, da ação dramática. Isto porque esse diálogo, herdeiro de uma tradição que remonta à Renascença, deriva de um conflito que opõe personagens pertencentes a uma mesma classe social. No caso da França absolutista, a nobreza cortesã, na Alemanha do século XIX, a burguesia emergente. Com o ingresso num período de acelerada industrialização, sobretudo a partir da unificação nacional em 1871, o que surgiu na Alemanha, de maneira súbita e para muitos surpreendente, foi um operariado urbano crescente, capaz de se organizar cultural e politicamente, em cujo horizonte estava a disputa pelo poder. O teatro burguês, preparado para encenar antagonismos *intraclasse*, não encontrou meios de encenar o conflito social, *interclasses*, em que se opunham a burguesia e a massa dos trabalhadores. Nos anos 1920, Brecht e Erwin Piscator começaram a solucionar o impasse, ao adotar em sua prática teatral uma série de elementos épicos, ou narrativos, necessários para representar situações que não mais se restringiam à esfera da vida privada.

Na época, a poesia alemã era caudatária de uma também longa tradição, legada sobretudo pelos românticos, que procurava limitar o campo da lírica à expressão subjetiva de um *eu*. Brecht não foi o primeiro escritor alemão a buscar maneiras de expandir as fronteiras do gênero, mas em seu tempo foi certamente o mais radical na exploração de alternativas. Nessa empreitada, revelou-se crucial a sua vasta cultura literária, que incluía a obra de autores já esquecidos como Rudyard Kipling e o errante François Villon. Brecht conhecia Shakespeare a fundo, e a linguagem da Bíblia de Lutero era-lhe absolutamente familiar. Na maturidade, aproximou-se da literatura chinesa, em que percebia efeitos de distanciamento que ele diligentemente perseguia para evitar a recepção empática e acrítica do público com o que se encenava no palco e para, igualmente, impedir a leitura passiva e irrefletida de um poema. As formas poéticas narrativas aprendidas dessa outra tradição transformaram-se em poderoso instrumento na superação das restrições a que se submetia o *mainstream* da lírica alemã de então. Abria-se para a poesia a possibilidade de se ocupar de questões pouco "elevadas" ou pouco "dignas" do gênero, tais como a política e a economia. De acordo com Hans Mayer, um de seus leitores mais argutos, ao adotar essa perspectiva, Brecht reproduzia em primeira linha um relato das coisas que ele observava ao seu redor (imediato ou não). Não surpreende, portanto, que ele se tenha voltado com grande interesse para a balada, a lenda e a crônica, das quais há diversos exemplos nos *Poemas de Svendborg* e na *Coleção Steffiniana*, presentes neste volume.

Do mesmo modo, contrariando as expectativas hegemônicas em relação à poesia, Brecht cobrava dela uma finalidade prática. Para ele, um poema deveria ser apreciado levando-se em conta seu *valor de uso*, tal qual a ferramenta nas mãos de um trabalhador. É de 1943 "O equipamento de pesca" [Das Fischgerät], que aborda a ressignificação de um determinado objeto a partir dessa visada:

> Na parede caiada de meu quarto há
> Um pequeno bastão de bambu envolto por um cordão
> A que se prende um gancho de ferro usado
> Para içar da água as redes de pesca.
> Foi comprado numa lojinha de tralhas no centro da cidade, um
> [presente

De meu filho no dia de meu aniversário. Está gasto.
Na água salgada o cordão impregnou-se da ferrugem do
[gancho.
As marcas de uso e trabalho
Conferem-lhe grande dignidade. Gosto
De pensar que essa ferramenta
Me foi legada por aqueles pescadores japoneses
Retirados da costa oeste e transferidos para campos de
[concentração
Como estrangeiros suspeitos
E deixada comigo
Para eu me lembrar de algumas
Não solucionadas, mas não insolúveis
Questões da humanidade.

Tratava-se, para Brecht, de poesia que se oferecia também como um conjunto de instruções, não necessariamente aquelas que se tomam como regra ou ordenamento acabado, mas como estímulos e sugestões que, corretamente avaliados, poderiam auxiliar na orientação ou reorientação dos habitantes de um planeta conflagrado. Seu ponto de partida, como indica o poema, é a experiência acumulada no trabalho realizado por uma miríade de indivíduos, sendo que essa experiência, passível de transmissão, acaba por se integrar à lida de seus herdeiros (os interessados em dela se apropriar), formando-se assim um amplo coletivo, de caráter dinâmico e transgeracional.

Iniciado o exílio, Brecht passou a utilizar cada vez mais o verso livre, que ele percebia estar mais ajustado às imposições da época e que predomina na poesia das coletâneas aqui reunidas. Não obstante, volta e meia os poemas readquirem, ainda que parcialmente, certa regularidade métrica, e retorna o emprego da rima.

Brecht foi useiro e vezeiro no emprego do encavalgamento do verso, procedimento que em seu caso perturba de modo quase irritante o andamento da leitura. O empecilho corresponde em certa medida à técnica de *distanciamento* ou *estranhamento* que ele buscou com afinco no teatro. Aqui como lá, o intuito é mais uma vez impedir a recepção passiva do que se mostra e se diz.

Nas coleções reunidas neste livro, em particular nos poemas em verso livre, essa opção é a regra. Todavia, o esforço demandado pela leitura pouco confortável acaba por ser recompensado: mais lento, o trânsito pelo verso pedregoso permite um exame mais atento e acurado do que se depara no caminho.

SOBRE A TRADUÇÃO E ORGANIZAÇÃO DESTE VOLUME

Este livro não é uma antologia. Ele contempla a tradução de seis coletâneas de poemas de Brecht. Para o público leitor brasileiro, surge a oportunidade de fazer sua leitura num contexto em que afloram as relações fundamentais que esses poemas guardam uns com os outros, podendo-se também apreciar o modo, sempre muito bem cuidado, com que o escritor pensa e organiza cada coleção. Faça-se, não obstante, a ressalva de que sua edição, muitas vezes póstuma, é fruto também da colaboração de diversos pesquisadores e editores alemães, que buscaram elaborar uma versão o mais próxima possível daquilo que teria sido a ideia original do autor.

Todos os poemas foram traduzidos a partir da edição alemã *Grosse kommentierte Berliner und Frankfurter Ausgabe*, publicada pela Suhrkamp, em 30 volumes, de 1988 a 2000. Nos comentários e notas, ela é referida simplesmente como "edição alemã". Os dados relativos à datação dos poemas foram colhidos também dessa edição, tendo sido complementados por alguns outros tirados de *The collected poems of Bertolt Brecht*, edição inglesa de David Constantine e Tom Kuhn, publicada em 2019 pela editora Liveright.

Alguns dos poemas vêm acompanhados de notas, num trabalho que se procurou restringir a informações minimamente necessárias, sobretudo nos casos em que dados históricos, personalidades e referências literárias possam não ser facilmente reconhecíveis.

As coletâneas são precedidas por breves textos introdutórios, que fornecem indicações sumárias sobre as circunstâncias em que os poemas foram escritos e aportam comentários igualmente sintéticos acerca da maneira como elas foram organizadas pelo autor e/ou seus editores.

Brecht tinha por hábito suprimir a vírgula no fim dos versos, sem prescindir, no entanto, do ponto final. Na medida do possível, o procedimento foi mantido na tradução.

Alguns dos poemas carecem de título em sua versão original. Nesses casos, o primeiro verso, ou sua porção inicial, vem grafado em versalete, conforme o esquema adotado pelos editores alemães.

Para evitar o acúmulo de notas explicativas, observe-se desde já que, ao se referir a Hitler, Brecht emprega em diversos poemas o termo *Anstreicher*, "pintor de paredes". O epíteto parodia o fato de, na juventude, o ditador ter buscado, sem sucesso, uma carreira como pintor artístico (*Maler*, em alemão).

Parte dos poemas aqui traduzidos foi publicada anteriormente em diferentes formatos. *Do guia para os habitantes das cidades* foi lançado em 2017 pela Fundação Rosa Luxemburgo, num livro em formato de bolso, numa edição não comercial, limitada a 500 exemplares. Seus dez primeiros poemas haviam sido publicados anteriormente no quarto número da revista *Cacto*, da Unimarco, em 2004. Em 2010, no segundo número do jornal *Traulito*, publicação da Cia. do Latão, apareceram as *Elegias de Hollywood*, além de seis dos *Poemas de Svendborg* e um da coletânea *Poemas no Exílio*. O livro *Ensaios sobre Brecht*, de Walter Benjamin, traduzido por Claudia Abeling e publicado pela Boitempo, em 2017, traz também traduções minhas de seis dos *Poemas de Svendborg*. Da coletânea *Elegias de Buckow*, sete poemas constam de um artigo que publiquei na revista *Pandaemonium Germanicum*, periódico da área de Alemão do Departamento de Letras Modernas da Universidade de São Paulo, em seu número de setembro/dezembro de 2021. Como não poderia deixar de ser, o texto das primeiras publicações foi revisado para esta edição, constatando-se num ou noutro poema a ocorrência de ligeiras modificações.

SOBRE O AUTOR

Bertolt Brecht nasceu em 1898, na pequena cidade de Augsburgo, no seio de uma família relativamente abastada. Começou a escrever poesia e compor canções bem cedo, no início da adolescência. Em 1914, deixou-se levar pelo entusiasmo da burguesia com a guerra iniciada em fins de julho. O encanto, porém, não resistiu por muito tempo às notícias que chegavam do *front*. No fim do outono de 1916, jovem colegial, Brecht escandalizou seus professores ao entregar um trabalho de redação em que ironizava o ideal nacionalista de morrer pela pátria. O gesto quase lhe custou a expulsão da escola. Em 1917, matriculou-se no curso de medicina da Universidade de Munique e, escapando à carnificina dos campos de batalha, serviu como auxiliar de enfermagem num hospital de retaguarda. Quando, em novembro de 1918, a revolução pôs termo à guerra, Brecht juntou-se ao comitê revolucionário de sua cidade natal. Foi breve esse período, encerrado por violenta intervenção militar e paramilitar.

Pouco depois, deixou o curso de medicina e começou a escrever seus primeiros trabalhos para o teatro. Não demorou a ser notado: em 1922, recebeu o prestigioso Prêmio Kleist pelas peças *Baal*, *Tambores na noite* e *Na selva das cidades*. Dois anos depois, mudou-se para Berlim. Na cidade, abriu-se para Brecht uma época de intensa criatividade e experimentação que só seria interrompida nove anos depois, com a tomada do poder pelos nazistas. São desse período as peças *Ascensão e queda da Cidade de Mahagonny*, *A ópera dos três vinténs*, *A mãe* e os *Lehrstücke* (peças didáticas), além de inúmeros poemas e textos não ficcionais. Em 1927 publicou o *Breviário doméstico*, seu primeiro livro de poesia. Ao mesmo tempo, desenvolvia um intenso trabalho de colaboração com alguns dos principais nomes da vanguarda musical alemã, responsáveis pela partitura de suas peças e de vários de seus poemas. Em 1926, começou a ler a obra de Marx e Lênin, que daí em diante seria decisiva para os rumos de sua obra.

Em 28 de fevereiro de 1933, no dia seguinte ao incêndio do Reichstag, Brecht fugiu da Alemanha acompanhado da mulher, a atriz Helene Weigel, e de Stefan, o filho mais velho. Barbara, a filha mais nova, foi depois levada por terceiros até Viena, onde a família se instalara provisoriamente. Em junho, fixou residência na Dinamarca. Seis anos depois, a guerra forçou-o novamente a mudar de endereço. Dirigiu-se primeiramente à Suécia, e, um ano depois, à Finlândia.

A despeito da penúria financeira e da insegurança política, dada a condição de exilado e apátrida, os anos vividos na Escandinávia foram de formidável produção literária. Num tumultuado intervalo de oito anos, Brecht escreveu o *Romance dos três vinténs* e, entre outras, as peças *Terror e Miséria do Terceiro Reich*, *Os Fuzis da senhora Carrar* e *Mãe Coragem*, além de uma primeira versão d' *A vida de Galileu* e d' *O senhor Puntila e seu criado Matti*. A fatura lírica não foi menos profícua, valendo destacar os *Poemas de Svendborg*, coletânea de poesia política ímpar na literatura alemã do século XX. De 1936 a 1939, foi coeditor do periódico literário antifascista *Das Wort*, sediado em Moscou. Nessa época, a trabalho, viajou para Nova York, Londres, Moscou e Paris.

Em maio de 1941, depois de longa espera, obteve um visto de entrada nos Estados Unidos. De Helsinque, seguiu para Moscou e daí para Vladivostok, onde embarcou com a família num navio que os levou à Califórnia. Embora livre da perseguição direta pelos nazistas, foram muitas as adversidades econômicas e políticas que se apresentaram no exílio norte-americano. Brecht foi permanentemente vigiado pelos órgãos de inteligência do país, onde não privava do direito à livre circulação, e a expectativa de um trabalho como roteirista de filmes em Hollywood rapidamente se frustrou: seus textos simplesmente não correspondiam à demanda da indústria cinematográfica. Essa experiência foi tratada de maneira exemplar nas *Elegias de Hollywood*, um pequeno conjunto de poemas em que reponta a crítica ao caráter mercantil e politicamente alienante daquela "fábrica de sonhos". Em Nova York, do mesmo modo, a Broadway não lhe abriu as portas. Apesar de tudo, além dos vários roteiros recusados, Brecht escreveu, entre outras, as peças *A resistível ascensão de Arturo Ui*, *As visões de Simone Machard* e *O círculo de giz caucasiano*, além de finalizar o texto d' *A boa alma de Setsuan*, iniciado na Dinamarca, e manter o ritmo quase diário de escrever poemas. Preocupado com o destino da Alemanha após a guerra, juntou-se em 1943 a um grupo de exilados liderados pelo político socialista Paul Hertz e pelo teólogo Paul Tillich para formar o Comitê por uma Alemanha Livre.

Encerrada a guerra, eram precárias as condições que se ofereciam para o retorno dos escritores alemães que haviam emigrado. Brecht permaneceu nos Estados Unidos por mais dois anos, até que, em outubro de 1947, foi convocado a depor em Washington perante o Comitê do Congresso sobre Atividades Antiamericanas. A época caracterizou-se pela histeria anticomunista da direita estadunidense, e ao comitê interessava desvendar a atuação de "agentes de esquerda" no país. Seus membros visavam com especial atenção os roteiristas, diretores e atores de Hollywood. Brecht saiu-se bem na ocasião, de modo que não foi imediatamente indiciado, mas, gato escaldado, no dia seguinte tomou um avião para Paris.

Na Europa, entretanto, viu-se impedido de voltar imediatamente à Alemanha. Eram escassas as possibilidades de trabalho, e Brecht, cuja cidadania fora cassada pelos nazistas, permanecia apátrida. Teve de aguardar por três anos até obter em 1950 uma nova cidadania, concedida pela Áustria. Em 1949, sob a promessa de condições materiais mínimas para a realização de seu trabalho, em acordo que incluía a concessão de um teatro bem equipado, Brecht aceitou um convite do governo da Alemanha Oriental para se estabelecer em Berlim. Não obstante, o teatro foi-lhe entregue apenas à custa de muitas cobranças, num moroso e desgastante processo, cujo desfecho favorável se deveu em grande medida ao empenho de Helene Weigel.

Iniciava-se então a Guerra Fria, restando a Alemanha Oriental política e culturalmente subordinada aos interesses de Moscou. Dos escritores, cobrava-se fidelidade ao chamado realismo socialista, e no teatro a escola de Stanislaviski tornava-se hegemônica, para não dizer mandatória. Desse modo, Brecht teve de enfrentar inúmeros obstáculos a fim de preservar a independência artística. Fosse como fosse, ele tinha agora à disposição um teatro que contava com cerca de 60 atores e estabilidade financeira suficiente para bancar longos períodos de ensaio. Com a encenação em Paris de *Mãe coragem*, em 1954, e d' *O círculo de giz caucasiano*, em 1955, veio a consagração internacional.

Antes disso, em mais um episódio de grande frustração para o escritor, trabalhadores insatisfeitos com as condições de vida e trabalho na Alemanha Oriental iniciaram, em junho de 1953, gigantescos protestos em Berlim e noutras cidades. Brecht enviou uma carta ao governo em que reafirmava seu apoio ao Estado socialista, mas também pedia a abertura de negociações com a massa rebelada. As autoridades governamentais, em desesperada busca de legitimidade, publicaram a parte inicial da missiva, excluindo, porém, o trecho em que o escritor cobrava o diálogo. A repressão aos protestos foi brutal, com o auxílio de tropas do exército soviético. Sob o impacto desses acontecimentos, Brecht concebeu as *Elegias de Buckow*, sua última coletânea de poesia.

Além das peças e dos diversos textos que escreveu sobre teatro, dos roteiros cinematográficos, da poesia e da prosa ficcional, o escritor e militante comunista produziu uma infinidade de anotações e artigos sobre lírica, música, cinema, rádio e diversos outros assuntos, além de textos de intervenção política e uma vasta correspondência com personagens, as mais diversas, nos quatro cantos do mundo.

Brecht faleceu em 14 de agosto de 1956, em Berlim, aos 58 anos de idade.

AGRADECIMENTOS

A Claudia Abeling, a quem dedico este trabalho, pensando em nosso cotidiano, às voltas com o ofício de traduzir; a Jorge Sallum, pelo carinho e entusiasmo com que acolheu este projeto e pelo apuro com que o executou junto à sua equipe, lembrando especialmente a gentileza e o empenho de Suzana Salama, Paulo Pompermaier e Julia Murachovsky; a Tom Kuhn, pela generosa acolhida em Oxford, fundamental para minha pesquisa em torno da lírica de Brecht; a Ruy Proença, pela acurada e generosa leitura, por seus certeiros reparos e sugestões.

SOBRE O ÍNDICE DOS TÍTULOS E PRIMEIROS VERSOS

O índice de poemas, ao final do volume, apresenta, na ordem que segue, os títulos ou, na falta destes, o primeiro verso dos poemas, o ano de sua composição e o ano de sua primeira publicação, separados por uma barra inclinada. Nos casos em que a data da composição não está estabelecida de maneira precisa, indicam-se, separados por um traço, os anos relativos ao início e ao fim do intervalo temporal em que, supõe-se, ela tenha ocorrido.

Aus dem Lesebuch für Städtebewohner

Do guia para os habitantes das cidades

Do guia para os habitantes das cidades constitui um ciclo de dez poemas escritos em 1926 e 1927. Uma parte deles foi publicada nesses dois anos, e sua íntegra, em 1930, na segunda de uma série de brochuras que Brecht denominava *Versuche* [ensaios, experimentos], publicação utilizada para divulgar sua produção literária e teatral a um público restrito, especialmente o de amigos e colaboradores próximos. Em 1928, ele escreveu outros poemas que, em princípio, iriam integrar o *Guia*, mas este não contou com uma nova publicação antes da morte do escritor.

Na época, o tema da metrópole já não era novidade na lírica alemã; os expressionistas haviam abordado o advento das cidades que proliferaram no bojo da tardia industrialização do país, na perspectiva de uma crise que, de seu ponto de vista, sinalizava um desfecho tão catastrófico quanto inevitável. Brecht, de maneira diversa, enxergava na crise o resultado de um processo histórico complexo, mas passível de compreensão e de expressão poética na medida em que fosse adequadamente investigado.

No *Guia*, não é a cidade o objeto primordialmente explorado, mas seus moradores, convocados a falar de seu cotidiano e de suas expectativas. O quadro que surge é sombrio e carregado de maus presságios, tendo revelado um extraordinário potencial de reatualização após a chegada do nazismo ao poder. Walter Benjamin conta ter ouvido de Arnold Zweig o comentário de que esses poemas diziam também respeito ao modo como os exilados se relacionavam com a cidade num país estrangeiro. Concordou com a ideia, mas lembrou que aquele que lutava em favor dos explorados era um emigrante em sua própria terra, condição que ele chamou de *criptoemigração*.

No espólio de Brecht, é grande o número de poemas cuja temática os vincula à ideia geral da coletânea. O presente trabalho segue a decisão que tomaram os responsáveis pela edição alemã de acrescentar aos dez primeiros, na forma de um anexo, apenas aqueles que receberam do autor uma clara indicação de pertença a ela.

1

Trenne dich von deinen Kameraden auf dem Bahnhof
Gehe am Morgen in die Stadt mit zugeknöpfter Jacke
Suche dir Quartier und wenn dein Kamerad anklopft:
Öffne, o öffne die Tür nicht
Sondern
Verwisch die Spuren!

Wenn du deinen Eltern begegnest in der Stadt Hamburg oder
sonstwo
Gehe an ihnen fremd vorbei, biege um die Ecke, erkenne sie nicht
Zieh den Hut ins Gesicht, den sie dir schenkten
Zeige, o zeige dein Gesicht nicht
Sondern
Verwisch die Spuren!

Iß das Fleisch, das da ist! Spare nicht!
Gehe in jedes Haus, wenn es regnet, und setze dich auf jeden
Stuhl, der da ist
Aber bleibe nicht sitzen! Und vergiß deinen Hut nicht!
Ich sage dir:
Verwisch die Spuren!

Was immer du sagst, sag es nicht zweimal
Findest du deinen Gedanken bei einem ändern: verleugne ihn.
Wer seine Unterschrift nicht gegeben hat, wer kein Bild hinterließ
Wer nicht dabei war, wer nichts gesagt hat
Wie soll der zu fassen sein!
Verwisch die Spuren!

1

Separe-se de seus companheiros na estação
De manhã, vá à cidade, com o casaco fechado
Procure um quarto e quando seu companheiro bater:
Não abra, ah, não abra a porta
Antes
Apague os rastros!

Se encontrar seus pais na cidade de Hamburgo ou noutra parte
Passe incógnito por eles, dobre a esquina, não os reconheça
O chapéu que lhe deram, enterre-o na cabeça
Não mostre, ah, não mostre a sua cara
Antes
Apague os rastros!

Coma a carne que houver! Sem parcimônia!
Se chover, entre em toda casa, sente-se em cada cadeira que lá houver
Mas não permaneça sentado! E não se esqueça de seu chapéu!
Digo-lhe:
Apague os rastros!

O que disser, não o diga duas vezes
Se verificar em outrem o seu próprio pensamento: renegue-o.
Aquele que não deixou sua assinatura, que não deixou um retrato
Que não esteve presente, que nada disse
Como pode ser apanhado?
Apague os rastros!

Sorge, wenn du zu sterben gedenkst
Daß kein Grabmal steht und verrät, wo du liegst
Mit einer deutlichen Schrift, die dich anzeigt
Und dem Jahr deines Todes, das dich überführt!
Noch einmal:
Verwisch die Spuren!

(Das wurde mir gesagt.)

2

Wir sind bei dir in der Stunde, wo du erkennst
Daß du das fünfte Rad bist
Und deine Hoffnung von dir geht.
Wir aber
Erkennen es noch nicht.

Wir merken
Daß du die Gespräche rascher treibst
Du suchst ein Wort, mit dem
Du fortgehen kannst
Denn es liegt dir daran
Kein Aufsehen zu machen.

Du erhebst dich mitten im Satz
Du sagst böse, du willst gehen
Wir sagen: bleibe! und erkennen
Daß du das fünfte Rad bist.
Du aber setzest dich.

Quando pensar em morrer, cuide
Para que nenhuma lápide traia o lugar onde você jaz
Portando uma clara inscrição com seu nome, que o denuncia
E trazendo o ano de sua morte, que o acusa!
Mais uma vez:
Apague os rastros!

(*Isto me foi dito*)

2[1]

Estamos com você na hora em que você percebe
Ser a quinta roda
E sua esperança se esvai.
Nós, contudo
Não o percebemos ainda.

Notamos
Que você apressa a conversa
Procurando por uma palavra
Que lhe possa ensejar a saída
Pois o que importa
É não chamar a atenção.

Você se levanta no meio da frase
Diz irritado que quer sair
Nós dizemos: fique! E percebemos
Que você é a quinta roda.
Não obstante, você se senta.

1 "Da quinta roda" [*Vom fünften Rad*] foi o título que o poema recebeu em sua primeira edição, em 1926.

Also bleibst du sitzen bei uns in der Stunde
Wo wir erkennen, daß du das fünfte Rad bist.
Du aber
Erkennst es nicht mehr.

Laß es dir sagen: du bist
Das fünfte Rad
Denke nicht, ich, der ich's dir sage
Bin ein Schurke
Greife nicht nach einem Beil, sondern greife
Nach einem Glas Wasser.

Ich weiß, du hörst nicht mehr
Aber
Sage nicht laut, die Welt sei schlecht
Sage es leis.

Denn nicht die vier sind zu viel
Sondern das fünfte Rad
Und nicht schlecht ist die Welt
Sondern
Voll.

(Das hast du schon sagen hören.)

3

Wir wollen nicht aus deinem Haus gehen
Wir wollen den Ofen nicht einreißen
Wir wollen den Topf auf den Ofen setzen.
Haus, Ofen und Topf kann bleiben
Und du sollst verschwinden wie der Rauch im Himmel
Den niemand zurückhält.

Você permanece sentado conosco na hora
Em que percebemos que você é a quinta roda.
Você, contudo,
Não o percebe mais.

Permita-me dizê-lo: você é
A quinta roda.
Não pense que eu, que o digo
Seja um canalha
Não apanhe um machado, antes
Apanhe um copo d'água.

Eu sei, você não ouve mais
Contudo
Não diga em voz alta que o mundo está ruim
Diga-o baixo.

Pois não são as quatro rodas que sobram
E sim a quinta
E o mundo não está ruim.
Está
Cheio.

(Você já ouviu isto)

3[2]

Não queremos deixar sua casa
Não queremos derrubar o fogão
No fogão queremos pôr a panela.
Casa, fogão e panela podem ficar
E você deve desaparecer como a fumaça no céu
A qual ninguém segura.

2 "A Cronos" [*An Chronos*] foi o título que o poema recebeu em sua primeira edição, em 1927.

Wenn du dich an uns halten willst, werden wir Weggehen
Wenn deine Frau weint, werden wir unsere Hüte ins Gesicht
ziehen
Aber wenn sie dich holen, werden wir auf dich deuten
Und werden sagen: das muß er sein.

Wir wissen nicht, was kommt, und haben nichts Besseres
Aber dich wollen wir nicht mehr.
Vor du nicht weg bist
Laßt uns verhängen die Fenster, daß es nicht morgen wird.

Die Städte dürfen sich ändern
Aber du darfst dich nicht ändern.
Den Steinen wollen wir zureden
Aber dich wollen wir töten
Du mußt nicht leben.
Was immer wir an Lügen glauben müssen:
Du darfst nicht gewesen sein.

(So sprechen wir mit unsern Vätern.)

4

Ich weiß, was ich brauche.
Ich sehe einfach in den Spiegel
Und sehe, ich muß
Mehr schlafen; der Mann
Den ich habe, schädigt mich.

Wenn ich mich singen höre, sage ich:
Heute bin ich lustig; das ist gut für
Den Teint.

Se tentar agarrar-se a nós, iremos embora
Se sua mulher chorar, esconderemos a cara no chapéu
Mas quando vierem buscá-lo, apontá-lo-emos
E diremos: deve ser ele.

Não sabemos o que virá e não temos nada melhor do que isso
Mas você, não queremos mais.
Enquanto você não se for
Fecharemos as janelas para que não amanheça.

As cidades podem mudar
Mas você não pode mudar.
Às pedras, tratamos de persuadir
Mas você, queremos matar
Você não há de viver.
Das mentiras em que sempre haveremos de acreditar:
Você não pode ter existido.

(Assim falamos com nossos pais)

4

Sei do que preciso.
Olho-me simplesmente no espelho
E vejo que preciso
De mais sono; o homem que tenho
Me maltrata.

Quando me ouço cantando, digo:
Hoje estou feliz; isso é bom
Para a pele.

Ich gebe mir Mühe
Frisch zu bleiben und hart, aber
Ich werde mich nicht anstrengen; das
Gibt Falten.

Ich habe nichts zum Verschenken, aber
Ich reiche aus mit meiner Ration.
Ich esse vorsichtig; ich lebe
Langsam; ich bin
Für das Mittlere.

(So habe ich Leute sich anstrengen sehen.)

5

Ich bin ein Dreck. Von mir
Kann ich nichts verlangen, als
Schwäche, Verrat und Verkommenheit
Aber eines Tages merke ich:
Es wird besser; der Wind
Geht in mein Segel; meine Zeit ist gekommen, ich kann
Besser werden als ein Dreck —
Ich habe sofort angefangen.

Weil ich ein Dreck war, merkte ich
Wenn ich betrunken bin, lege ich mich
Einfach hin und weiß nicht
Wer über mich geht; jetzt trinke ich nicht mehr —
Ich habe es sofort unterlassen.

Esforço-me por estar
Inteira e jovial, mas
Não vou me estressar; isso provoca
Rugas

Não tenho nada sobrando, mas
Contento-me com minha ração.
Como com cuidado, vivo
Com vagar, sou
Pelo mediano.

(Já vi gente assim, que se estressa)

5

Sou um lixo. De mim
Nada posso exigir senão
Fraqueza, traição e decadência
Mas certo dia percebo:
Está melhorando, o vento
Sopra em minhas velas, chegou minha vez, posso
Ser mais que um lixo —
Começo a sê-lo agora mesmo.

Sendo um lixo, notei que
Ao me embriagar, simplesmente
Me deito e não sei
Quem está abusando de mim; agora não bebo mais —
Acabo de parar.

Leider mußte ich
Rein um mich am Leben zu erhalten, viel
Tun, was mir schadete; ich habe
Gift gefressen, das vier
Gäule umgebracht hätte, aber ich
Konnte nur so
Am Leben bleiben; so habe ich
Zeitweise gekokst, bis ich aussah
Wie ein Bettlaken ohne Knochen
Da habe ich mich aber im Spiegel gesehen —
Und habe sofort aufgehört.

Sie haben natürlich versucht, mir eine Syphilis
Aufzuhängen, aber es ist
Ihnen nicht gelungen; nur vergiften
Konnten sie mich mit Arsen: ich hatte
In meiner Seite Röhren, aus denen
Floß Tag und Nacht Eiter. Wer
Hätte gedacht, daß so eine
Je wieder Männer verrückt macht? —
Ich habe damit sofort wieder angefangen.

Ich habe keinen Mann genommen, der nicht
Etwas für mich tat, und jeden
Den ich brauchte. Ich bin
Fast schon ohne Gefühl, beinah nicht mehr naß
Aber
Ich fülle mich immer wieder, es geht auf und ab, aber
Im ganzen mehr auf.

Immer noch merke ich, daß ich zu meiner Feindin
Alte Sau sage und sie als Feindin erkenne daran, daß
Ein Mann sie anschaut.
Aber in einem Jahr
Habe ich es mir abgewohnt —
Ich habe schon damit angefangen.

Para me manter viva
Tive infelizmente de fazer uma porção de coisas
Que me prejudicaram; tomei
Do veneno que teria matado
Quatro cavalos, mas
Só assim pude
Me manter viva; por um tempo
Usei cocaína até parecer
Uma vara seca
Mas me vi no espelho —
E parei imediatamente com isso.

Tentaram, naturalmente, infectar-me
Com sífilis, mas
Não conseguiram; só puderam envenenar-me
Com arsênico: eu tinha
A meu lado tubos que
Dia e noite drenavam pus. Quem
Imaginaria que tal mulher
Pudesse de novo enlouquecer os homens? —
Recomecei imediatamente a podê-lo.

Não fiquei com nenhum homem que não
Fizesse algo por mim; fiquei
Com todos de que precisei. Quase
Não tenho sentimentos, quase não me excito mais
Contudo,
Sempre me recupero; tenho momentos bons e ruins, mas
No final, mais bons do que ruins.

Noto que ainda chamo minha inimiga
De porca velha, e a reconheço como inimiga ao perceber
Que um homem está a observá-la.
Mas, dentro de um ano
Terei parado com isso —
Já comecei a parar.

Ich bin ein Dreck; aber es müssen
Alle Dinge mir zum besten dienen, ich
Komme herauf, ich bin
Unvermeidlich, das Geschlecht von morgen
Bald schon kein Dreck mehr, sondern
Der harte Mörtel, aus dem
Die Städte gebaut sind.

(Das habe ich eine Frau sagen hören.)

6

Er ging die Straße hinunter, den Hut im Genick!
Er sah jedem Mann ins Auge und nickte
Er blieb vor jedem Ladenfenster stehen
(Und alle wissen, daß er verloren ist!)

Sie hätten ihn hören müssen, wie er sagte, er werde noch
Mit seinem Feind ein ernstes Wort sprechen
Der Ton seines Hausherrn behage ihm nicht
Die Straße sei schlecht gekehrt
(Seine Freunde haben ihn schon aufgegeben!)

Er will allerdings noch ein Haus bauen
Er will allerdings noch alles beschlafen
Er will allerdings nicht zu schnell urteilen
(Ach er ist schon verloren, es steht doch nichts mehr hinter ihm!)

(Das habe ich schon Leute sagen hören.)

Sou um lixo, mas
Vou tirar partido de tudo; vou
Subir, sou
Inevitável, sou a geração de amanhã
Logo já não serei nenhum lixo, mas
A dura argamassa com que
Se constroem as cidades.

(Isto eu ouvi de uma mulher)

6

Desceu a rua, o chapéu na nuca!
Olhou no olho de cada homem e acenou com a cabeça
Parou diante de cada vitrine das lojas
(E todos sabem que está perdido!)

Deviam tê-lo ouvido, a maneira como disse: ainda
Vai ter uma conversa séria com seu inimigo
O tom de seu senhorio não lhe agrada
A rua está mal varrida.
(Seus amigos já desistiram dele!)

Quer, todavia, construir uma casa
Quer, todavia, aguardar para decidir
Não quer, todavia, julgar de modo precipitado
(Ah, já está perdido. Nada mais o respalda!)

(Já ouvi pessoas dizendo isto)

7

Reden Sie nichts von Gefahr!
In einem Tank kommen Sie nicht durch ein Kanalgitter:
Sie müssen schon aussteigen.
Ihren Teekocher lassen Sie am besten liegen
Sie müssen sehen, daß Sie selber durchkommen.

Geld müssen Sie eben haben
Ich frage Sie nicht, wo Sie es hernehmen
Aber ohne Geld brauchen Sie gar nicht abzufahren.
Und hier können Sie nicht bleiben, Mann.
Hier kennt man Sie.
Wenn ich Sie recht verstehe
Wollen Sie doch noch einige Beefsteaks essen
Bevor Sie das Rennen aufgeben!

Lassen Sie die Frau, wo sie ist!
Sie hat selber zwei Arme
Außerdem hat sie zwei Beine
(Die Sie nichts mehr angehen, Herr!)
Sehen Sie, daß Sie selber durchkommen!

Wenn Sie noch etwas sagen wollen, dann
Sagen Sie es mir, ich vergesse es.
Sie brauchen jetzt keine Haltung mehr zu bewahren:
Es ist niemand mehr da, der Ihnen zusieht.
Wenn Sie durchkommen
Haben Sie mehr getan als
Wozu ein Mensch verpflichtet ist.

Nichts zu danken.

7

Não fale em perigo!
Num blindado você não passa pela grade do esgoto:
Você precisa sair daí.
Esqueça a chaleira
Cuide-se de se safar.

Dinheiro você deve trazer consigo
Não lhe pergunto de onde vem
Mas sem dinheiro não adianta partir.
E aqui não pode ficar, meu velho.
Aqui você é conhecido.
Se bem o entendo
Você deseja comer uns bifes
Antes de abandonar a corrida!

Deixe sua mulher onde está!
Ela tem dois braços e
Além disso, duas pernas
(Que não lhe dizem mais respeito, meu senhor!).
Cuide-se de se safar!
Se ainda tem algo a dizer,

Diga-o a mim, eu o esqueço.
Agora já não precisa disfarçar:
Não há mais ninguém que o observe.
Se conseguir se safar
Terá feito mais
Do que se pode exigir de alguém.

Não me agradeça por isto.

8

Laßt eure Träume fahren, daß man mit euch
Eine Ausnahme machen wird.
Was eure Mutter euch sagte
Das war unverbindlich.

Laßt euren Kontrakt in der Tasche
Er wird hier nicht eingehalten.

Laßt nur eure Hoffnungen fahren
Daß ihr zu Präsidenten ausersehen seid.
Aber legt euch ordentlich ins Zeug
Ihr müßt euch ganz anders zusammennehmen
Daß man euch in der Küche duldet.

Ihr müßt das ABC noch lernen.
Das ABC heißt:
Man wird mit euch fertig werden.

Denkt nur nicht nach, was ihr zu sagen habt:
Ihr werdet nicht gefragt.
Die Esser sind vollzählig
Was hier gebraucht wird, ist Hackfleisch.

Aber das soll euch
Nicht entmutigen!

8

Esqueçam o sonho de que
Se abrirá uma exceção para vocês.
O que sua mãe lhes disse
Não é garantia de nada.

Deixem o contrato no bolso
Aqui ele não será respeitado.

Esqueçam o sonho
De que estão destinados à presidência
Mas trabalhem com persistência e disciplina.
Vocês devem se esforçar mais que o normal
Para serem tolerados na cozinha.

Vocês deviam aprender o ABC.
O ABC diz:
Daremos conta de você.

Não pensem no que têm a dizer:
Vocês não serão indagados.
Os comensais estão todos presentes
O necessário aqui é a carne picada.

Mas isso não deve
Desanimá-los!

9

VIER AUFFORDERUNGEN AN EINEN MANN VON VERSCHIEDENER SEITE ZU VERSCHIEDENEN ZEITEN

Hier hast du ein Heim
Hier ist Platz für deine Sachen
Stelle die Möbel um nach deinem Geschmack
Sage, was du brauchst
Da ist der Schlüssel
Hier bleibe.

Es ist eine Stube da für uns alle
Und für dich ein Zimmer mit einem Bett
Du kannst mitarbeiten im Hof
Du hast deinen eigenen Teller
Bleibe bei uns.

Hier ist deine Schlafstelle
Das Bett ist noch ganz frisch
Es lag erst ein Mann drin.
Wenn du heikel bist
Schwenke deinen Zinnlöffel in dem Bottich da
Dann ist er wie ein frischer
Bleibe ruhig bei uns.

Das ist die Kammer
Mach schnell, oder du kannst auch dableiben
Eine Nacht, aber das kostet extra.
Ich werde dich nicht stören
Übrigens bin ich nicht krank.
Du bist hier so gut aufgehoben wie woanders.
Du kannst also dableiben.

9

QUATRO PROPOSTAS A UM HOMEM, VINDAS DE DISTINTAS PARTES, EM MOMENTOS DISTINTOS

Aqui você está em casa
Aqui há lugar para suas coisas
Disponha os móveis como quiser
Diga de que precisa
Eis a chave
Fique aqui.

É um aposento para nós todos
E, para você, há um quarto com uma cama
Você pode trabalhar conosco no pátio
Você terá seu próprio prato
Fique conosco.

Aqui é seu dormitório
A cama ainda está bem limpa
Apenas um homem deitou-se aí.
Se for muito suscetível
Lave sua colher de lata naquela tina
Ela ficará como nova
Fique tranquilamente conosco.

Este é o cômodo
Apresse-se, ou fique
A noite toda, mas aí será mais caro.
Não vou perturbá-lo
De resto, não estou doente.
Aqui você está tão bem servido como em qualquer lugar.
Você pode ficar.

10

Wenn ich mit dir rede
Kalt und allgemein
Mit den trockensten Wörtern
Ohne dich anzublicken
(Ich erkenne dich scheinbar nicht
In deiner besonderen Artung und Schwierigkeit)

So rede ich doch nur
Wie die Wirklichkeit selber
(Die nüchterne, durch deine besondere Artung unbestechliche
Deiner Schwierigkeit überdrüssige)
Die du mir nicht zu erkennen scheinst.

10

Se falo consigo
Fria e abstratamente
Empregando as palavras mais secas
E evitando seu olhar
(Pareço não reconhecer você
Em suas idiossincrasias e dificuldades)

Falo apenas
Como a realidade mesma
(A crua realidade, que não se deixa corromper por suas
idiossincrasias
E está farta de seus problemas)
Que você parece não reconhecer.

Anhang

Zum Lesebuch gehörende Gedichte

ÜBER DEN OHM

1

Immer noch in unseren Städten
Trotz aller Mühe und aller Erfindung
Gibt es haufenweis Unrat
Trotz Schwemmkanalisation und Baupolizei
Halten sich die Ecken, die den Unrat schützen.
(Sein Geruch ist schon schwach
Daß er ihn nicht mehr verrät.)
Trotz der Bemühungen der Millionen
Geht der Schmutz nicht weg
Der aus alter Zeit stammt.
Das ist das eine.

2

Und das andere ist:
Der rätselhafte OHM.
(Nicht zu verwechseln mit dem Olm
Einem farblosen Tier
In den unterirdischen Gewässern des Karstes.)
Nämlich: es wird in unseren Städten
Zwischen guter und schlechter Rasse

Anexo

Poemas pertencentes ao Guia

ACERCA DO TIO

1

Ainda hoje, apesar de todo esforço e engenho,
Resta uma porção de detritos
Em nossas cidades.
Apesar da canalização das águas e da fiscalização das obras
Ainda há cantos que os acolhem
(Seus odores se amainaram
E por isso já não chamam a atenção).
Apesar do esforço de milhões
Não se escoa a imundície
Há muito acumulada.
Essa é uma das sujeiras que restam.

2

A outra:
O enigmático TIO[1]
(Não confundir com o tiú,
Lagarto terrícola
Habitante das florestas sul-americanas).
Eis o que sabemos:
O tio ainda é avistado →

1 No original observa-se o seguinte trocadilho: *Ohm*, termo arcaico para "tio", faz trocadilho com *Olm*, pequeno animal dos carstes dináricos. A figura do *tio* é uma referência satírica a Alfred Kerr (1867–1948), crítico teatral de orientação conservadora e desafeto de Brecht.

Keiner von beiden zugehörig
Immer noch gesichtet der Ohm.
Viele, die den Ohm noch sahn
Haben den Mond nicht mehr gesehn.

In den Listen wird der Ohm allerdings
Nicht mehr geführt.
Seine Existenz ist rätselhaft
Aber es findet sich niemand
Der das Rätsel lösen will
Obwohl er mit Gütern noch versehen ist
Und unsere Zeit sehr gierig ist
Findet sich keiner
Der ihn beerben will.

Der Ohm ist vielleicht das einzige Tier
Von dem man nicht weiß, was es frißt
Es ist sogar möglich, daß es nichts frißt
Dann müßte es ein Organ entwickelt haben, das
Ihm ermöglicht
Speise 40 Jahre bei sich zu behalten.
Darauf ließe auch seine Fähigkeit schließen
Über Dinge noch auszusagen
Die nicht mehr bekannt sind, von denen man aber weiß
Daß sie in einem früheren Zeitalter gegessen wurden.

Da das menschenähnliche Tier blind zu sein scheint, verrichtet es
Auf öffentlichen Plätzen seine Notdurft
Vor dem grinsenden Pöbel.
Darunter leidet
Die Ehrfurcht, die das einfache Volk
Sonst fremden Erscheinungen erweist.

Em meio às raças boas e más
Sem pertencer a nenhuma delas.
Muita gente que viu o tio
Não mais viu a lua.

O tio já não consta
Nos catálogos de endereços.
Sua existência é enigmática
Mas não se acha ninguém
Que queira desvendar o enigma.
E ainda que disponha de bens
E que nossa época seja cobiçosa
Não se acha um único sujeito
Que queira ser seu herdeiro.

O tio é provavelmente o único animal
De quem não se sabe o que come.
É até mesmo possível que nada coma.
Nesse caso, deve ter desenvolvido um órgão
Que lhe tenha permitido armazenar
Comida suficiente para alimentá-lo por 40 anos.
Aí reside sua capacidade
De falar sobre coisas
Que já não conhecemos, sobre as quais, porém,
Sabemos que foram consumidas numa era passada.

Como esse animal, símile do homem, é aparentemente cego, faz
Suas necessidades em lugares públicos
Diante da plebe, que ri zombeteira.
Abdica assim
Do respeito que o povo simples
Costuma devotar aos fenômenos estranhos.

Es ist wohl ein Mangel
Unserer schnellebigen Zeit
Daß über ein Tier nicht mehr geforscht wird
Nur weil es ausstirbt.
So ist über die Lebensweise des Ohm
Tatsächlich nichts zu erfahren
Und über seine Wünsche innerhalb des Gemeinwesens
(Soweit es noch Wünsche haben sollte)
Ist höheren Ortes
Nichts mehr bekannt.

Warum esse ich Brot, das zu teuer ist?
Ist nicht das Getreide zu teuer in Illinois?
Wer hat mit wem ausgemacht
Daß die Traktoren nicht haben soll
Der Mann in Irkutsk
Sondern der Rost?
Ist es falsch, daß ich esse?

Ich will nicht behaupten, daß Rockefeller ein Dummkopf ist
Aber Sie müssen zugeben
Daß an der Standard Oil ein allgemeines Interesse bestand
Was ein Mann hätte dazu hergehört
Das Zustandekommen der Standard Oil zu verhindern!
Ich behaupte
Solch ein Mann muß erst geboren werden.

É certamente uma deficiência
De nossa época deveras acelerada
Que, *por se achar em extinção*
Um animal não seja investigado.
Por isso nada se sabe realmente
Sobre o modo de vida do tio
E nas altas rodas
Nada mais se sabe
Sobre seus anseios na sociedade
(Enquanto ainda pôde tê-los).

POR QUE COMO PÃO, que custa tão caro?
Não estão muito caros os cereais de Illinois?
Quem acertou com quem
Que os tratores não pertencerão
Ao homem de Irkutsk[2]
Mas à ferrugem?
Erro se me ponho a comer?

NÃO VOU AFIRMAR que Rockefeller[3] seja um idiota
Mas você há de concordar
Que a Standard Oil veio atender a um interesse geral.
Que tipo de homem poderia
Impedir o surgimento da Standard Oil?
Afirmo
Que tal homem ainda está por nascer.

2 Cidade na Sibéria. 3 Empresário norte-americano. Em 1870, fundou a Standard Oil. No início do século XX era considerado o homem mais rico do mundo.

Wer will beweisen, daß Rockefeller Fehler gemacht hat
Da doch Geld eingekommen ist
Wissen Sie:
Es bestand Interesse daran, daß Geld einkam.

Sie haben andere Sorgen?
Aber ich wäre froh, wenn ich einen fände
Der kein Dummkopf ist, und ich
Kann es beweisen

Sie haben schon den richtigen Mann ausgewählt
Hatte er nicht Sinn für Geld?
Wurde er nicht alt?
Konnte er nicht Dummheiten machen und
Die Standard Oil kam doch zustande?

Meinen Sie, wir hätten die Standard Oil billiger haben können?
Denken Sie, ein anderer Mann
Hätte sie mit weniger Mühe zustande gebracht?
(Da ein allgemeines Interesse an ihr bestand?)

Sind Sie auf jeden Fall gegen Dummköpfe?
Halten Sie etwas von der Standard Oil?

Hoffentlich glauben Sie nicht
Ein Dummkopf ist
Ein Mann, der nachdenkt.

Hätten Sie die Zeitungen aufmerksam gelesen wie ich
Würden Sie Ihre Hoffnungen begraben, daß
Eine Besserung noch möglich ist.

Von selber stirbt doch niemand!
Und was hat der Krieg genützt?
Ein paar Leute haben wir natürlich angebracht

Quem poderá provar que Rockefeller cometeu erros
Uma vez que o dinheiro de fato apareceu?
Fique sabendo:
Era do interesse geral que o dinheiro aparecesse.

Você tem outras preocupações?
Eu ficaria feliz se pudesse encontrar
Um sujeito que não fosse idiota, e
Posso provar isso.

Você escolheu o homem certo.
Não é verdade que tinha faro para o dinheiro?
Não chegou à velhice?
Não pôde afinal fazer asneiras
Sem que a Standard Oil deixasse de surgir?

Você acredita que a Standard Oil poderia ter custado menos?
Pensa que outra pessoa
Poderia tê-la fundado com menos esforço?
(Uma vez que era do interesse geral?)

Você é totalmente contrário aos idiotas?
Acha que a Standard Oil vale a pena?

Oxalá não acredite
Que um idiota seja
Um homem que pensa.

Se houvesse lido os jornais tão atentamente quanto eu
Você teria sepultado as esperanças de que
Uma melhora seja possível.

Afinal, ninguém morre do nada!
Para que serviu a guerra?
É certo que sacrificamos um punhado de pessoas →

Und wie viele sind erzeugt worden?
Und wir können noch nicht einmal
Jedes Jahr einen solchen Krieg zustande bringen.

Was soll ein Hurrikan schon ausrichten
Miami und ganz Florida zusammengenommen
Und dazu zwei Hurrikane berücksichtigt
Dann heißt es zuerst: 50 000 Tote und dann
Am nächsten Tag stellt es sich heraus:
3700.

Das können sie doch ohne weiteres nachschaffen.
Selbst für die Bewohner von Miami selber
Ist das kaum ein Aufatmen und
Was sollen wir sagen, die wir
So weit davon entfernt sind!

Es ist wie ein Hohn!
Sollen wir auch noch verhöhnt werden?
Wir hätten zumindest das Recht auf
Eine *ungestörte* Bitterkeit.

UNBEZAHLBAR IST
Ein breiter Kopf.
Er tut das, was Sie auch getan hätten.
Er tut viel weniger, als Sie annehmen!
Er ist im Bilde.

Wo andere noch einen Ausweg sehen
Da gibt er auf.
An eine Sache, die Schwierigkeiten macht
Glaubt er nicht. Warum
Sollte eine Sache, die im allgemeinen Interesse liegt
Schwierigkeiten machen?

Mas quantas não foram geradas?
E é certo que não podemos
Produzir uma guerra como essa a cada ano.

O que faz um furacão
Ao se abater sobre Miami e a Flórida?
Ou, melhor dizendo, dois furacões.
Chegam as primeiras notícias: 50 mil mortos.
No dia seguinte, a constatação:
3 mil e setecentos.

Essa quantia é facilmente reposta.
Mesmo para os habitantes de Miami
Isso não representa um alívio, e
Que diremos nós
Que vivemos tão longe dali?

Puro escárnio!
Seremos também escarnecidos?
Deveríamos pelo menos ter o direito
A uma *serena* amargura.

UMA GRANDE CABEÇA
É impagável.
Faz aquilo que você também faria.
Faz muito menos do que você supõe.
É bem-informada.

Onde outros ainda enxergam uma saída
Ela se dá por vencida.
Não acredita em algo que
Crie dificuldades. Por que
Haveria de criar dificuldades
Algo que é do interesse geral?

Einen breiten Kopf erkennt man daran
Daß er Appetit an Äpfeln hat
Wenn genügend Leute
Appetit nach Äpfeln haben und
Für alle diese genug Äpfel da sind.

Sind Sie ein breiter Kopf?
Dann sehen Sie zu, daß die Stadt wächst
Das Geschäftsleben blüht und
Die Menschheit sich noch vermehrt!

Es war leicht, ihn zu bekommen

Es war möglich am zweiten Abend.
Ich wartete auf den dritten (und wußte
Das heißt etwas riskieren)
Dann sagte er lachend: das Badesalz ist es
Nicht dein Haar!
Aber es war leicht, ihn zu bekommen.

Ich ging einen Monat lang gleich nach der Umarmung,
Ich blieb jeden dritten Tag weg.
Ich schrieb nie.
Aber bewahre einen Schnee im Topf auf!
Er wird schmutzig von selbst.
Ich tat noch mehr, als ich konnte
Als es schon aus war.

Ich habe die Mentscher hinausgeworfen
Die bei ihm schliefen, als sei es in der Ordnung
Ich habe es lachend getan und weinend.
Ich habe den Gashahn geöffnet
Fünf Minuten bevor er kam, ich habe
Geld auf seinen Namen geliehen:
Es hat nichts geholfen.

Reconhecemos uma grande cabeça pelo fato de
Ela ter vontade de comer maçãs
Quando um número suficiente de pessoas
Tem vontade de comer maçãs
Havendo maçãs o bastante para todos.

Você é uma grande cabeça?
Note então que a cidade cresce
O comércio prospera e
A humanidade ainda se multiplica.

FOI FÁCIL FISGÁ-LO
Fora possível na segunda noite.
Esperei até a terceira (e sabia
Que corria algum risco)
Então, rindo, ele me disse: rio por causa do sal de banho
Não de seu cabelo!
Entretanto, foi fácil fisgá-lo.

Por um mês, mantive a rotina de sair logo depois de fazer amor.
A cada três dias eu me ausentava
Nunca lhe escrevi.
Experimente guardar a neve numa panela!
Ficará suja por si mesma.
Quando tudo terminou
Eu havia feito mais do que podia.

Eu expulsava as vadias
Que dormiam com ele, como se aquilo fosse uma bagatela.
Fazia-o rindo e também chorando.
Abria o registro do gás
Cinco minutos antes de ele chegar, tomava
Dinheiro emprestado em seu nome.
Debalde!

Aber eines Nachts schlief ich
Und eines Morgens stand ich auf
Da wusch ich mich vom Kopf bis zum Zeh
Aß und sagte zu mir:
Das ist fertig.

Die Wahrheit ist:
Ich habe noch zweimal mit ihm geschlafen
Aber, bei Gott und meiner Mutter:
Es war nichts.
Wie alles vorübergeht, so verging
Auch das.

Immer wieder

Wenn ich diesen Mann ansehe
Er hat nicht getrunken und
Er hat sein altes Lachen
Denke ich: es geht besser.
Der Frühling kommt, eine gute Zeit kommt
Die Zeit, die vergangen ist
Ist zurückgekehrt

Immer wieder
Wenn ich mit ihm geredet habe
Er hat gegessen und geht nicht weg
Er spricht mit mir und
Hat seinen Hut nicht auf
Denke ich: es wird gut
Die gewöhnliche Zeit ist um —
Mit einem Menschen
Kann man sprechen, er hört zu
Die Liebe beginnt wieder, bald
Ist alles wie einst.

Certa noite, porém, dormi
E certa manhã levantei-me
Lavei-me da cabeça aos pés
Comi e disse para mim mesma:
Acabou-se.

Eis a verdade:
Dormi outras duas noites com ele
Mas, por Deus e pela minha mãe:
Aquilo já não significava nada.
Como tudo passa, também
Aquilo passou.

TODA VEZ
Que olho para esse homem
Ele nada bebeu e
Ri como sempre riu.
Penso: está melhorando.
Chega a primavera, começa um tempo bom
O tempo que passou
Está de volta
O amor recomeça, logo
Tudo será como antes.

Toda vez
Que falo com esse homem
Ele comeu e não vai embora
Fala comigo e
Não está de chapéu.
Penso: vai dar tudo certo
O tempo passou como sempre passa —
Com uma pessoa
É possível falar, ela ouve →

Die Liebe beginnt wieder, bald
Ist es wie einst.

Der Regen
Kehrt nicht zurück nach oben
Wenn die Wunde
Nicht mehr schmerzt
Schmerzt die Narbe.

BLASPHEMIE

Wenn es etwas gibt
Was du haben kannst für Geld
Dann nimm dir das Geld
Wenn einer vorüber geht und hat Geld
Schlage ihn auf den Kopf
Und nimm dir sein Geld
Du darfst es.

Willst du wohnen in einem Haus?
Gehe in ein Haus
Lege dich in ein Bett
Wenn die Frau herein kommt
Beherberge sie.
Wenn das Dach durchbricht, gehe weg.
Du darfst es.

Wenn es einen Gedanken gibt
Den du nicht kennst
Denke den Gedanken
Kostet er dich Geld
Verlangt er dein Haus
Denke ihn, denke ihn.
Du darfst es.

O amor recomeça, logo tudo
Será como antes.

A chuva
Não retorna para cima.
Quando a ferida
Não dói mais,
Dói a cicatriz.

BLASFÊMIA

Se houver algo
Que você possa obter por dinheiro
Apanhe o dinheiro.
Se à sua frente passar alguém que tenha dinheiro
Dê-lhe uma na cabeça
E tome seu dinheiro
Isso lhe é lícito.

Quer morar numa casa?
Vá a uma casa
Deite-se numa cama
Se a mulher chegar
Faça-a entrar.
Se o teto cair, vá embora
Isso lhe é lícito.

Se houver um pensamento
Que você não conhece
Pense o pensamento
Se ele custar dinheiro
Se cobrar sua casa em troca
Pense-o, pense-o
Isso lhe é lícito.

Im Interesse der Ordnung
Zum Besten des Staates
Für die Zukunft der Menschheit
Zu deinem eigenen Wohlbefinden
Darfst du.

ANLEITUNG FÜR DIE OBEREN

1

An dem Tag, an dem der unbekannte gefallene Soldat
Unter Kanonenschüssen beerdigt wurde
Ruhte von London bis Singapore
Mittags zur selben Zeit
Von zwölf Uhr zwei bis zwölf Uhr vier
Volle zwei Minuten lang alle Arbeit.
Einzig zum Zweck der Ehrung des
Gefallenen unbekannten Soldaten.

2

Aber trotz alledem sollte man
Vielleicht doch anordnen
Daß dem unbekannten Mann
Aus den großen Städten der bevölkerten Kontinente
Endlich eine Ehrung bereitet wird.
Irgendein Mann aus dem Netz des Verkehrs
Dessen Gesicht nicht wahrgenommen
Dessen geheimnisvolles Wesen unbeachtet
Dessen Name nicht deutlich gehört worden ist
Ein solcher Mann sollte
In unser aller Interesse
Mit einer Ehrung von Ausmaß bedacht werden
Mit einer Radioadresse

No interesse da ordem
Para o bem do Estado
Pelo futuro da humanidade
Para seu próprio bem-estar
Isso lhe é lícito.

INSTRUÇÃO PARA OS DE CIMA

1

No dia em que o soldado desconhecido
Foi enterrado sob uma salva de tiros de canhão
De Londres a Cingapura
Ao meio-dia e ao mesmo tempo
Por dois minutos, das doze e dois às doze e quatro
Todo trabalho cessou
Unicamente em honra
Do soldado desconhecido.

2

Mas, apesar de tudo isso, talvez
Devêssemos ordenar
Que finalmente seja prestada uma homenagem
Ao homem desconhecido
Das metrópoles dos povoados continentes.
Um homem qualquer oriundo da teia urbana
Cujo rosto não é notado
Cuja existência misteriosa não é advertida
Cujo nome não foi ouvido claramente
Tal homem deveria
No interesse de todos nós
Ser distinguido com uma grande homenagem
E uma emissão radiofônica →

»Dem Unbekannten Mann«
Und
Mit einer Arbeitsruhe der sämtlichen Menschen
Über den ganzen Planeten!

ANREDE

Du bist erschossen worden
Ordnungsgemäß. Ich habe das Protokoll gesehen.
In der Stadt weiß man die Stunde.
Mache uns nichts vor.

Während du redest, weiß jedermann
Daß du doch nichts mehr siehst.
Gib es zu:
Du hast
In Gewehrläufe geschaut.

Die Salve war abgefeuert. Die Mannschaft
Marschierte ab. Der Rauch an der Mauer
Erhob sich:
Du
Bliebst liegen.

Wasche nur, wasche!
An deinem Gesicht der Kalk
Wird nicht weggehn.

Sprich mich
Bitte nicht an!
Wenn ich sehe dein Gesicht
Erinnere ich mich an dich:
Du bist
Erschossen worden.

"Ao homem desconhecido"
E
Com uma pausa no trabalho de todos os homens
Por todo o planeta!

SAUDAÇÃO

Você foi fuzilado
De acordo com as regras. Vi o protocolo.
Na cidade sabe-se a hora exata.
Não nos queira enganar.

Enquanto você fala, todos sabemos
Que já não vê mais nada.
Admita:
Você defrontou a boca
Do cano dos fuzis.

Os tiros foram disparados. A tropa
Pôs-se em marcha. A fumaça subiu
Junto ao muro:
Você
Ficou estendido no chão.

Lave, lave o quanto quiser!
Não vai sair
A cal de seu rosto.

Por favor,
Não fale comigo!
Quando vejo seu rosto
Acode-me a lembrança:
Você foi
Fuzilado.

700 INTELLEKTUELLE BETEN EINEN ÖLTANK AN

1

Ohne Einladung
Sind wir gekommen
700 (und viele sind noch unterwegs)
Überall her, wo kein Wind mehr weht
Von den Mühlen, die langsam mahlen, und
Von den Öfen, hinter denen es heißt
Daß kein Hund mehr vorkommt.

2

Und haben dich gesehen
Plötzlich über Nacht
Öltank.

3

Gestern warst du noch nicht da
Aber heute
Bist nur du mehr.

4

Eilet herbei, alle!
Die ihr absägt den Ast, auf dem ihr sitzet
Werktätige!
Gott ist wiedergekommen
In Gestalt eines Öltanks.

5

Du Häßlicher
Du bist der Schönste!
Tue uns Gewalt an

700 INTELECTUAIS ADORAM UM TANQUE DE ÓLEO

1

Viemos
Sem termos sido convidados
700 (e muitos ainda estão a caminho)
De todas as partes, de onde o vento não sopra mais
Dos moinhos que moem lentamente e
Dos fogões, atrás dos quais, diz-se
Não se vê mais nenhum cachorro.

2

E, subitamente, do dia para a noite
Contemplamos-te
Ó tanque de óleo!

3

Ainda ontem não estavas aí
Mas hoje
Tu somente estás aí.

4

Apressai-vos
Vós que serrais o galho em que estais sentados!
Vós obreiros!
Deus está de volta
Na forma de um tanque de óleo.

5

Horroroso,
És o mais belo!
Violenta-nos

→

Du Sachlicher!
Lösche aus unser Ich!
Mache uns kollektiv!
Denn nicht, wie wir wollen:
Sondern, wie du willst.

6

Du bist nicht gemacht aus Elfenbein
Und Ebenholz, sondern aus
Eisen.
Herrlich! Herrlich! Herrlich!
Du Unscheinbarer!

7

Du bist kein Unsichtbarer
Nicht unendlich bist du!
Sondern sieben Meter hoch.
In dir ist kein Geheimnis
Sondern Öl.
Und du verfährst mit uns
Nicht nach Gutdünken noch unerforschlich
Sondern nach Berechnung.

8

Was ist für dich ein Gras?
Du sitzest darauf.
Wo ehedem ein Gras war
Da sitzest jetzt du, Öltank!
Und vor dir ist ein Gefühl
Nichts.

Tu, sóbrio![4]
Extingue nosso ego!
Faz de nós um coletivo!
Não como o queremos
Mas como o queres.

6

Não és feito de marfim
E ébano, mas de
Ferro.
Magnífico! Magnífico!
Tu, modesto!

7

Não és invisível
Infinito não és!
Mas tens sete metros de altura.
Em ti não há segredos
Apenas óleo.
E lidando conosco não te tornas
Arbitrário nem insondável
Antes, procedes de modo calculado.

8

Que te importa a relva?
Tu te sentas sobre ela.
Onde sempre houve relva
Agora estás sentado, tanque de óleo!
E diante de ti um sentimento não vale
Nada.

4 No original, *Sachlicher*. Referência à Nova Objetividade [*Neue Sachlichkeit*], movimento artístico iniciado na Alemanha em meados dos anos 1920.

9

Darum erhöre uns
Und erlöse uns von dem Übel des Geistes.
Im Namen der Elektrifizierung
Des Fordschritts und der Statistik!

9

Por isso, atende-nos
E salva-nos da desgraça do espírito
Em nome da eletrificação
Do fordismo[5] e da estatística.

5 No original, *Fordschritt*, neologismo criado por Brecht, significando algo como "passo fordiano". Trata-se de um trocadilho com *Fortschritt* [progresso], literalmente "passo adiante".

Svendborger Gedichte

Poemas de Svendborg

Os *Poemas de Svendborg* compõem o conjunto mais expressivo e complexo da produção lírica brechtiana durante os anos de exílio. A imensa maioria de seus poemas foi escrita a partir de meados dos anos 1930, período em que Brecht residia na Dinamarca. A obra deveria ter sido publicada em 1938 pela Malik, uma editora alemã no exílio, com sede em Praga. Contudo, após a anexação dos Sudetos pela Alemanha, a situação política na Tchecoslováquia se deteriorara a tal ponto que os exilados alemães se viram mais uma vez forçados a emigrar. Em dezembro, Wieland Herzfelde, o editor, deixou o país às pressas, fugindo para a Inglaterra. Em face do revés, duas colaboradoras de Brecht, Ruth Berlau e Margarete Steffin, reorganizaram a edição, que foi lançada no ano seguinte, em Copenhague, numa tiragem de apenas mil exemplares, com a fictícia indicação "Editora Malik, Londres".

As seis partes em que Brecht dividiu o livro tratam de assuntos diversos, todos, porém, direta ou indiretamente relacionados à ascensão fascista e ao significado concreto da nova ordem social imposta à Alemanha. Destacam-se, entre outros, a degradação das condições de vida dos trabalhadores sob a ditadura, a ameaça da guerra, as vicissitudes do exílio, formas possíveis de resistência à tirania, a alternativa socialista e um chamado à intelectualidade não fascista para se conscientizar politicamente da situação e cumprir a tarefa que lhe cabia na luta.

A forma dos poemas varia em função do aspecto e da perspectiva empregada cada vez no trato do fascismo. Alguns, como a maior parte dos que integram a "Cartilha Alemã da Guerra", a primeira seção do livro, são bastante breves e perfazem uma advertência direta aos trabalhadores alemães sobre as mentiras do regime e a guerra que ameaçava trucidá-los.

Na segunda seção, não titulada, é digna de nota a inclusão de poemas infantis. Walter Benjamin achou-os inicialmente inadequados ao plano mais geral da obra. Brecht discordou da objeção:

> Na luta contra [os nazistas] nada pode ficar de fora. O que pretendem não é pouca coisa. Preparam-se para 30 mil anos. Tramam crimes colossais. [...] Por isso, nenhum de nós deve ser esquecido. Deformam as crianças no ventre materno. Em nenhuma hipótese podemos deixá-las de fora.

A resposta do poeta revela a intenção de representar o fascismo num quadro multidimensional, de modo a expor com clareza a abrangência de seus propósitos, a ameaça de aniquilação da própria ideia de humanidade. Observe-se que nessa seção, à exceção de um, todos os poemas são rimados, e ela contempla também belíssimas canções dedicadas à luta antifascista e anticapitalista; para Brecht, as duas faces de uma mesma moeda.

A terceira seção, "Crônicas", é composta por poemas marcadamente narrativos. São histórias de aprendizado (de quem se dispõe a aprender) e, também, de cegueira, a daqueles que se tornaram incapazes de compreender o momento histórico para se tornarem vítimas de sua própria estupidez.

A quarta seção complementa de certo modo a primeira, desta feita advertindo intelectuais e artistas acerca de sua situação política, além de indicar tarefas a serem cumpridas por um grupo que, por sua própria natureza, se achava em contato direto com a classe dos explorados: os profissionais da saúde. Ela traz também poemas que fazem o elogio da revolução ou que prestam homenagem a revolucionários mortos.

A quinta, denominada "Sátiras Alemãs", oferece uma crítica mordaz à propaganda e à censura nazistas, fazendo tábula rasa de suas mentiras e estratégias de convencimento. Seus últimos poemas abordam diretamente próceres do regime, com relevo para Hitler. Nos anos da Guerra Civil Espanhola, uma rádio comunista localizada nos arredores de Madri transmitiu para a Alemanha ao menos uma parte desses poemas.

A sexta e última ocupa-se da emigração forçada e das novas condições de vida impostas a Brecht e milhares e outros escritores alemães a partir de 1933. O tema do exílio, que também se apresenta em poemas das outras seções, aqui adquire caráter predominante. A seção fecha a obra com um de seus poemas mais conhecidos, "Àqueles que vierem depois de nós", síntese de uma experiência pessoal, situada, porém, no quadro da luta coletiva. Vários dos poemas aí presentes comportam elementos reconhecidamente autobiográficos: vê-se um sujeito perseguido e expulso de seu país, isolado em terra estranha, inseguro quanto à própria sobrevivência física e intelectual, com as mãos manietadas para o trabalho artístico. Brecht, todavia, faz da condição do desterro um instrumento primordial de esclarecimento histórico e orientação política.

Uma passagem de *Conversas de refugiados*, texto iniciado durante o exílio europeu e retomado mais tarde nos Estados Unidos, assinala a oportunidade inigualável que a emigração forçada oferecia a quem quisesse compreender em profundidade as causas da catástrofe que se abatia sobre o continente e ameaçava o mundo todo. Ziffel, uma das duas personagens dessa prosa dialogada, diz a Kalle, seu parceiro de infortúnio na Finlândia:

A melhor escola de dialética é a emigração. Os dialéticos mais sagazes são os refugiados. Refugiaram-se por causa das transformações e não estudam nada além das transformações. Dos menores indícios inferem os maiores acontecimentos, quer dizer, se têm juízo. Quando seus adversários triunfam, calculam os custos da vitória e têm um olhar apurado para as contradições.

Toda a coletânea, mas especialmente essa última seção é clara demonstração de como o aprendizado dialético vai tomando a forma do experimento poético.

Em virtude da riqueza e da variedade das formas, de seu sentido de urgência e, nos termos de Brecht, de sua utilidade prática para o público leitor, os *Poemas de Svendborg* talvez constituam a coleção mais importante de toda a sua obra lírica.

Geflüchtet unter das dänische Strohdach, Freunde
Verfolg ich euren Kampf. Hier schick ich euch
Wie hin und wieder schon, ein paar Worte, aufgescheucht
Durch blutige Gesichte über Sund und Laubwerk.
Verwendet, was euch erreicht davon, mit Vorsicht!
Vergilbte Bücher, brüchige Berichte
Sind meine Unterlage. Sehen wir uns wieder
Will ich gern wieder in die Lehre gehn.

SVENDBORG 1939

Refugiado sob o teto de palha dinamarquês[1]
Acompanho, meus amigos, sua luta. Como faço de quando em quando
Envio-lhes agora algumas palavras, assombrado
Pela vista sangrenta que vem do canal através da folhagem.
Usem com cautela o que lhes chega destas páginas!
Apoio-me em livros amarelecidos, relatos truncados.
Se nos encontrarmos novamente
Terei muito gosto em retornar aos estudos.

SVENDBORG, 1939

1 A cobertura da casa de Brecht em Svendborg, na Dinamarca.

I
Deutsche Kriegsfibel

Bei den Hochgestellten
Gilt das Reden vom Essen als niedrig.
Das kommt: sie haben
Schon gegessen.

Die Niedrigen müssen von der Erde gehen
Ohne vom guten Fleisch
Etwas gegessen zu haben.

Nachzudenken, woher sie kommen und
Wohin sie gehen, sind sie
An den schönen Abenden
Zu erschöpft.

Die Gebirge und das große Meer
Haben sie noch nicht gesehen
Wenn ihre Zeit schon um ist.

Wenn die Niedrigen nicht
An das Niedrige denken
Kommen sie nicht hoch.

Das Brot der hungernden ist aufgegessen
Das Fleisch kennt man nicht mehr. Nutzlos
Ist der Schweiß des Volkes vergossen.
Die Lorbeerhaine stehen
Abgeholzt.

I
Cartilha Alemã da Guerra

NAS ALTAS RODAS
Falar de fome é assunto baixo.
Entenda-se:
Já comeram.

Os de baixo hão de passar pela Terra
Sem ter provado
A carne de primeira.

Nas noites bonitas
Estão mui fatigados
Para refletir sobre sua origem
E destino.

Não terão visto
As montanhas e o grande mar
Antes de acabar seu tempo.

Se os de baixo não
Pensam sobre a baixeza
Não se elevam.

O PÃO DOS FAMINTOS já foi comido
A carne já não se sabe o que seja. O suor
Do povo escorre inutilmente.
Os bosques de loureiros foram
Abatidos.

Aus den Schloten der Munitionsfabriken
Steigt Rauch.

❧

Der Anstreicher spricht von kommenden grossen Zeiten
Die Wälder wachsen noch.
Die Äcker tragen noch.
Die Städte stehen noch.
Die Menschen atmen noch.

❧

Im Kalender ist der Tag noch nicht verzeichnet.
Alle Monate, alle Tage
Liegen noch frei. Einer der Tage
Wird angekreuzt werden.

❧

Die Arbeiter schreien nach Brot.
Die Kaufleute schreien nach Märkten.
Der Arbeitslose hat gehungert. Nun
Hungert der Arbeitende.
Die Hände, die im Schöße lagen, rühren sich wieder:
Sie drehen Granaten.

❧

Die das Fleisch wegnehmen vom Tisch
Lehren Zufriedenheit.
Die, für die die Gabe bestimmt ist
Verlangen Opfermut.
Die Sattgefressenen sprechen zu den Hungernden
Von den großen Zeiten, die kommen werden.
Die das Reich in den Abgrund führen
Nennen das Regieren zu schwer
Für den einfachen Mann.

Das chaminés nas fábricas de munição
Sobe fumaça.

❧

O PINTOR DE PAREDES FALA da grande era vindoura
Os bosques ainda vicejam.
Os campos ainda produzem.
As cidades ainda estão de pé.
A gente ainda respira.

❧

AINDA NÃO SE MARCOU o dia no calendário.
Todos os meses, todos os dias
Ainda estão abertos. Um deles
Será marcado.

❧

OS TRABALHADORES IMPLORAM por pão.
Os comerciantes imploram por mercados.
O desempregado há muito passa fome. Agora
Têm fome os empregados.
As mãos pousadas no colo voltam a se mexer:
Confeccionam granadas.

❧

AQUELES QUE TIRAM A CARNE da mesa
Dão lições de contentamento.
Aqueles que recebem as dádivas
Exigem espírito de sacrifício.
Aqueles que se fartaram falam aos famintos
Dos grandes dias por vir.
Aqueles que conduzem o Reich ao abismo
Dizem que governar é sumamente difícil
Para o homem comum.

DIE OBEREN SAGEN: Frieden und Krieg
Sind aus verschiedenem Stoff.
Aber ihr Frieden und ihr Krieg
Sind wie Wind und Sturm.

Der Krieg wächst aus ihrem Frieden
Wie der Sohn aus der Mutter
Er trägt
Ihre schrecklichen Züge.

Ihr Krieg tötet nur
Was ihr Frieden
Übriggelassen hat.

WENN DER ANSTREICHER DURCH DIE LAUTSPRECHER über den Frieden redet
Schauen die Straßenarbeiter auf die Autostraßen
Und sehen
Knietiefen Beton, bestimmt für
Schwere Tanks.

Der Anstreicher redet vom Frieden.
Aufrichtend die schmerzenden Rücken
Die großen Hände auf Kanonenrohren
Hören die Gießer ihm zu.

Die Bombenflieger drosseln die Motore
Und hören
Den Anstreicher vom Frieden reden.

Die Baumfäller stehen horchend in den stillen Wäldern
Die Bauern lassen die Pflüge stehn und halten die Hand hinters Ohr
Die Frauen bleiben stehn, die das Essen aufs Feld schleppen:
Auf dem umgebrochenen Acker steht ein Wagen mit Schalltrichtern. Von dort
Hört man den Anstreicher Frieden fordern.

Os de cima dizem: guerra e paz
São feitas de matéria distinta.
Mas sua paz e sua guerra
São como o vento e a tempestade.

A guerra nasce de sua paz
Assim como o filho, de sua mãe.
Ela, a guerra, traz consigo
Suas terríveis feições.

Sua guerra mata simplesmente
O que restou
De sua paz.

Quando o pintor de paredes fala de paz pelo auto-falante
Os trabalhadores que constroem a autoestrada olham para a obra
E observam
A espessa camada de concreto, feita à medida
Para os tanques pesados.

O pintor de paredes fala de paz.
Soerguendo as costas doloridas e
Pousando suas grandes mãos sobre os canos dos canhões
Os operários da fundição passam a ouvi-lo.

Os pilotos dos bombardeiros desaceleram os motores
E ouvem
O pintor de paredes falar da paz.

Os lenhadores põem-se à escuta nos bosques silenciosos
Os camponeses depõem o arado e levam a mão ao ouvido
As mulheres que trazem a comida ao campo detêm-se:
Sobre a terra revolvida há um carro com megafones. Dali
Ouve-se o pintor de paredes pedir pela paz.

Wenn die Oberen vom Frieden reden
Weiß das gemeine Volk
Daß es Krieg gibt.

Wenn die Oberen den Krieg verfluchen
Sind die Gestellungsbefehle schon ausgeschrieben.

Die Oberen
Haben sich in einem Zimmer versammelt.
Mann auf der Straße
Laß alle Hoffnung fahren.

Die Regierungen
Schreiben Nichtangriffspakte.
Kleiner Mann
Schreibe dein Testament.

Mann mit der zerschlissenen Jacke:
In den Textilfabriken
Weben sie für dich einen Tuchrock
Den nicht du zerreißen wirst.

Der du zur Arbeit läufst stundenlang
In zerfetzten Schuhen: der Wagen
Der für dich gebaut wird, hat
Eine Eisenwand nötig.

Um einen Topf Milch für deine Kinder
Gießt du eine große Flasche, Gießer
Die nicht für Milch bestimmt ist. Wer
Wird aus ihr trinken?

Quando os de cima falam de paz
Sabe o povo comum
Que haverá guerra.

Enquanto os de cima amaldiçoam a guerra
Expedem-se as ordens de mobilização.

❧

Os de cima
Reuniram-se numa sala.
Homem na rua
Renuncie a toda esperança.

Os governos
Escrevem pactos de não-agressão.
Homem comum,
Escreva seu testamento.

❧

Homem com o casaco puído:
Nas tecelagens
Preparam-lhe um jaquetão de pano
Que não será rasgado por você.

Você, que, calçando sapatos surrados
Caminha por horas até o trabalho: o carro
Que se constrói para seu uso tem
Uma blindagem de ferro.

Para alimentar seus filhos com uma tigela de leite
Você, fundidor, funde uma grande garrafa.
Uma que não se destina a conter o leite. Quem
Beberá dessa garrafa?

Auf der Mauer stand mit Kreide:
Sie wollen den Krieg.
Der es geschrieben hat
Ist schon gefallen.

❦

Die Oberen sagen:
Es geht in den Ruhm.
Die Unteren sagen:
Es geht ins Grab.

❦

Der Krieg, der kommen wird
Ist nicht der erste. Vor ihm
Waren andere Kriege.
Als der letzte vorüber war
Gab es Sieger und Besiegte.
Bei den Besiegten das niedere Volk
Hungerte. Bei den Siegern
Hungerte das niedere Volk auch.

❦

Die Oberen sagen, im Heer
Herrscht Volksgemeinschaft.
Ob es wahr ist, erfahrt ihr
In der Küche.
In den Herzen soll
Der gleiche Mut sein. Aber
In den Schüsseln ist
Zweierlei Essen.

❦

Wenn es zum Marschieren kommt, wissen viele nicht
Daß ihr Feind an ihrer Spitze marschiert.

Escreveu-se com cal no muro:
Eles querem a guerra.
Aquele que escreveu
Já tombou

❧

Os de cima dizem:
Caminhamos para a glória.
Os de baixo dizem:
Caminhamos para o túmulo.

❧

A guerra que virá
Não será a primeira. Antes dela
Houve outras guerras.
Quando a última acabou
Havia vencedores e vencidos.
Do lado dos vencidos, os de baixo
Passavam fome. Do lado dos vencedores
Passavam fome também.

❧

Os de cima dizem: no exército
Reina a camaradagem.
Se isso é verdade, vocês podem conferir
Na cozinha.
Nos corações deve
Haver o mesmo ânimo. Nas tigelas,
porém, há
Dois tipos de comida.

❧

Chegada a hora de marchar muitos não sabem
Que o inimigo está na vanguarda. →

Die Stimme, die sie kommandiert
Ist die Stimme ihres Feindes.
Der da vom Feind spricht
Ist selber der Feind.

GENERAL, DEIN TANK ist ein starker Wagen
Er bricht einen Wald nieder und zermalmt hundert Menschen.
Aber er hat einen Fehler:
Er braucht einen Fahrer.

General, dein Bombenflugzeug ist stark.
Es fliegt schneller als ein Sturm und trägt mehr als ein Elefant.
Aber es hat einen Fehler:
Es braucht einen Monteur.

General, der Mensch ist sehr brauchbar.
Er kann fliegen und er kann töten.
Aber er hat einen Fehler:
Er kann denken.

WENN DER KRIEG BEGINNT
Werden eure Brüder sich vielleicht verändern
Daß ihre Gesichter nicht mehr kenntlich sind.
Aber ihr sollt gleichbleiben.

Sie werden in den Krieg gehen, nicht
Wie zu einer Schlächterei, sondern
Wie zu einem ernsten Werk. Alles
Werden sie vergessen haben.
Aber ihr sollt nichts vergessen haben.

Man wird euch Branntwein in den Hals gießen
Wie allen ändern.
Aber ihr sollt nüchtern bleiben.

A voz que os comanda
É a voz do inimigo.
Aquele que fala do inimigo
É ele mesmo o inimigo.

GENERAL, SEU TANQUE é um veículo potente.
Arrasa uma floresta inteira e esmaga cem indivíduos.
Tem, porém, um defeito:
Precisa de um condutor.

General, seu bombardeiro é potente.
Voa mais rápido que a tempestade e carrega mais que um elefante.
Tem, porém, um defeito:
Precisa de um mecânico.

General, o ser humano é bastante útil.
Pode voar e matar.
Tem, porém, um defeito:
Pode pensar.

QUANDO A GUERRA COMEÇAR
Seus irmãos talvez se transformem
A ponto de se tornarem irreconhecíveis
Mas vocês hão de permanecer os mesmos.

Eles irão para a guerra, não
Como se vai ao matadouro, mas
Como se vai a um sério empreendimento.
Terão tudo esquecido
Mas vocês nada esquecerão.

Como os demais
Vocês beberão da aguardente que lhes enfiarão goela abaixo
Mas hão de se manter sóbrios.

Der Anstreicher wird sagen, dass irgendwo Länder erobert sind
Aber ihr werdet euch in die Küchen setzen, da
Wo die Kohlrüben gekocht werden.
Der Anstreicher wird sagen
Daß er keinen Fußbreit zurückweichen wird
Und ihr werdet prüfend die Jacken aus Papier anfassen.
Wenn da Sieges glocken läuten sollten
Werdet ihr die Verlustlisten austragen.

Wenn der Trommler seinen Krieg beginnt
Sollt ihr euren Krieg fortführen.
Er wird vor sich Feinde sehen, aber
Wenn er sich umblickt, soll er
Auch hinter sich Feinde sehen:
Wenn er seinen Krieg beginnt
Soll er um sich lauter Feinde sehen.

Was da marschiert
Angetrieben von seinen SS-Leuten
Soll gegen ihn marschieren.

Die Stiefel werden schlecht sein, aber auch
Wenn sie vom besten Leder sind, sollen
Seine Feinde in ihnen marschieren.
Eure Essenrationen werden schmal sein, aber auch wenn sie reichlich sind
Sollen sie euch nicht schmecken.

Seine SS-Leute sollen nicht schlafen dürfen.
Jedes Geschoß sollen sie prüfen müssen
Ob es auch geladen ist. Jeden Prüfer
Soll er prüfen müssen, ob der auch prüft.

O PINTOR DE PAREDES DIRÁ que terras se conquistam algures
Mas vocês estarão sentados na cozinha
Onde os nabos são cozidos.
O pintor de paredes dirá
Que não recuará um milímetro sequer
E vocês tatearão seu casaco de papel.[1]
Ao soarem os sinos da vitória
Vocês divulgarão a lista das baixas.

QUANDO O TAMBOREIRO[2] iniciar sua guerra
Vocês conduzirão sua própria.
Ele verá inimigos à frente, mas
Ao virar a cabeça, verá
Inimigos também atrás:
Ao iniciar sua guerra
Verá inimigos por toda parte.

Os que marcham
Empurrados pela SS
Marcharão contra ele.

As botas serão ruins, mas
Mesmo que sejam de couro legítimo, os inimigos de vocês é que
Marcharão com elas.
As rações destinadas a vocês serão pequenas e, quando fartas,
Insípidas.

Seus soldados da SS não poderão dormir.
Terão de inspecionar cada fuzil e
Averiguar se está carregado. Terão de
Inspecionar cada inspetor e saber se ele de fato inspeciona.

1 Referência à celulose, que substituía a lã de origem animal nas roupas de consumo popular. 2 Um dos epítetos com que Brecht se referia a Hitler.

Alles, was an ihn geht, soll zerstört sein und alles
Was von ihm kommt, soll gegen ihn gebraucht werden.

Tapfer wird sein, wer gegen ihn kämpft.
Klug wird sein, wer seine Pläne vereitelt.
Nur wer ihn bekämpft, wird Deutschland helfen.

Tudo o que lhe diz respeito haverá de ser destruído, e tudo
O que dele provém haverá de ser usado contra ele.

Será valente o que vier a combatê-lo,
Astuto o que sabotar seus planos.
Apenas o que lutar contra ele ajudará a Alemanha.

II

In den finsteren Zeiten
Wird da auch gesungen werden?
Da wird auch gesungen werden.
Von den finsteren Zeiten.

DEUTSCHES LIED

Sie sprechen wieder von großen Zeiten
(Anna, weine nicht)
Der Krämer wird uns ankreiden.

Sie sprechen wieder von Ehre
(Anna, weine nicht)
Da ist nichts im Schrank, was zu holen wäre.

Sie sprechen wieder von Siegen
(Anna, weine nicht)
Sie werden mich schon nicht kriegen.

Es ziehen die Heere
(Anna, weine nicht)
Wenn ich wiederkehre
Kehr ich unter ändern Fahnen wieder.

II

Em tempos sombrios
Também se cantará?
Sim, neles se cantará
Sobre tempos sombrios.

CANÇÃO ALEMÃ

Falam de um futuro dourado
(Anna, não chore)
No armazém compraremos fiado

Falam sempre e novamente de brio
(Anna, não chore)
Nada acharão em nosso armário vazio

Falam de conquistar o além-mar
(Anna, não chore)
Jamais me irão apanhar

As tropas estão passando
(Anna, não chore)
Quando estiver voltando
Virei cercado de outras bandeiras.

BALLADE VON DER JUDENHURE MARIE SANDERS

1

In Nürnberg machten sie ein Gesetz
Darüber weinte manches Weib, das
Mit dem falschen Mann im Bett lag.
»Das Fleisch schlägt auf in den Vorstädten
Die Trommeln schlagen mit Macht
Gott im Himmel, wenn sie etwas vorhätten
Wäre es heute nacht.«

2

Marie Sanders, dein Geliebter
Hat zu schwarzes Haar.
Besser, du bist heute zu ihm nicht mehr
Wie du zu ihm gestern warst.
»Das Fleisch schlägt auf in den Vorstädten
Die Trommeln schlagen mit Macht
Gott im Himmel, wenn sie etwas vorhätten
Wäre es heute nacht.«

3

Mutter, gib mir den Schlüssel
Es ist alles halb so schlimm.
Der Mond sieht aus wie immer.
»Das Fleisch schlägt auf in den Vorstädten
Die Trommeln schlagen mit Macht
Gott im Himmel, wenn sie etwas vorhätten
Wäre es heute nacht.«

BALADA DA PUTA-DE-JUDEU MARIE SANDERS

1

Em Nuremberg baixou-se uma lei[1]
E ela fez chorar as mulheres que
Dormiram com o homem errado.
O preço da carne dispara
Tambores ressoam mui perto
Se a turba algo prepara
Será nesta noite decerto.[2]

2

Marie Sanders, seu namorado
Tem o cabelo muito escuro.
Melhor não ficar com ele hoje
Como ontem ficou.
O preço da carne dispara
Tambores ressoam mui perto
Se a turba algo prepara
Será nesta noite decerto.

3

Mãe, dê-me a chave,
Nem tudo vai mal assim
A lua brilha como sempre.
O preço da carne dispara
Tambores ressoam mui perto
Se a turba algo prepara
Será nesta noite decerto.

1 Referência às "leis raciais de Nuremberg", instituídas em 15 de setembro de 1935, que proibiam o relacionamento conjugal e extraconjugal de judeus com "arianos". 2 Segundo Brecht, referência a um pogrom desencadeado após um aumento no preço dos alimentos.

4

Eines Morgens, früh um neun Uhr
Fuhr sie durch die Stadt
Im Hemd, um den Hals ein Schild, das Haar geschoren.
Die Gasse johlte. Sie
Blickte kalt.
Das Fleisch schlägt auf in den Vorstädten
Der Streicher spricht heute nacht.
Großer Gott, wenn sie ein Ohr hätten
Wüßten sie, was man mit ihnen macht.

BALLADE VON DEN OSSEGER WITWEN

1

Die Osseger Witwen im Witfrauenkleid
Sind nach Prag gekommen, zu fragen:
Was wollt ihr tun für uns und unsere Kinder, liebe Leut?
Sie haben noch nichts gegessen heut!
Und ihre Väter liegen in euren Gruben erschlagen.
Was, haben die Prager Herren gefragt
Was soll man tun mit den Osseger Witwen?

4

Certa manhã, às nove horas
Ela atravessou a cidade
De camisola, o cabelo raspado, uma placa no pescoço.
A rua exultava. Era frio
O olhar de Marie.
O preço da carne dispara
Streicher[3] *no rádio enche o peito*
Não se sabe o que se prepara
Pois ninguém mais ouve direito.

BALADA DAS VIÚVAS DE OSEK

1

Trajadas de luto, as viúvas de Osek[4]
Vieram a Praga a fim de indagar:
Senhores, que podeis nos oferecer?
Nossos filhos nada têm de comer!
E seus pais foram à cova baixar.
Os cavalheiros de Praga se perguntaram:
O que faremos pelas viúvas de Osek?

3 Julius Streicher foi um agitador nazista cuja atuação na imprensa contribuiu para a elaboração das leis racias de Nuremberg. 4 Viúvas de trabalhadores vitimados em abril de 1934 por um acidente numa mina de carvão em Osek, na Tchecoslováquia.

2

Die Osseger Witwen im Witfrauenkleid
Sind begegnet den Polizeisoldaten.
Was wollt ihr tun für uns und unsere Kinder, liebe Leut?
Sie haben noch nichts gegessen heut!
Nun, da haben die Herren Polizisten ihre Gewehre geladen.
Das, haben die Herren Polizisten gesagt
Das wollen wir tun für die Osseger Witwen.

3

Die Osseger Witwen im Witfrauenkleid
Zum Parlament sind sie vorgedrungen.
Was wollt ihr tun für uns und unsere Kinder, liebe Leut?
Sie haben heut Hunger und müssen essen heut!
Nun, da haben die Herren Deputierten eine Rede geschwungen.
Das, haben die Herren Deputierten gesagt
Das können wir tun für die Osseger Witwen.

4

Die Osseger Witwen im Witfrauenkleid
Blieben nachts in den Straßen hocken.
Einer muß doch was für uns tun hier in Prag!
Nun, es war ein Novembertag
Und da ist Schnee gefallen, große, nasse Flocken.
Das, hat der Schnee gesagt
Das können wir tun für die Osseger Witwen.

2

Trajadas de luto, as viúvas de Osek
Uns policiais depois encontraram.
Senhores, que podeis nos oferecer?
Nossos filhos nada têm de comer!
E os policiais seus fuzis carregaram.
Isto, disseram os policiais
Faremos pelas viúvas de Osek.

3

Trajadas de luto, as viúvas de Osek
Ao parlamento, porém, caminharam.
Senhores, que podeis nos oferecer?
Nossos filhos nada têm de comer!
Os deputados então discursaram.
Isto, disseram os deputados
Podemos fazer pelas viúvas de Osek.

4

Trajadas de luto, as viúvas de Osek
Passaram a noite ao relento
Alguém há de ser bondoso e terno!
Era uma fria noite de inverno
E a neve era um duro tormento.
Isto, disse a neve
Podemos fazer pelas viúvas de Osek.

LIED DER STAREN SCHWÄRME

1

Wir sind aufgebrochen im Monat Oktober
In der Provinz Suiyuan
Wir sind rasch geflogen in südlicher Richtung, ohne abzuweichen
Durch vier Provinzen fünf Tage lang.
Fliegt rascher, die Ebenen warten
Die Kalte nimmt zu und
Dort ist Wärme.

2

Wir sind aufgebrochen und waren achttausend
Aus der Provinz Suiyuan
Wir sind mehr geworden täglich um Tausende, je weiter wir kamen
Durch vier Provinzen fünf Tage lang.
Fliegt rascher, die Ebenen warten
Die Kälte nimmt zu und
Dort ist Wärme.

3

Wir überfliegen jetzt die Ebene
In der Provinz Hunan
Wir sehen unter uns große Netze und wissen
Wohin wir geflogen sind fünf Tage lang:
Die Ebenen haben gewartet
Die Wärme nimmt zu und
Der Tod ist uns sicher.

CANÇÃO DOS BANDOS DE ESTORNINHOS

1

Partimos no mês de outubro
Da província de Suiyuan.[5]
Voamos céleres, sem desvios, para o sul
Atravessando quatro províncias, durante cinco dias.
Voem rápido, as planícies estão à espera
O frio aumenta e
Lá faz calor.

2

Partimos e éramos oito mil
Vindos da província de Suiyuan.
Nosso número cresceu diariamente aos milhares à medida que avançávamos
Atravessando quatro províncias, durante cinco dias.
Voem rápido, as planícies estão à espera,
O frio aumenta e
Lá faz calor.

3

Sobrevoamos agora a planície
Da província de Hunan.[6]
Abaixo, avistamos grandes redes e vemos
Para onde voamos durante cinco dias:
As planícies estão à espera,
O calor aumenta e
A morte é certa.

5 Província do noroeste da China. 6 Província do sul da China.

Kinderlieder

ULM 1592

Bischof, ich kann fliegen
Sagte der Schneider zum Bischof.
Paß auf, wie ich's mach!
Und er stieg mit so 'nen Dingen
Die aussahn wie Schwingen
Auf das große, große Kirchendach.
Der Bischof ging weiter,
Das sind lauter so Lügen
Der Mensch ist kein Vogel
Es wird nie ein Mensch fliegen
Sagte der Bischof vom Schneider.

Der Schneider ist verschieden
Sagten die Leute dem Bischof.
Es war eine Hatz.
Seine Flügel sind zerspellet
Und er liegt zerschellet
Auf dem harten, harten Kirchenplatz.
Die Glocken sollen läuten
Es waren nichts als Lügen
Der Mensch ist kein Vogel
Es wird nie ein Mensch fliegen
Sagte der Bischof den Leuten.

Canções infantis

ULM, 1592

Bispo, eu posso voar
Disse o alfaiate ao bispo.[1]
Veja como faço!
E na igreja subiu ao telhado
Com um pano assemelhado
A uma asa em cada braço.
O bispo não quis conversar.
Isso é mentira sem par!
Não é ave o ser humano
Jamais poderá voar
Disse do alfaiate o bispo.

O alfaiate morreu
Correram contar ao bispo.
Houve grande alvoroço
O par de asas se partiu
E o alfaiate sucumbiu
Estatelou-se lá no fosso.
Os sinos devem soar!
Era mentira sem par!
Não é ave o ser humano
Jamais poderá voar
Disse ao povo o bispo.

1 Em 1811, o alfaiate Albrecht Ludwig Berblinger saltou do muro da cidade de Ulm numa tentativa de voar e alcançar a outra margem do Danúbio. Ao cair, não sofreu ferimentos de maior gravidade, mas tornou-se alvo da zombaria dos habitantes da cidade. Brecht faz recuar a época do incidente a 1592, ano do centenário da chegada de Colombo à América.

VOM KIND, DAS SICH NICHT WASCHEN WOLLTE

Es war einmal ein Kind
Das wollte sich nicht waschen.
Und wenn es gewaschen wurde, geschwind
Beschmierte es sich mit Aschen.

Der Kaiser kam zu Besuch
Hinauf die sieben Stiegen
Die Mutter suchte nach einem Tuch
Das Schmutzkind sauber zu kriegen.

Ein Tuch war grad nicht da
Der Kaiser ist gegangen
Bevor das Kind ihn sah
Das Kind konnt's nicht verlangen.

KLEINES BETTELLIED

Singt noch ein Lied und denkt euch nur
Der Wirt hat seinen Pfennig an einer Schnur
Er führt ihn so wie einen Hund
Daß er ihm nie entlaufen kunnt.
Singt laut!
Daß er sich vor den Nachbarn nicht geizig zu sein traut.

Singt nicht nur laut, sondern auch schön
Das wird dem Wirt zu Herzen gehn.
Singt laut und schön und stellt den Fuß
In den Türspalt, daß er auflassen muß.
Im Nu
Sagt er dankschön und haut seine Türe vor euch zu.

DA CRIANÇA QUE NÃO QUERIA SE LAVAR

Era uma vez um menino
Que evitava se lavar
E ao ser banhado o ladino
Ia logo se sujar.

De visita o rei soberano
Subiu aos andares de cima
A mãe procurou por um pano
Pra limpar o filho traquina.

Não havia pano por perto
E o rei tratou de partir.
Assim não o viu o esperto
Que nada pôde exigir.

CANÇONETA DA ESMOLA

Canta à sua porta, mas sê vigilante
A moeda do amo vai presa ao barbante.
É como o cão refém de uma guia
Caso contrário o animal fugiria.
Canta bem alto, com muita firmeza!
Não quer que o vizinho lhe note a avareza.

Canta bem alto, canta pungente
E o seu coração cederá clemente.
Canta bonito, escolhe o tom certo
E mantém com teu pé o portão aberto
Mas fica de olho!
Caso contrário, ele passa o ferrolho.

Und wenn er in die Tasche greift
Dann denkt, wie schnell man eingeseift
Sagt dankschön, aber achtet scharf
Was er euch in die Büchse warf
Ein Schwein
Wirft da leicht noch geschickt einen Hosenknopf hinein.

DER PFLAUMENBAUM

Im Hofe steht ein Pflaumenbaum
Der ist klein, man glaubt es kaum.
Er hat ein Gitter drum
So tritt ihn keiner um.

Der Kleine kann nicht größer wer'n.
Ja größer wer'n, das möcht er gern.
's ist keine Red davon
Er hat zu wenig Sonn.

Den Pflaumenbaum glaubt man ihm kaum
Weil er nie eine Pflaume hat
Doch er ist ein Pflaumenbaum
Man kennt es an dem Blatt.

MEIN BRUDER WAR EIN FLIEGER

Mein Bruder war ein Flieger
Eines Tags bekam er eine Kart
Er hat seine Kiste eingepackt
Und südwärts ging die Fahrt.

Quando apanhar a carteira
Vigia-lhe a mão matreira
Agradece, mas presta atenção
À moeda que te joga no chão.
Em vez de moeda, canalha à beça
É botão de camisa o que arremessa.

A AMEIXEIRA

A ameixeira no quintal
É pequena, sem igual.
Com arame bem cercada
Por ninguém é maltratada.

Crescer ela bem queria
Mas restou-lhe a atrofia.
A pobre não tem mercê
Afinal o sol não vê.

Ninguém crê na ameixeira
Que seu fruto não carrega
Todavia é verdadeira
A folhagem não o nega.

MEU IRMÃO ERA PILOTO[2]

Meu irmão era piloto
Certo dia foi chamado
Fez a mala e disse adeus
Lá no sul era aguardado.

2 O poema alude ao emprego de aviões da força aérea alemã em apoio às forças fascistas na Guerra Civil Espanhola. Guernica, a pequena vila da Província de Biscaia, foi um de seus alvos.

Mein Bruder ist ein Eroberer
Unserm Volke fehlt's an Raum
Und Grund und Boden zu kriegen ist
Bei uns ein alter Traum.

Der Raum, den mein Bruder eroberte
Liegt im Quadaramamassiv
Er ist lang einen Meter achtzig
Und einen Meter fünfzig tief.

DER GOTTSEIBEIUNS

Herr Bäcker, das Brot ist verbacken!
Das Brot kann nicht verbacken sein
Ich gab so schönes Mehl hinein
Und gab auch schön beim Backen acht
Und sollt es doch verbacken sein
Dann hat's der Gottseibeiuns gemacht
Der hat das Brot verbacken.

Herr Schneider, der Rock ist verschnitten!
Der Rock kann nicht verschnitten sein
Ich fädelte selber die Nadel ein
Und gab sehr mit der Schere acht
Und sollt er doch verschnitten sein
Dann hat's der Gottseibeiuns gemacht
Der hat den Rock verschnitten.

Meu irmão foi à conquista
Mais espaço é o que nos falta[3]
Ganhar chão é sonho antigo
Que embala a nossa malta.

Na Espanha conquistou
Seu espaço neste mundo
Metro e oitenta de comprido
Metro e meio até o fundo.

O «CAPETA»

Padeiro, o pão está cru!
Cru não há de estar
Usei farinha a fartar
Forneei com todo cuidado
Não quis ele assar?
O capeta é o culpado
Deixando-o assim cru.

Alfaiate, que terno mal-feito!
Mal-feito não há de estar!
Pus-me eu mesmo a costurar
Ajustei-o com cuidado
Se ficou de pernas pro ar
O capeta é o culpado
Deixando-o mal-feito.

3 Alusão à doutrina nazista do "espaço vital" [*Lebensraum*], justificativa para a invasão e ocupação de territórios estrangeiros.

Herr Maurer, die Wand ist geborsten!
Die Wand kann nicht geborsten sein
Ich setzte selber Stein auf Stein
Und gab auch auf den Mörtel acht
Und sollt sie doch geborsten sein
Dann hat's der Gottseibeiuns gemacht
Der hat die Wand geborsten.

Herr Kanzler, die Leut sind verhungert!
Die Leute können nicht verhungert sein
Ich nehme selber nicht Fleisch, nicht Wein
Und rede für euch Tag und Nacht
Und solltet ihr doch verhungert sein
Dann hat's der Gottseibeiuns gemacht
Der hat euch ausgehungert.

Liebe Leut, der Kanzler hänget!
Der Kanzler kann nicht gehänget sein
Er hat sich doch geschlossen ein
Und war von tausend Mann bewacht
Und sollt er doch gehänget sein
Dann hat's der Gottseibeiuns gemacht
Der hat den Kanzler gehänget.

Pedreiro, o muro está a cair!
Caindo não há de estar
Minha mão fez assentar
Os tijolos com cuidado
Se está por desabar
O capeta é o culpado
Deixando-o cair.

Chanceler, o povo tem fome!
Com fome não há de estar!
Sou o primeiro a jejuar[4]
E vos sirvo abnegado
Se a fome vem matar
O capeta é o culpado
Deixando-vos com fome.

O chanceler foi enforcado!
Enforcado não há de estar
Pois tratou de se trancar
Por mil homens bem guardado
Mas foi na forca parar?
O capeta é o culpado
Deixando que fosse enforcado.

4 A propaganda nazista enaltecia a frugalidade de Hitler, que era vegetariano e abstinente.

Kampfmärsche

KEINER ODER ALLE

1

Sklave, wer wird dich befreien?
Die in tiefster Tiefe stehen
Werden, Kamerad, dich sehen
Und sie werden hörn dein Schreien.
Sklaven werden dich befreien.
Keiner oder alle. Alles oder nichts.
Einer kann sich da nicht retten.
Gewehre oder Ketten.
Keiner oder alle. Alles oder nichts.

2

Hungernder, wer wird dich speisen?
Willst du dir ein Brot abschneiden
Komm zu uns, die Hunger leiden
Laß uns dir die Wege weisen.
Hungernde werden dich speisen.
Keiner oder alle. Alles oder nichts.
Einer kann sich da nicht retten.
Gewehre oder Ketten.
Keiner oder alle. Alles oder nichts.

Marchas de luta[1]

NENHUM OU TODOS

1

Quem, escravo, te livrará da prisão?
Hão de ser os oprimidos
Que ouvirão os teus gemidos
E os teus rogos notarão.
Escravos te libertarão.
Nenhum ou todos. Tudo ou nada.
Ninguém se liberta sozinho
Ou bem fuzil ou pelourinho!
Nenhum ou todos. Tudo ou nada.

2

Quem, faminto, te dará comida?
Queres um bocado de pão?
Nós te daremos a mão
E indicaremos a saída
Famintos te darão comida.
Nenhum ou todos. Tudo ou nada.
Ninguém se liberta sozinho
Ou bem fuzil ou pelourinho!
Nenhum ou todos. Tudo ou nada.

1 A rubrica "Marchas de luta" [*Kampfmärsche*] não consta da edição alemã. Foi aqui introduzida para separar de maneira mais clara esta seção das "Canções infantis", que a precedem.

3

Wer, Geschlagener, wird dich rächen?
Du, dem sie den Schlag versetzten
Reih dich ein bei den Verletzten
Wir in allen unsern Schwächen
Werden, Kamerad, dich rächen.
Keiner oder alle. Alles oder nichts.
Einer kann sich da nicht retten.
Gewehre oder Ketten.
Keiner oder alle. Alles oder nichts.

4

Wer, Verlorener, wird es wagen?
Wer sein Elend nicht mehr tragen
Kann, muß sich zu jenen schlagen
Die aus Not schon dafür sorgen
Daß es heut heißt und nicht morgen.
Keiner oder alle. Alles oder nichts.
Einer kann sich da nicht retten.
Gewehre oder Ketten.
Keiner oder alle. Alles oder nichts.

LIED GEGEN DEN KRIEG

1

Der Prolet wird in den Krieg verladen
Daß er tapfer und selbstlos ficht.
Warum und für wen, wird ihm nicht verraten
Für ihn selber ist es nicht.
Dreck euer Krieg! So macht ihn doch allein!
Wir drehen die Gewehre um

3

Quem vingará tua costa surrada?
Com teus braços torcidos
Junta-te aos outros feridos
À gente pobre, alquebrada.
Vingar-te-emos, camarada.
Nenhum ou todos. Tudo ou nada.
Ninguém se liberta sozinho
Ou bem fuzil ou pelourinho!
Nenhum ou todos. Tudo ou nada.

4

Quem, perdedor, terá tal afã?
Quem a miséria não mais aguenta
É que se junta a quem atenta
Pra que a luta não seja vã.
Que se vença hoje e não amanhã.
Nenhum ou todos. Tudo ou nada.
Ninguém se liberta sozinho
Ou bem fuzil ou pelourinho!
Nenhum ou todos. Tudo ou nada.

CANÇÃO CONTRA A GUERRA

1

O proleta vai à guerra fardado
Para forte e brioso lutar
Por quê e por quem não lhe é contado
Não será para o seu bem-estar.
Merda de guerra! Fazei-a sozinhos!
Para trás nós vamos mirar →

Und machen einen andern Krieg
Das wird der richtige sein.

2

Der Prolet muß in den vordersten Graben
Die Generäle bleiben dahint.
Und wenn die Herren gegessen haben
Kann sein, daß er auch noch etwas find't.
Dreck euer Krieg! So macht ihn doch allein!
Wir drehen die Gewehre um
Und machen einen ändern Krieg
Das wird der richtige sein.

3

Der Prolet baut ihnen die Kriegsmaschinen
Für einen schlechten Lohn
Damit sie ums Leben bringen mit ihnen
Mancher Proletenmutter Sohn.
Dreck euer Krieg! So macht ihn doch allein!
Wir drehen die Gewehre um
Und machen einen ändern Krieg
Das wird der richtige sein.

4

Der Prolet bezahlt die Niederlage
Der Prolet bezahlt den Sieg.
Drum planen sie bis zum Jüngsten Tage
Mit ihm noch manchen blutigen Krieg.
Dreck euer Krieg! So macht ihn doch allein!
Wir drehen die Gewehre um
Und machen einen ändern Krieg
Das wird der richtige sein.

E guerra distinta iremos travar
Lado a lado com nossos vizinhos.

2

O proleta combate no fronte
O general bem se esconde lá atrás
E se este comer um monte
Contentai-vos co'a sobra, aliás.
Merda de guerra! Fazei-a sozinhos!
Para trás nós vamos mirar
E guerra distinta iremos travar
Lado a lado com nossos vizinhos.

3

O proleta o rifle fabrica
Em troca de salário ruim
E o rifle mais dor implica
De outro proleta à vida põem fim
Merda de guerra! Fazei-a sozinhos!
Para trás nós vamos mirar
E guerra distinta iremos travar
Lado a lado com nossos vizinhos.

4

Pela derrota paga o proleta
Pela vitória ele paga também
Os poderosos impõem esta meta:
Que luteis novas guerras além.
Merda de guerra! Fazei-a sozinhos!
Para trás nós vamos mirar
E guerra distinta iremos travar
Lado a lado com nossos vizinhos.

5

Der Prolet steht Jahr und Tag im Kriege
In der großen Klassenschlacht
Und er blutet und zahlt bis zu seinem Siege
Der ihn für immer zum Herren macht.
Dreck euer Krieg! So macht ihn doch allein!
Wir drehen die Gewehre um
Und machen einen andern Krieg
Das wird der richtige sein.

EINHEITSFRONTLIED

1

Und weil der Mensch ein Mensch ist
Drum will er was zum Essen, bitte sehr!
Es macht ihn ein Geschwätz nicht satt
Das schafft kein Essen her.
Drum links, zwei, drei! Drum links, zwei, drei!
Wo dein Platz, Genosse, ist!
Reih dich ein in die Arbeitereinheitsfront
Weil du auch ein Arbeiter bist.

2

Und weil der Mensch ein Mensch ist
Hat er Stiefel im Gesicht nicht gern.
Er will unter sich keinen Sklaven sehn
Und über sich keinen Herrn.
Drum links, zwei, drei! Drum links, zwei, drei!
Wo dein Platz, Genosse, ist!
Reih dich ein in die Arbeitereinheitsfront
Weil du auch ein Arbeiter bist.

5

Luta o proleta dia após dia
A guerra de classes renhida
Com seu sangue a vitória avia
A tirania será batida.
Merda de guerra! Fazei-a sozinhos!
Para trás nós vamos mirar
E guerra distinta iremos travar
Lado a lado com nossos vizinhos.

CANÇÃO DA FRENTE UNIDA

1

E por um homem ser um homem
Ele quer seu alimento!
Palavras não satisfazem
Não lhe dão nenhum sustento.
À esquerda, um, dois, três! À esquerda, um, dois, três!
A unidade é seu penhor!
Junte-se à frente, afinal
Você é trabalhador.

2

E por um homem ser um homem
Do chefe não lhe apraz o tacão.
Não quer mandar em escravos
Nem sujeitar-se ao patrão.
À esquerda, um, dois, três! À esquerda, um, dois, três!
A unidade é seu penhor!
Junte-se à frente, afinal
Você é trabalhador.

3

Und weil der Prolet ein Prolet ist
Drum wird ihn kein andrer befrein.
Es kann die Befreiung der Arbeiter nur
Das Werk der Arbeiter sein.
Drum links, zwei, dreif Drum links, zwei, drei!
Wo dein Platz, Genosse, ist!
Reih dich ein in die Arbeitereinheitsfront
Weil du auch ein Arbeiter bist.

RESOLUTION

1

In Erwägung unsrer Schwäche machtet
Ihr Gesetze, die uns knechten solln.
Die Gesetze seien künftig nicht beachtet
In Erwägung, daß wir nicht mehr Knecht sein wolln.
In Erwägung, daß ihr uns dann eben
Mit Gewehren und Kanonen droht
Haben wir beschlossen: nunmehr schlechtes Leben
Mehr zu fürchten als den Tod.

2

In Erwägung, daß wir hungrig bleiben
Wenn wir dulden, daß ihr uns bestehlt
Wollen wir mal feststelln, daß nur Fensterscheiben
Uns vom guten Brote trennen, das uns fehlt.
In Erwägung, daß ihr uns dann eben
Mit Gewehren und Kanonen droht
Haben wir beschlossen: nunmehr schlechtes Leben
Mehr zu fürchten als den Tod.

3

E por ser proleta o proleta
Não o livrará mais ninguém
Além dos seus companheiros
De sua condição refém.
À esquerda, um, dois, três! À esquerda, um, dois, três!
A unidade é seu penhor!
Junte-se à frente, afinal
Você é trabalhador.

RESOLUÇÃO

1

Considerando a nossa fraqueza
Governais para nos jungir
Mas já não seremos presa
Não mais vos iremos servir.
Considerando a vossa intenção
De nos deter com fuzis
Decidimos que o paredão
É melhor que a vida infeliz.

2

Considerando a vazia panela
Que nos lega o nosso patrão
Vemos: da padaria a janela
É só o que nos separa do pão.
Considerando a vossa intenção
De nos deter com fuzis
Decidimos que o paredão
É melhor que a vida infeliz.

3

In Erwägung, daß da Häuser stehen
Während ihr uns ohne Bleibe laßt
Haben wir beschlossen, jetzt dort einzuziehen
Weil es uns in unsern Löchern nicht mehr paßt.
In Erwägung, daß ihr uns dann eben
Mit Gewehren und Kanonen droht
Haben wir beschlossen: nunmehr schlechtes Lehen
Mehr zu fürchten als den Tod.

4

In Erwägung: es gibt zuviel Kohlen
Während es uns ohne Kohlen friert
Haben wir beschlossen, sie uns jetzt zu holen
In Erwägung, daß es uns dann warm sein wird.
In Erwägung, daß ihr uns dann eben
Mit Gewehren und Kanonen droht
Haben wir beschlossen: nunmehr schlechtes Leben
Mehr zu fürchten als den Tod.

5

In Erwägung: es will euch nicht glücken
Uns zu schaffen einen guten Lohn
Übernehmen wir jetzt selber die Fabriken
In Erwägung: ohne euch reicht's für uns schon.
In Erwägung, daß ihr uns dann eben
Mit Gewehren und Kanonen droht
Haben wir beschlossen: nunmehr schlechtes Leben
Mehr zu fürchten als den Tod.

3

Considerando as casas vazias
E que não temos um bom teto
Ocuparemos tais moradias
Não mais o casebre abjeto!
Considerando a vossa intenção
De nos deter com fuzis
Decidimos que o paredão
É melhor que a vida infeliz.

4

Considerando o carvão abundante
E que sofremos um frio descabido
Decidimos tomá-lo, avante!
Para termos um lar aquecido.
Considerando a vossa intenção
De nos deter com fuzis
Decidimos que o paredão
É melhor que a vida infeliz.

5

Considerando que não pagais
O que seja um salário decente
Vossas fábricas esqueçais
Serão nossas daqui para a frente
Considerando a vossa intenção
De nos deter com fuzis
Decidimos que o paredão
É melhor que a vida infeliz.

6

In Erwägung, daß wir der Regierung
Was sie immer auch verspricht, nicht traun
Haben wir beschlossen, unter eigner Führung
Uns nunmehr ein gutes Leben aufzubaun.
In Erwägung: ihr hört auf Kanonen
— Andre Sprache könnt ihr nicht verstehn —
Müssen wir dann eben, ja, das wird sich lohnen!
Die Kanonen auf euch drehn!

6

Considerando que no governo
Não apostamos nenhuma ficha
Decidimos pôr-lhe termo
E acabar co'a vida mixa.
Considerando que os canhões ouvis
— Não conheceis outra linguagem —
Contra os tiros de nossos fuzis
Não mais tereis blindagem.

III
Chroniken

FRAGEN EINES LESENDEN ARBEITERS

Wer baute das siebentorige Theben?
In den Büchern stehen die Namen von Königen.
Haben die Könige die Felsbrocken herbeigeschleppt?
Und das mehrmals zerstörte Babylon
Wer baute es so viele Male auf? In welchen Häusern
Des goldstrahlenden Lima wohnten die Bauleute?
Wohin gingen an dem Abend, wo die chinesische Mauer fertig war
Die Maurer? Das große Rom
Ist voll von Triumphbögen. Wer errichtete sie? Über wen
Triumphierten die Cäsaren? Hatte das vielbesungene Byzanz
Nur Paläste für seine Bewohner? Selbst in dem sagenhaften Atlantis
Brüllten in der Nacht, wo das Meer es verschlang
Die Ersaufenden nach ihren Sklaven.

Der junge Alexander eroberte Indien.
Er allein?
Cäsar schlug die Gallier.
Hatte er nicht wenigstens einen Koch bei sich?
Philipp von Spanien weinte, als seine Flotte
Untergegangen war. Weinte sonst niemand?
Friedrich der Zweite siegte im Siebenjährigen Krieg. Wer
Siegte außer ihm?

III
Crônicas

PERGUNTAS DE UM TRABALHADOR ENQUANTO LÊ

Quem construiu a Tebas das sete portas?
Nos livros constam os nomes de reis.
Foram eles que arrastaram até lá os blocos de pedra?
E a Babilônia tantas vezes derrubada?
Quem a reergueu outras tantas? Em que casas
Moravam os construtores da Lima reluzente de ouro?
Aonde foram os pedreiros na noite em que se terminou a
construção
Da Muralha da China? A grande Roma
Está repleta de arcos do triunfo. Quem os erigiu? Sobre quem
Triunfaram os Césares? Possuía a tão decantada Bizâncio
Apenas palácios para seus habitantes? Mesmo na mítica
Atlântida
Os que se afogavam clamaram por seus escravos
Na noite em que o mar tragou a cidade

O jovem Alexandre conquistou a Índia.
Ele sozinho?
César bateu os gauleses.
Não trazia sequer um cozinheiro consigo?
Filipe da Espanha chorou quando sua armada
Sucumbiu. Ninguém mais chorou?
Frederico II venceu a Guerra dos Sete Anos. Quem mais
Com ele venceu?

Jede Seite ein Sieg.
Wer kochte den Siegesschmaus?
Alle zehn Jahre ein großer Mann.
Wer bezahlte die Spesen?

So viele Berichte
So viele Fragen.

DER SCHUH DES EMPEDOKLES

1

Als Empedokles, der Agrigenter
Sich die Ehrungen seiner Mitbürger erworben hatte zugleich
Mit den Gebrechen des Alters
Beschloß er zu sterben. Da er aber
Einige liebte, von denen er wieder geliebt ward
Wollte er nicht zunichte werden vor ihnen, sondern
Lieber zu Nichts.
Er lud sie zum Ausflug, nicht alle
Einen oder den andern ließ er auch weg, so in die Auswahl
Und das gesamte Unternehmen
Zufall zu mengen.
Sie bestiegen den Ätna.
Die Mühe des Steigens
Erzeugte Schweigen. Niemand vermißte
Weise Worte. Oben
Schnauften sie aus, zum gewohnten Pulse zu kommen
Beschäftigt mit Aussicht, fröhlich, am Ziel zu sein.
Unbemerkt verließ sie der Lehrer.
Als sie wieder zu sprechen begannen, merkten sie
Noch nichts, erst später
Fehlte hier oder da ein Wort und sie sahen sich um nach ihm.
Er aber ging da schon längst um die Bergkuppe

Cada página, uma vitória.
Quem preparava o banquete da vitória?
Cada dez anos, um grande homem.
Quem bancava as despesas?

Tantos relatos!
Tantas perguntas!

A SANDÁLIA DE EMPÉDOCLES

1

Após conquistar o respeito de seus concidadãos
E já padecendo as dores da velhice
Empédocles de Agrigento decidiu morrer. Como
Gostava de alguns deles, que retribuíam seu afeto
Não quis desaparecer diante de seus olhos, tendo antes desejado
Unir-se ao nada.
Convidou-os então a um passeio; não todos, porém.
Deixou um ou outro de lado
Entregando ao acaso
As escolhas e a jornada.
Subiram o Etna.
O esforço da escalada
Emudeceu-os. Ninguém ali
Carecia de palavras sábias. No alto
Recobraram o fôlego, aplacaram o pulso
E se entretiveram com a vista, felizes por terem chegado.
Sem que o notassem, o mestre os deixou.
Quando voltaram a conversar, de início
Nada perceberam; em seguida, porém
Faltando-lhes aqui e ali uma palavra, começaram a procurá-lo.
Sem muita pressa, contudo, havia muito ele contornara →

Nicht so sehr eilend. Einmal
Blieb er stehen, da hörte er
Wie entfernt weit hinter der Kuppe
Das Gespräch wieder anhub. Die einzelnen Worte
Waren nicht mehr zu verstehen: das Sterben hatte begonnen.
Als er am Krater stand
Abgewandten Gesichts, nicht wissen wollend das Weitere
Das ihn nicht mehr betraf, bückte der Alte sich langsam
Löste sorglich den Schuh vom Fuß und warf ihn lächelnd
Ein paar Schritte seitwärts, so daß er nicht allzu bald
Gefunden würd, aber doch rechtzeitig, nämlich
Bevor er verfault wär. Dann erst
Ging er zum Krater. Als seine Freunde
Ohne ihn und ihn suchend zurückgekehrt waren
Fing durch die nächsten Wochen und Monate mählich
Jetzt sein Absterben an, so wie er's gewünscht hatte. Immer noch
Warteten einige auf ihn, während schon andere
Ihn gestorben gaben. Immer noch stellten
Einige ihre Fragen zurück bis zu seiner Wiederkehr, während schon andere
Selber die Lösung versuchten. Langsam wie Wolken
Sich entfernen am Himmel, unverändert, nur kleiner werdend
Weiter weichend, wenn man nicht hinsieht, entfernter
Wenn man sie wieder sucht, vielleicht schon verwechselt mit ändern
So entfernte er sich aus ihrer Gewohnheit, gewöhnlicherweise.
Dann erwuchs ein Gerücht.
Er sei nicht gestorben, da er nicht sterblich gewesen sei, hieß es.
Geheimnis umgab ihn. Es wurde für möglich gehalten
Daß außer Irdischem anderes sei, daß der Lauf des Menschlichen
Abzuändern sei für den einzelnen: solches Geschwätz kam auf.
Aber zu dieser Zeit wurde dann sein Schuh gefunden, der aus Leder
Der greifbare, abgetragene, der irdische! Hinterlegt für jene, die

O cume da montanha. Deteve-se
Ainda uma vez e ouviu a conversa que se reiniciara
Do outro lado. Já não distinguia
As palavras claramente: a morte começara.
Ao chegar junto à cratera
Com a face voltada à direção oposta e apartado das coisas
Que já não lhe diziam respeito, curvou-se lentamente
Desatou a correia de uma das sandálias e, sorrindo, atirou-a
Alguns passos adiante, de modo que não fosse
Logo encontrada, mas que o fosse ainda em tempo, ou seja,
Antes de apodrecer. Só então
Foi ter com a cratera. Quando seus amigos
Sem ele e em busca dele retornaram
Iniciou-se paulatinamente a sua morte, por semanas e meses
Tal como a desejara. Alguns
Ainda o aguardavam, enquanto outros
Davam-no por morto. Alguns abandonaram suas questões
Até que ele retornasse, enquanto outros
Tentaram resolvê-las por si mesmos. Lentamente
Assim como as nuvens que se afastam no céu inalteradas, que se tornam
apenas menores e
Mais dispersas ao deixarmos de olhar para elas, mais distantes
Quando as procuramos novamente, misturadas talvez a outras nuvens
Assim também ele, de modo ordinário, afastou-se de suas vidas ordinárias.
Surgiu, entretanto, um rumor.
Ele não teria morrido, pois, dizia-se, não seria mortal.
Envolvia-o um segredo. Alguns conjecturaram
Um fenômeno sobrenatural, a possibilidade de o destino de alguns
Ser, por vezes, alterado. Houve esse falatório.
Acharam então sua sandália, aquela de couro
Palpável, surrada, terrena! Legada àqueles que →

Wenn sie nicht sehen, sogleich mit dem Glauben beginnen.
Seiner Tage Ende
War so wieder natürlich. Er war wie ein anderer gestorben

2

Andere wieder beschreiben den Vorgang
Anders: dieser Empedokles habe
Wirklich versucht, sich göttliche Ehren zu sichern
Und durch geheimnisvolles Entweichen, durch einen schlauen
Zeugenlosen Sturz in den Ätna die Sage begründen wollen, er
Sei nicht von menschlicher Art, den Gesetzen des Verfalls
Nicht unterworfen. Dabei dann
Habe sein Schuh ihm den Possen gespielt, in Hände zu fallen
(Einige sagen sogar, der Krater selber, verärgert
Über solches Beginnen, habe den Schuh des Entarteten
Einfach ausgespien). Aber da glauben wir lieber:
Wenn er den Schuh tatsächlich nicht auszog, hätte er eher
Nur unsere Dummheit vergessen und nicht bedacht, wie wir eilends
Dunkles noch dunkler machen wollen und lieber das Ungereimte
Glauben, als suchen nach einem zureichenden Grund.Und dann hätte der Berg
Zwar nicht empört über solche Nachlässigkeit oder gar glaubend
Jener hätte uns täuschen wollen, um göttliche Ehren zu heimsen
(Denn der Berg glaubt nichts und ist mit uns nicht beschäftigt)
Aber doch eben Feuer speiend wie immer, den Schuh uns
Ausgeworfen, und so hielten die Schüler
Schon beschäftigt, großes Geheimnis zu wittern
Tiefe Metaphysik zu entwickeln, nur allzu beschäftigt!
Plötzlich bekümmert den Schuh des Lehrers in Händen, den greifbaren
Abgetragenen, den aus Leder, den irdischen.

Se não a vissem, passariam imediatamente à crença.
Desse modo, o fim de seus dias
Tornou-se novamente natural. Morrera como qualquer um.

2

Outros descrevem o acontecimento
De maneira diversa: Empédocles buscara
Realmente alçar-se à condição divina
E — orquestrando uma desaparição misteriosa, por meio de
Uma queda na cratera, ardilosamente tramada e não
testemunhada — desejara
Criar a lenda de que não teria uma natureza humana e escapara
Às leis do ocaso. Assim
Ao cair em mãos humanas, a sandália lhe pregara uma peça.
(Alguns chegaram a dizer que a própria cratera, ofendida
Por tal comportamento, cuspira de volta
A sandália do degenerado). Preferimos acreditar no seguinte:
Se ele de fato não houvesse tirado a sandália, teria ignorado
A nossa estupidez e não teria pensado em como nos apressamos
A tornar o que é obscuro ainda mais obscuro e acreditar mais no
Disparate do que na busca das provas necessárias. Pois a
montanha
Não se indignou com a displicência nem acreditou
Que ele nos quisesse enganar para obter as honras divinas
(A montanha em nada acredita e não se importa conosco).
Antes, cuspindo seu fogo como sempre, arremessou-nos
A sandália de volta, e assim os discípulos
Já ocupados em descobrir um grande segredo
Deveras ocupados em desenvolver uma profunda metafísica!
Apanharam aflitos a sandália do mestre, a palpável
De couro, surrada, terrena.

LEGENDE VON DER ENTSTEHUNG DES BUCHES TAOTEKING AUF DEM WEG DES LAOTSE IN DIE EMIGRATION

1

Als er siebzig war und war gebrechlich
Drängte es den Lehrer doch nach Ruh
Denn die Güte war im Lande wieder einmal schwächlich
Und die Bosheit nahm an Kräften wieder einmal zu.
Und er gürtete den Schuh.

2

Und er packte ein, was er so brauchte:
Wenig. Doch es wurde dies und das.
So die Pfeife, die er immer abends rauchte
Und das Büchlein, das er immer las.
Weißbrot nach dem Augenmaß.

3

Freute sich des Tals noch einmal und vergaß es
Als er ins Gebirg den Weg einschlug.
Und sein Ochse freute sich des frischen Grases
Kauend, während er den Alten trug.
Denn dem ging es schnell genug.

4

Doch am vierten Tag im Felsgesteine
Hat ein Zöllner ihm den Weg verwehrt:
»Kostbarkeiten zu verzollen?« - »Keine.«
Und der Knabe, der den Ochsen führte, sprach: »Er hat gelehrt.«
Und so war auch das erklärt.

LENDA SOBRE O SURGIMENTO DO LIVRO DAO DE JING NO CAMINHO DE LAO ZI PARA A EMIGRAÇÃO

1

Aos setenta anos de idade
Quis o mestre seu descanso
No país faltava bondade
E a maldade tornara-se um ranço
Disse, pois: à jornada me lanço!

2

E fez no alforje caber
Pouco, o que lhe aprazia:
O cachimbo do anoitecer
O livro que sempre lia
E comida para um dia.

3

Viu o vale uma última vez
E então para os montes tornou.
O pasto bom, montanhês
Alegrava o boi que o levou
E ele também se alegrou.

4

No quarto dia de caminhada
A aduana o parou de matina
"Algo a declarar?" "Não, nada!"
Disse o guia do boi: "ele ensina"
Findava assim a sabatina.

5

Doch der Mann in einer heitren Regung
Fragte noch: »Hat er was rausgekriegt?«
Sprach der Knabe: »Daß das weiche Wasser in Bewegung
Mit der Zeit den mächtigen Stein besiegt.
Du verstehst, das Harte unterliegt.«

6

Daß er nicht das letzte Tageslicht verlöre
Trieb der Knabe nun den Ochsen an.
Und die drei verschwanden schon um eine schwarze Föhre
Da kam plötzlich Fahrt in unsern Mann
Und er schrie: »He, du! Halt an!

7

Was ist das mit diesem Wasser, Alter?«
Hielt der Alte: »Intressiert es dich?«
Sprach der Mann: »Ich bin nur Zollverwalter
Doch wer wen besiegt, das intressiert auch mich.
Wenn du's weißt, dann sprich!

8

Schreib mir's auf! Diktier es diesem Kinde!
So was nimmt man doch nicht mit sich fort.
Da gibt's doch Papier bei uns und Tinte
Und ein Nachtmahl gibt es auch: ich wohne dort.
Nun, ist das ein Wort?«

9

Über seine Schulter sah der Alte
Auf den Mann: Flickjoppe. Keine Schuh.
Und die Stirne eine einzige Falte.

5

O guarda, porém, na questão perdura:
"Qual a lição que ele mesmo tira?"
"Que a água mole a pedra fura
Bate tanto até feri-la
E eis que a rocha barro vira!"

6

Escurecia, e pra seguir o caminho
O guia, um menino, o boi logo trouxe
E entraram os três num bosque de pinho
Mas de repente o guarda irritou-se
Não mais, não mais calou-se.

7

Que tem a água, ancião?
O velho o mirou: "saber te interessa?"
"De muitas coisas não tenho noção
Mas quem vence quem, depressa
Eu quero saber — confessa!

8

Escreve, dita à criança!
Algo assim logo se esquece
De papel tenho abastança
E, também, o vinho que aquece.
E, então, ficar te apetece?"

9

O ancião contemplou o sujeito
A roupa que inspirava desdém
Era só rugas, o rosto desfeito →

Ach, kein Sieger trat da auf ihn zu.
Und er murmelte: »Auch du?«

10

Eine höfliche Bitte abzuschlagen
War der Alte, wie es schien, zu alt.
Denn er sagte laut: »Die etwas fragen
Die verdienen Antwort.« Sprach der Knabe: »Es wird auch schon kalt.«
»Gut, ein kleiner Aufenthalt.«

11

Und von seinem Ochsen stieg der Weise
Sieben Tage schrieben sie zu zweit.
Und der Zöllner brachte Essen (und er fluchte nur noch leise
Mit den Schmugglern in der ganzen Zeit).
Und dann war's soweit.

12

Und dem Zöllner händigte der Knabe
Eines Morgens einundachtzig Sprüche ein
Und mit Dank für eine kleine Reisegabe
Bogen sie um jene Föhre ins Gestein.
Sagt jetzt: kann man höflicher sein?

13

Aber rühmen wir nicht nur den Weisen
Dessen Name auf dem Buche prangt!
Denn man muß dem Weisen seine Weisheit erst entreißen.
Darum sei der Zöllner auch bedankt:
Er hat sie ihm abverlangt.

Um pobre do fracasso refém
E pensou: "tu também!"

10

Muitos anos contava o ancião
E ser descortês já não queria:
"Resposta merece a questão!"
E disse o menino: "a noite está fria."
"Pois bem, uma breve estadia."

11

O sábio apeou do animal
Escreveram por uma semana.
O guarda trazia pão (mal-
Dizia aquela muamba).
Findou-se então a visita à cabana.

12

Ao guarda entregou o pequeno
Oitenta e uma sentenças
E, grato, fez-lhe um aceno.
Foram-se então sem mais detença.
Já viu alguém tal recompensa?

13

Não celebremos o sábio somente
Que tem no livro seu nome gravado!
Cumpre extrair-lhe a lição pertinente.
Ao guarda, pois, o nosso obrigado
Ele bem soube cobrar seu bocado.

BESUCH BEI DEN VERBANNTEN DICHTERN

Als er im Traum die Hütte betrat der verbannten
Dichter, die neben der Hütte gelegen ist
Wo die verbannten Lehrer wohnen (er hörte von dort
Streit und Gelächter), kam ihm zum Eingang
Ovid entgegen und sagte ihm halblaut:
»Besser, du setzt dich noch nicht. Du bist noch nicht gestorben.
Wer weiß da
Ob du nicht doch noch zurückkehrst? Und ohne daß andres
sich ändert
Als du selber.« Doch, Trost in den Augen
Näherte Po Chü-i sich und sagte lächelnd: »Die Strenge
Hat sich jeder verdient, der nur einmal das Unrecht benannte.«
Und sein Freund Tu-fu sagte still: »Du verstehst, die Verbannung
Ist nicht der Ort, wo der Hochmut verlernt wird.« Aber irdischer
Stellte sich der zerlumpte Villon zu ihnen und fragte: »Wie viele
Türen hat das Haus, wo du wohnst?« Und es nahm ihn der
Dante beiseite
Und ihn am Ärmel fassend, murmelte er: »Deine Verse
Wimmeln von Fehlern, Freund, bedenk doch
Wer alles gegen dich ist!« Und Voltaire rief hinüber:
»Gib auf den Sou acht, sie hungern dich aus sonst!«
»Und misch Späße hinein!« schrie Heine. »Das hilft nicht«
Schimpfte der Shakespeare, »als Jakob kam
Durfte auch ich nicht mehr schreiben.« »Wenn's zum Prozeß
kommt
Nimm einen Schurken zum Anwalt!« riet der Euripides
»Denn der kennt die Löcher im Netz des Gesetzes.« Das Gelächter
Dauerte noch, da, aus der dunkelsten Ecke
Kam ein Ruf: »Du, wissen sie auch
Deine Verse auswendig? Und die sie wissen
Werden sie der Verfolgung entrinnen?« »Das
Sind die Vergessenen«, sagte der Dante leise

VISITA AOS POETAS BANIDOS

Quando, em sonhos, adentrou a cabana dos poetas
Banidos, vizinha à cabana
Dos mestres banidos (de lá
Ouviam-se discussão e gargalhadas), Ovídio recebeu-o
À entrada e lhe disse a meia voz:
"É melhor que não te sentes, pois ainda não morreste. Como saber
Se não vais retornar? E sem que nada tenha mudado
Senão a tua pessoa." Com olhar compassivo
Aproximou-se Po Chu-yi e disse sorridente: "Todo
Aquele que uma vez nomeou a injustiça será tratado com rigor."
E seu amigo Tu-fu disse calmamente: "Como vês, o exílio
Não é lugar onde se desaprenda a arrogância." De modo mais chão, porém
O maltrapilho Villon juntou-se a eles e perguntou: "quantas
Portas tem a casa onde moras?" E Dante, apartando-o dos demais
Tomou-o pelo braço e murmurou: "Prezado amigo,
Os versos que escreves estão repletos de erros, lembra-te
Daqueles que se indispuseram contigo!" E Voltaire gritou:
"Atenta para cada tostão; do contrário farão com que morras de fome!"
"E acresce-lhes humor!", gritou Heine. "Isso nada resolve"
Disse Shakespeare, exasperado, "quando Jaime[1] chegou
Também eu não pude mais escrever." — "Se houver um processo
Tome um canalha por advogado!", aconselhou Eurípedes
"Pois ele há de achar as devidas brechas nas malhas da lei." Ria-se
Ainda, quando gritaram do canto mais escuro da casa:
"Hei, tu, sabem ainda de cor
Os versos que escreveste?
E os que os sabem, escaparão à perseguição?" — "Estes
São os esquecidos", disse Dante em voz baixa. →

1 Jaime I da Inglaterra.

»Ihnen wurden nicht nur die Körper, auch die Werke vernichtet.«
Das Gelächter brach ab. Keiner wagte hinüberzublicken. Der
Ankömmling
War erblaßt.

GLEICHNIS DES BUDDHA VOM BRENNENDEN HAUS

Gothama, der Buddha, lehrte
Die Lehre vom Rade der Gier, auf das wir geflochten sind und
empfahl
Alle Begierde abzutun und so
Wunschlos einzugehen ins Nichts, das er Nirwana nannte.
Da fragten ihn eines Tags seine Schüler:
Wie ist dies Nichts, Meister? Wir alle möchten
Abtun alle Begierde, wie du empfiehlst, aber sage uns
Ob dies Nichts, in das wir dann eingehen
Etwa so ist wie dies Einssein mit allem Geschaffenen
Wenn man im Wasser liegt, leichten Körpers, im Mittag
Ohne Gedanken fast, faul im Wasser hegt oder in Schlaf fällt
Kaum noch wissend, daß man die Decke zurechtschiebt
Schnell versinkend, ob dies Nichts also
So ein fröhliches ist, ein gutes Nichts, oder ob dies dein
Nichts nur einfach ein Nichts ist, kalt, leer und bedeutungslos.
Lange schwieg der Buddha, dann sagte er lässig:
Keine Antwort ist auf euere Frage.
Aber am Abend, als sie gegangen waren
Saß der Buddha noch unter dem Brotbaum und sagte den ändern
Denen, die nicht gefragt hatten, folgendes Gleichnis:
Neulich sah ich ein Haus. Es brannte. Am Dache
Leckte die Flamme. Ich ging hinzu und bemerkte

"Deles não se eliminou apenas o corpo, mas também a obra."[2]
O riso cessou. Ninguém ousava erguer a cabeça. Estava lívido
O recém-chegado.

PARÁBOLA DE BUDA ACERCA DA CASA INCENDIADA

Buda Gautama ensinou
A doutrina da roda da cobiça, a nossa carcereira, e nos exortou
A renunciar a toda ambição e
A nos juntarmos indiferentes ao Nada, que ele denominava nirvana.
Certo dia seus discípulos perguntaram:
Como é o Nada, mestre? Desejamos todos
Abandonar a ambição, como recomendas, mas, diz para nós
Se esse Nada em que vamos imergir
Se assemelha a uma união com toda a criação
Tal como boiar n'água, com o corpo leve, ao meio-dia
Boiar distraída e preguiçosamente n'água ou, talvez, cair
Rapidamente no sono
Sem nem mesmo ter ajeitado o lençol; diz, portanto, se esse Nada
É um Nada feliz, um Nada bom, ou se esse teu
Nada não passa de um Nada — frio, vazio e carente de sentido.
Buda permaneceu por bom tempo calado. Disse então indiferente:
Não há resposta para vossas perguntas.
À noite, porém, depois que se foram
Buda ainda estava sentado sob a jaqueira e, dirigindo-se aos restantes,
Que se abstiveram de perguntas, contou a seguinte parábola:
Vi há pouco uma casa. Estava em chamas. As labaredas
Consumiam-lhe o telhado. Aproximei-me e notei →

2 Alusão à queima de livros promovida pelos nazistas em maio de 1933.

Daß noch Menschen drin waren. Ich trat in die Tür und rief ihnen
Zu, daß Feuer im Dach sei, sie also auffordernd
Schnell hinauszugehen. Aber die Leute
Schienen nicht eilig. Einer fragte mich
Während ihm schon die Hitze die Braue versengte
Wie es draußen denn sei, ob es auch nicht regne
Ob nicht doch Wind ginge, ob da ein anderes Haus sei
Und so noch einiges. Ohne zu antworten
Ging ich wieder hinaus. Diese, dachte ich
Müssen verbrennen, bevor sie zu fragen aufhören. Wirklich, Freunde
Wem der Boden noch nicht so heiß ist, daß er ihn lieber
Mit jedem andern vertauschte, als daß er da bliebe, dem
Habe ich nichts zu sagen. So Gothama, der Buddha.
Aber auch wir, nicht mehr beschäftigt mit der Kunst des Duldens
Eher beschäftigt mit der Kunst des Nichtduldens und vielerlei Vorschläge
Irdischer Art vorbringend und die Menschen lehrend
Ihre menschlichen Peiniger abzuschütteln, meinen, daß wir denen, die
Angesichts der heraufkommenden Bombenflugzeuggeschwader des Kapitals noch a anzulang fragen
Wie wir uns dies dächten, wie wir uns das vorstellten
Und was aus ihren Sparbüchsen und Sonntagshosen werden soll nach einer Umwälzung
Nicht viel zu sagen haben.

A presença de gente lá dentro. Cheguei à porta e gritei
Que havia fogo no telhado, chamando os de dentro
Para que logo saíssem. Mas parecia
Que não tinham pressa. Um deles me perguntou
Enquanto o fogo já lhe chamuscava as sobrancelhas
Como estava o tempo do lado de fora, se não chovia
Se não ventava, se haveria outra casa para ficar
E coisas assim. Sem responder
Afastei-me dali. Estes, pensei
Hão de queimar antes que parem com suas perguntas.
Realmente, caros amigos
Aquele para quem o chão ainda não está quente a ponto de fazê-lo
Buscar outro lugar e permanece onde está, a esse
Nada tenho a dizer. Assim falou Buda Gautama.
Também nós — que não mais nos ocupamos da arte da paciência,
Que, antes, cuidamos da arte da impaciência e formulamos uma
série
De propostas concretas e ensinamos as pessoas
A se desvencilharem de seus humanos algozes — somos da
seguinte opinião: aos que,
Diante da aproximação dos esquadrões de bombardeiros do
capital, ainda continuam a perguntar
Como chegamos a tais ideias, como podemos imaginar tais coisas
E perguntam ainda o que será de suas economias e de sua roupa
domingueira depois de uma revolução
A esses, cremos, não temos muito o que dizer.

DIE TEPPICHWEBER VON KUJAN-BULAK EHREN LENIN

1

Oftmals wurde geehrt und ausgiebig
Der Genosse Lenin. Büsten gibt es und Standbilder.
Städte werden nach ihm benannt und Kinder.
Reden werden gehalten in vielerlei Sprachen
Versammlungen gibt es und Demonstrationen
Von Shanghai bis Chicago, Lenin zu Ehren.
So aber ehrten ihn die
Teppichweber von Kujan-Bulak
Kleiner Ortschaft im südlichen Turkestan:

Zwanzig Teppichweber stehn dort abends
Fiebergeschüttelt auf von dem ärmlichen Webstuhl.
Fieber geht um: die Bahnstation
Ist erfüllt von dem Summen der Stechmücken dicker Wolke
Die sich erhebt aus dem Sumpf hinter dem alten Kamelfriedhof.
Aber die Eisenbahn, die
Alle zwei Wochen Wasser und Rauch bringt, bringt
Eines Tages die Nachricht auch
Daß der Tag der Ehrung des Genossen Lenin bevorsteht
Und es beschließen die Leute von Kujan-Bulak
Teppichweber, arme Leute
Daß dem Genossen Lenin auch in ihrer Ortschaft
Aufgestellt werde eine gipserne Büste.
Als aber das Geld eingesammelt wird für die Büste
Stehen sie alle
Geschüttelt vom Fieber und zahlen
Ihre mühsam erworbenen Kopeken mit fliegenden Händen.

OS TAPECEIROS DE KUJAN-BULAK HOMENAGEIAM LÊNIN[4]

1

O camarada Lênin tem sido reiterada e profusamente
Reverenciado. Com bustos e estátuas.
Cidades e crianças levam seu nome.
Proferem-se discursos em numerosas línguas
De Xangai a Chicago realizam-se comícios e demonstrações
Em homenagem a Lênin.
Assim também o homenagearam os
Tapeceiros de Kujan-Bulak
Uma pequena comunidade no sul do Turquistão:

Todas as noites, tremendo de febre
Vinte tapeceiros levantam-se do humilde banquinho de seu tear.
A febre está por toda parte: o zumbido
Dos mosquitos transmissores da doença toma a estação de trem:
espessas nuvens
Que se erguem do pântano atrás do velho cemitério de camelos.
Mas a ferrovia que,
A cada duas semanas traz água e fumaça, traz
Certo dia a notícia
De que se aproxima a hora de homenagear o camarada Lênin.
E o povo de Kujan-Bulak
— povo pobre, de tapeceiros — resolve
Que também sua comunidade homenageará o camarada Lênin
Com um busto de gesso.
Entretanto, ao se arrecadar o dinheiro para o busto
Lá estão eles
Tremendo de febre, e contam
Com dedos ligeiros os seus suados copeques. →

4 O poema baseia-se num episódio ocorrido na pequena vila de Kujan-Bulak, no Usbequistão, na época da guerra civil (1917–1923).

Und der Rotarmist Stepa Gamalew, der
Sorgsam Zählende und genau Schauende
Sieht die Bereitschaft, Lenin zu ehren, und freut sich
Aber er sieht auch die unsicheren Hände.
Und er macht plötzlich den Vorschlag
Mit dem Geld für die Büste Petroleum zu kaufen und
Es auf den Sumpf zu gießen hinter dem Kamelfriedhof
Von dem her die Stechmücken kommen, welche
Das Fieber erzeugen.
So also das Fieber zu bekämpfen in Kujan-Bulak, und zwar
Zu Ehren des gestorbenen, aber
Nicht zu vergessenden
Genossen Lenin.

Sie beschlossen es. An dem Tage der Ehrung trugen sie
Ihre zerbeulten Eimer, gefüllt mit dem schwarzen Petroleum
Einer hinter dem andern
Hinaus und begossen den Sumpf damit.

So nützten sie sich, indem sie Lenin ehrten und
Ehrten ihn, indem sie sich nützten und hatten ihn
Also verstanden.

2

Wir haben gehört, wie die Leute von Kujan-Bulak
Lenin ehrten. Als nun am Abend
Das Petroleum gekauft und ausgegossen über dem Sumpf war
Stand ein Mann auf in der Versammlung, und der verlangte
Daß eine Tafel angebracht würde an der Bahnstation
Mit dem Bericht dieses Vorgangs, enthaltend
Auch genau den geänderten Plan und den Eintausch der
Leninbüste gegen die fiebervemichtende Tonne Petroleum.
Und dies alles zu Ehren Lenins.
Und sie machten auch das noch
Und setzten die Tafel.

Alegra-se então Stepa Gamalev, soldado do Exército Vermelho, que
Confere cuidadosamente o dinheiro e, bem observando
Percebe a prontidão com que reverenciam Lênin.
Todavia, observa também as mãos inseguras.
E subitamente propõe
Que se compre petróleo com o dinheiro do busto para
Derramá-lo no pântano atrás do cemitério de camelos
De onde vêm os mosquitos que
Transmitem a febre.
Assim se fez para combater a febre em Kujan-Bulak, na verdade
Homenageando o falecido mas
Não esquecido
Camarada Lênin.

Assim ficou decidido. No dia da homenagem aquelas pessoas
trouxeram
Seus baldes amassados, cheios de negro petróleo
E, em fila, uns atrás dos outros
Cobriram o pântano com o líquido.

Assim se ajudaram, enquanto homenageavam Lênin, e
Homenagearam-no, enquanto se ajudavam, e desse modo
O compreenderam.

2

Ouvimos como o povo de Kujan-Bulak
Homenageou Lênin. Na noite em que
O petróleo foi comprado e derramado sobre o pântano
Levantou-se um homem em meio aos demais e pediu
Que se afixasse uma placa na estação de trem
Com o relato do evento, narrando
Também, com exatidão, a mudança de planos e a troca
Do busto de Lênin pelos barris de petróleo que matam a febre.
E tudo isso em homenagem a Lênin.
E assim o fizeram.
E pregaram a placa.

DIE UNBESIEGLICHE INSCHRIFT

Zur Zeit des Weltkriegs
In einer Zelle des italienischen Gefängnisses San Carlo
Voll von verhafteten Soldaten, Betrunkenen und Dieben
Kratzte ein sozialistischer Soldat mit Kopierstift in die Wand:
Hoch Lenin!
Ganz oben, in der halbdunklen Zelle, kaum sichtbar, aber
Mit ungeheuren Buchstaben geschrieben.
Als die Wärter es sahen, schickten sie einen Maler mit einem Eimer Kalk
Und mit einem langstieligen Pinsel übertünchte er die drohende Inschrift.
Da er aber mit seinem Kalk nur die Schriftzüge nachfuhr
Stand oben in der Zelle nun in Kalk:
Hoch Lenin!
Erst ein zweiter Maler überstrich das Ganze mit breitem Pinsel
So daß es für Stunden weg war, aber gegen Morgen
Als der Kalk trocknete, trat darunter die Inschrift wieder hervor:
Hoch Lenin!
Da schickten die Wärter einen Maurer mit einem Messer gegen die Inschrift vor
Und er kratzte Buchstabe für Buchstabe aus, eine Stunde lang
Und als er fertig war, stand oben in der Zelle, nun farblos
Aber tief in die Mauer geritzt die unbesiegliche Inschrift:
Hoch Lenin!
Jetzt entfernt die Mauer! sagte der Soldat.

A INSCRIÇÃO INVENCÍVEL[5]

No tempo da Grande Guerra
Numa cela da prisão italiana de San Carlo
Repleta de soldados rendidos, de bêbados e ladrões
Um soldado socialista escreveu na parede, com lápis-tinta:
VIVA LÊNIN!
Escreveu bem alto, na cela escura, em lugar pouco visível, mas
Com letras garrafais.
Quando os guardas a viram, trouxeram um pintor com um balde de cal
E ele recobriu a inscrição ameaçadora com um pincel de cabo comprido.
Tendo, porém, coberto o traçado das letras com cal
Agora se lia, no alto da cela, em letras caiadas:
VIVA LÊNIN!
Um segundo pintor cobriu tudo, usando um largo pincel
De modo que a inscrição sumiu por algumas horas. Mas ao amanhecer
Estando a cal já seca, a inscrição reapareceu:
VIVA LÊNIN!
Os guardas então chamaram um pedreiro com uma faca para remover a inscrição
E ele raspou letra por letra durante uma hora.
E ao encerrar seu trabalho, lá estava, no alto da cela e sem cor
Mas gravada fundo na parede, a inscrição invencível:
VIVA LÊNIN!
Removam a parede! disse o soldado.

5 O poema baseia-se num relato de Giovanni Germanetto, que, em 1917, ao sair da redação do jornal *Avanti!*, órgão do Partido Socialista Italiano, foi detido e levado à prisão de San Carlo, em Turim. O poema reproduz uma história narrada por ele.

KOHLEN FÜR MIKE

1

Ich habe gehört, daß in Ohio
Zu Beginn dieses Jahrhunderts
Ein Weib wohnte zu Bidwell
Mary McCoy, Witwe eines Streckenwärters
Mit Namen Mike McCoy, in Armut.

2

Aber jede Nacht von den donnernden Zügen der Wheeling
Railroad
Warfen die Bremser einen Kohlenklumpen
Über die Zaunlatten in den Kartoffelgarten
Mit rauher Stimme ausrufend in Eile:
Für Mike!

3

Und jede Nacht, wenn
Der Kohlenklumpen für Mike
An die Rückwand der Hütte schlug
Erhob sich die Alte, kroch
Schlaftrunken in den Rock und räumte zur Seite
Den Kohlenklumpen
Geschenk der Bremser an Mike, den Gestorbenen, aber
Nicht Vergessenen.

4

Sie aber erhob sich so lange vor Morgengrauen und räumte
Ihre Geschenke aus den Augen der Welt, damit nicht
Die Männer in Ungelegenheit kämen
Bei der Wheeling Railroad.

CARVÃO PARA MIKE

1

Ouvi dizer que no início do século
Em Bidwell, no Estado de Ohio
Vivia uma mulher na pobreza
Mary McCoy, viúva de um guarda-linha
Chamado Mike McCoy.

2

Toda noite, os guarda-freios montados nos tronantes vagões da Wheeling Railroad
Atiravam por cima da cerca
Um pedaço de carvão ao canteiro de batatas
Gritando rouca e apressadamente:
Para Mike!

3

E toda noite, quando
O carvão para Mike
Batia nos fundos do casebre,
A velha mulher, bêbada de sono, erguia-se
Vestia seu casaco e punha de lado
O pedaço de carvão
Presente dos guarda-freios para Mike, o falecido mas
Não esquecido.

4

Ela se levantava tão antes do alvorecer e escondia
Seu presente da vista de todos para que
Aqueles homens não se vissem em apuros
Diante da Wheeling Railroad.

5

Dieses Gedicht ist gewidmet den Kameraden
Des Bremsers Mike McCoy
(Gestorben wegen zu schwacher Lunge
Auf den Kohlenzügen Ohios)
Für Kameradschaft.

ABBAU DES SCHIFFES OSKAWA DURCH DIE MANNSCHAFT

»Zu Beginn des Jahres 1922
Nahm ich Heuer auf dem Sechstausendtonnendampfer OSKAWA
Gebaut vier Jahre vorher für zwei Millionen Dollars
Von der United States Shipping Board. In Hamburg
Nahmen wir eine Fracht von Champagner und Likören nach Rio.
Da die Löhnung schlecht war
Empfanden wir das Befürfnis, unseren Kummer
In Alkohol zu ersäufen, so
Nahmen einige Kisten mit Champagner
Den Weg in die Mannschaftsräume. Aber auch in den Offiziersräumen
Selbst auf der Brücke und im Kartenraum
Hörte man schon vier Tage hinter Hamburg
Das Klingen der Gläser und die Gesänge

5

Este poema é dedicado aos companheiros
Do guarda-freios Mike McCoy[6]
(Morto pelos pulmões debilitados
Nos vagões carvoeiros de Ohio)
Em sinal de camaradagem.

O DESMONTE DO NAVIO OSKAWA PELAS MÃOS DA TRIPULAÇÃO[7]

"No início de 1922
Empreguei-me no OSKAWA, um vapor de seis mil toneladas
Construído quatro anos antes pela United States Shipping Board
Ao custo de dois milhões de dólares. Em Hamburgo
Recebemos um carregamento de *champagne* e licores destinado ao Rio.

Como o salário era ruim
Tivemos de afogar
Nossas mágoas no álcool. Assim
Algumas caixas de *champagne* foram parar
Nos compartimentos da tripulação e, igualmente, nos compartimentos dos oficiais
E até mesmo na ponte de comando e na sala de mapas.
Quatro dias após a partida, ouviam-se
O tilintar das taças e a cantoria →

6 No original, o termo se acha em contradição com guarda-linha [*Streckenwärter*], posto atribuído a McCoy no quarto verso da primeira estrofe. 7 O poema baseia-se num episódio narrado por Louis Adamic em seu livro *Dynamite: The Story of Class Violence in America* [Dinamite: a história da violência de classe nos Estados Unidos]. No capítulo "Sabotage and 'Striking on the Job' " [Sabotagem e "greve no trabalho"], ele conta que foi tripulante do cargueiro Oskawa, da United States Shipping Board, onde, em 1922, testemunhou os fatos a que Brecht deu tratamento poético.

Sorgloser Leute. Mehrere Male
Irrte das Schiff von seinem Kurs ab. Dennoch
Erreichten wir durch allerhand günstige Umstände
Rio de Janeiro. Unser Schiffer
Zählte hundert Kisten weniger Champagner beim Ausladen. Da er jedoch
Keine bessere Mannschaft fand in Brasilien
Mußte er sich weiter mit uns behelfen. Wir luden
Über tausend Tonnen Gefrierfleisch für Hamburg.
Wenige Tage auf See, übermannte uns wieder der Kummer
Über die schlechte Löhnung, das unsichere Alter und
Einer von uns schüttete in der Verzweiflung
Viel zuviel Öl in die Kessel, und das Feuer
Schlug aus dem Schornstein über das ganze Oberschiff, so daß
Boote, Brücke und Kartenraum abbrannten. Um nicht zu sinken
Beteiligten wir uns an der Löschung, aber
Grübelnd über die schlechte Löhnung (ungewisse Zukunft!), strengten wir uns
Nicht allzusehr an, um sehr viel vom Deck zu retten. Das war
Leicht wieder aufzubauen mit einigen Kosten, sie hatten
Ja genug Geld gespart an unserer Löhnung.
Allzu große Mühen in der Mitte des Lebens
Machen die Männer rasch alt und untüchtig zum Lebenskampf.
So brannten, weil wir unsere Kraft sparen mußten
Eines schönen Tages die Dynamos aus, die Pflege brauchen
Welche von unlustigen Leuten nicht geliefert wird. Wir waren jetzt
Ohne Licht. Zuerst benutzten wir Öllampen
Um nicht mit andern Schiffen zusammenzustoßen, aber
Ein müder Maat, entmutigt durch die Gedanken
An sein freudloses Alter, warf die Lampen, um Arbeit zu sparen

De marinheiros despreocupados. O navio
Desviou-se de seu curso várias vezes. Porém
Obsequiados por toda sorte de circunstâncias favoráveis,
chegamos
Ao Rio de Janeiro. Durante o desembarque
O capitão contou cem caixas de *champagne* a menos, mas
Sem achar tripulação melhor no Brasil
Foi obrigado a prosseguir conosco. Carregamos
Mais de mil toneladas de carne congelada destinada a Hamburgo.
Estávamos há poucos dias no mar quando fomos novamente
assaltados pelas aflições
Com o salário ruim e a velhice insegura, e então
Um de nós, desesperado, despejou
Uma quantidade excessiva de óleo na caldeira. O fogo
Alastrou-se pela chaminé, atingindo todo o convés do navio, e
assim
Incendiaram-se os botes, a ponte de comando e a sala de mapas.
Para evitar o naufrágio
Juntamo-nos para combater o fogo, mas
Pensando no salário ruim (o futuro incerto!) não nos
empenhamos
Por resgatar muita coisa do que restara do convés. Tudo poderia
Ser reparado facilmente, com um pequeno investimento. Já
haviam
Economizado o suficiente à custa de nossos salários.
Na meia-idade o esforço excessivo
Envelhece os homens e os debilita na luta pela sobrevivência.
E porque tínhamos de poupar nossas energias
Um belo dia queimaram-se os dínamos, carentes dos cuidados
Que uma tripulação esmorecida não pode dispensar. Estávamos
agora
Sem luz. De início, usamos lâmpadas a óleo
Para não colidirmos com outros navios, mas
Um marujo cansado, abatido por pensar
Na velhice desventurada, atirou as lâmpadas ao mar →

Über Bord. Um diese Zeit, ein wenig vor Madeira
Fing das Fleisch an zu stinken im Kühlraum
Durch das Versagen der Dynamos. Unglücklicherweise
Pumpte ein zerstreuter Mann statt des Schlagwassers
Beinahe alles Frischwasser aus. Es gab noch zum Trinken
Aber nicht mehr genug für die Kessel. Wir mußten also
Für den Dampf Salzwasser nehmen und dadurch wiederum
Wurden die Röhren uns mit Salz verstopft. Sie zu reinigen
Kostete allerhand Zeit. Es wurde siebenmal nötig.
Dann gab es Bruch im Maschinenraum. Grinsend
Flickten wir das wieder zusammen. Die Oskawa
Schleppte sich langsam nach Madeira. Dort
War keine Gelegenheit, Reparaturen zu machen von dem Umfang
Wie es jetzt schon nötig geworden war. Wir nahmen nur
Etwas Wasser auf, einige Lampen und ein wenig Ol für die
Lampen. Die Dynamos
Waren scheint's vollständig ruiniert, infolgedessen
Arbeitete das Kühlsystem nicht und der Gestank
Des faulenden Gefrierfleischs wurde unerträglich für unsere
Angegriffenen Nerven; der Schiffer
Ging nur noch mit einem Revolver an Bord herum — ein Zeichen
Beleidigenden Mißtrauens! Einer von uns
Über diese unwürdige Behandlung außer sich
Ließ endlich einen Schuß Dampf in die Kühlröhren, damit das
verdammte Fleisch
Wenigstens gekocht wurde. An diesem Nachmittag
Saß die ganze Mannschaft und rechnete fleißig
Was die Ladung den United States kosten würde. Noch vor
Ende der Reise
Gelang es uns, unsern Rekord sogar zu verbessern: an der Küste
von Holland
Ging das Brennöl plötzlich aus, so daß wir

Com o fito de poupar trabalho a bordo. Àquela altura, pouco
antes de chegarmos à Madeira,
A carne começou a feder nas câmaras frigoríficas
Porque os dínamos não funcionavam. Infelizmente
Um marinheiro distraído bombeou para fora quase toda a água
limpa
Em lugar da água servida. Havia o bastante para beber
Mas não para as caldeiras. Tivemos de apanhar
Água marinha para o vapor, e assim
Os canos entupiram-se de sal. Sua limpeza
Demandou bastante tempo. Foram desobstruídos sete vezes.
Ocorreu então uma pane na sala de máquinas. Com os dentes
arreganhados,
Fizemos os reparos necessários. O Oskawa
Arrastou-se lentamente até a Madeira. Lá
Não havia um estaleiro que desse conta dos reparos
Necessários. Carregamos apenas
Um pouco de água, algumas lâmpadas e um tanto de óleo para
abastecê-las. Os dínamos
Pareciam estar completamente danificados. Por isso
O sistema de refrigeração não funcionava, e o fedor
Da carne putrescente tornou-se insuportável para nossos
Nervos abalados. O capitão
Só andava a bordo munido de um revólver — sinal
De afrontosa desconfiança! — Um de nós então,
Fora de si em virtude desse tratamento indigno,
Injetou vapor nos tubos de refrigeração para que a carne
condenada
Fosse ao menos cozida. Na tarde desse dia
Toda a tripulação se reuniu e calculou diligentemente
Qual seria, para os Estados Unidos, o custo do carregamento
perdido. Ainda antes de terminarmos a viagem
Conseguimos bater nosso recorde: nas costas da Holanda
Acabou, de repente, o óleo-combustível, de modo que →

Unter großen Kosten nach Hamburg abgeschleppt werden
mußten.
Das stinkende Fleisch machte unserm Schiffer noch viele Sorge.
Das Schiff
Kam auf den Knochenhof. Jedes Kind, meinten wir
Konnte so sehen, daß unsere Löhnung
Wirklich zu klein gewesen war.«

INBESITZNAHME DER GROSSEN METRO DURCH DIE MOSKAUER ARBEITERSCHAFT AM 27. APRIL 1935

Wir hörten: 80 000 Arbeiter
Haben die Metro gebaut, viele noch nach der täglichen Arbeit
Oft die Nächte durch. Während dieses Jahres
Hatte man immer junge Männer und Mädchen
Lachend aus den Stollen klettern sehen, ihre Arbeitsanzüge
Die lehmigen, schweißdurchnäßten, stolz vorweisend.
Alle Schwierigkeiten
— Unterirdische Flüsse, Druck der Hochhäuser
Nachgebende Erdmassen — wurden besiegt. Bei der
Ausschmückung
Wurde keine Mühe gespart. Der beste Marmor
Wurde weit hergeschafft, die schönsten Hölzer
Sorgfältig bearbeitet. Beinahe lautlos
Liefen schließlich die schönen Wägen
Durch taghelle Stollen: für strenge Besteller
Das Allerbeste.

Als nun die Bahn gebaut war nach den vollkommensten Mustern
Und die Besitzer kamen, sie zu besichtigen und
Auf ihr zu fahren, da waren es diejenigen
Die sie gebaut hatten.
Es waren da Tausende, die herumgingen

A um custo altíssimo, tivemos de ser rebocados até Hamburgo.
A carne fétida ainda afligia o capitão. A embarcação
Foi levada ao cemitério de navios. Qualquer criança, pensávamos
Podia ver que nosso salário
Era realmente muito baixo."

OS TRABALHADORES DE MOSCOU TOMAM POSSE DO GRANDE METRÔ, EM 27 DE ABRIL DE 1935

Chegou-nos a notícia: 80 mil trabalhadores
Construíram o metrô, muitos deles após sua jornada diária
Amiúde noite adentro. Durante o ano da construção
Viram-se moços e moças
Saindo sorridentes dos túneis, exibindo
Orgulhosos os seus uniformes de trabalho, enlameados e
empapados de suor.
Todos os obstáculos
— Lençóis d'água, o peso dos grandes edifícios
Deslizamentos de terra — foram superados. Não se mediram
esforços
Em sua decoração. De longe foi buscado
O mármore mais precioso; as mais belas madeiras
Foram cuidadosamente trabalhadas. Quase inaudíveis
Transitavam finalmente os belos vagões
Nos túneis claros como a luz do dia: para clientes exigentes,
O melhor.

Quando a via estava pronta, construída segundo o mais alto
padrão,
E vieram os proprietários para vê-la e por ela trafegar
Estes eram justamente aqueles
Que a haviam construído.
Milhares circulavam por ali →

Die riesigen Hallen besichtigend, und in den Zügen
Fuhren große Massen vorbei, die Gesichter
— Männer, Frauen und Kinder, auch Greise —
Den Stationen zugewandt, strahlend wie im Theater, denn die
Stationen
Waren verschieden gebaut, aus verschiedenen Steinen
In verschiedener Bauart, auch das Licht
Kam aus immer anderer Quelle. Wer in die Wägen einstieg
Wurde in fröhlichem Gedränge nach hinten geschoben
Da die Vorderplätze zur Besichtigung der Stationen
Die besten waren. An jeder Station
Wurden die Kinder hochgehoben. Möglichst oft
Stürmten die Fahrenden hinaus und betrachteten
Mit fröhlicher Strenge das Geschaffene. Sie befühlten die Pfeiler
Und begutachteten ihre Glätte. Mit den Schuhen
Fuhren sie über die Steinböden, ob die Steine
Auch gut eingefügt seien. Zurückströmend in die Wägen
Prüften sie die Bespannung der Wände und griffen
An das Glas. Immerfort
Wiesen Männer und Frauen — unsicher, ob es die richtigen
waren –
Auf Stellen, wo sie gearbeitet hatten: das Gestein
Trug die Spuren ihrer Hände. Jedes Gesicht
War gut sichtbar, denn es gab viel Licht
Vieler Lampen, mehr als in irgendeiner Bahn, die ich je gesehen
habe.
Auch die Stollen waren beleuchtet, kein Meter Arbeit
War unbeleuchtet. Und alles dies
War in einem einzigen Jahr gebaut worden und von so vielen
Bauleuten
Wie keine andere Bahn der Welt. Und keine
Andere Bahn der Welt hatte je so viele Besitzer.

E admiravam os grandes átrios. E nos vagões
Passavam grandes massas humanas, as faces
— De homens e mulheres, crianças e velhos — voltadas
Para as estações, radiantes como no teatro, pois as estações
Haviam sido construídas de modo diversificado, com o emprego de diferentes pedras
Para os diferentes estilos, e também a iluminação
Provinha de várias fontes. Quem entrava nos vagões
Era empurrado para os fundos pela alegre multidão
Pois os lugares dianteiros eram os melhores
Para ver as estações. A cada nova estação
As crianças eram erguidas. Sempre que possível
Os viajantes desciam e examinavam
Com jovial rigor a obra concluída. Apalpavam as colunas
E inspecionavam seu polimento. Ao caminhar, conferiam
Com os sapatos se as pedras do piso
Estavam bem assentadas. Retornando aos vagões
Avaliavam o revestimento interno e tocavam
Os vidros. Homens e mulheres
Apontavam ininterruptamente — sem que estivessem totalmente seguros —
Para os lugares onde haviam trabalhado: as pedras
Traziam as marcas de suas mãos. Viam-se bem
Todos os rostos, pois havia muita luz
De muitas lâmpadas, mais luz que em qualquer metrô que eu jamais houvera visto.
Também os túneis estavam iluminados; não havia um metro sequer de trabalho
Não iluminado. E tudo isso
Fora construído num único ano e por tão numerosos construtores
Como nenhum outro metrô no mundo. E nenhum outro
Metrô no mundo jamais tivera tantos donos.

Denn es sah der wunderbare Bau
Was keiner seiner Vorgänger in vielen Städten vieler Zeiten
Jemals gesehen hatte: *als Bauherren die Bauleute!*
Wo wäre dies je vorgekommen, daß die Frucht der Arbeit
Denen zufiel, die da gearbeitet hatten? Wo jemals
Wurden die nicht vertrieben aus dem Bau
Die ihn errichtet hatten?
Als wir sie fahren sahen in ihren Wägen
Den Werken ihrer Hände, wußten wir:
Dies ist das große Bild, das die Klassiker einstmals
Erschüttert voraussahen.

SCHNELLIGKEIT DES SOZIALISTISCHEN AUFBAUS

Ein Mann, der im Jahre 1930 aus Nikolajewsk am Amur kam
Sagte, in Moskau befragt, wie es dort oben jetzt sei:
Wie soll ich das wissen? Meine Reise
Dauerte sechs Wochen und in sechs Wochen
Ändert sich dort alles.

DER GROSSE OKTOBER

Zum zwanzigsten Jahrestag
der Oktoberrevolution

O großer Oktober der Arbeiterklasse!
Endliches Sichaufrichten der so lange

Pois a maravilhosa construção presenciava
O que nenhuma de suas predecessoras, em muitas cidades e em muitas épocas,
Jamais presenciara: *os trabalhadores da construção como donos da construção!*
Onde acaso ocorreu de o fruto do trabalho
Retornar às mãos dos que trabalharam? Onde é que
Não se expulsaram da obra terminada
Aqueles que a edificaram?
Ao vê-los trafegar em seus vagões,
Obra de suas mãos, sabíamos:
Este é o grande quadro que os clássicos[8]
Com assombro anteciparam.

CELERIDADE DA CONSTRUÇÃO DO SOCIALISMO

Um homem que em 1930 chegara de Nikolaevsk sobre o Amur[9]
Disse em Moscou, ao ser indagado sobre como andavam as coisas por lá:
Como saber? Minha viagem
Durou seis semanas, e lá, passadas seis semanas,
Tudo está mudado.

O GRANDE OUTUBRO

No vigésimo aniversário da Revolução de Outubro

Ó grande outubro da classe trabalhadora!
Levante final dos que estiveram curvados →

8 Para Brecht: Marx, Engels e Lênin. 9 Cidade portuária e industrial da União Soviética.

Niedergebeugten! O Soldaten, die ihr
Endlich die Gewehre in die richtige Richtung richtetet!
Die den Boden bestellten im Frühjahr
Taten es nicht für sich selber. Der Sommer
Beugte sie tiefer. Noch die Ernte
Ging in die Scheuern der Herren. Aber der Oktober
Sah das Brot schon in den richtigen Händen!

Seitdem
Hat die Welt ihre Hoffnung.
Der Kumpel in Wales und der mandschurische Kuli
Und der pennsylvanische Arbeiter, der unter dem Hund lebt
Und der deutsche, mein Bruder, der jenen
Noch beneidet: sie alle
Wissen, es gibt
Einen Oktober.

Selbst die Flugzeuge der Faschisten, die
Gegen ihn heraufkommen, sieht
Der Soldat der spanischen Miliz darum
Mit geringerer Sorge.

Aber in Moskau, der berühmten Hauptstadt
Aller Arbeiter
Bewegt sich alljährlich über den Roten Platz
Der unendliche Zug der Sieger.
Mit sich führend die Embleme ihrer Fabriken
Abbilder der Traktoren und die Wollbüsche der Textilwerke
Auch die Ährenbündel der Getreidefabriken.
Über sich ihre Kampfflugzeuge
Die den Himmel verdunkeln und vor sich
Ihre Regimenter und Tankgeschwader.

Por tanto tempo! Ó soldados, que
Finalmente apontaram o fuzil na direção correta!
Ainda na primavera, os que cultivavam os campos
Não o fizeram em proveito próprio. O verão
Curvou-os ainda mais. A colheita
Foi parar nos celeiros dos senhores. Outubro, porém
Viu o pão nas mãos certas!

Desde então
O mundo tem esperança.
O mineiro de Gales e o cule da Manchúria
O trabalhador da Pensilvânia, tratado como um cachorro,
E o alemão, meu confrade, que
Os inveja: todos eles
Sabem que existe
Um outubro.

Assim, o soldado das milícias espanholas[10]
Contempla menos aflito
Os aviões dos fascistas[11] que
Arremetem contra ele.

Em Moscou, a célebre capital
De todos os trabalhadores
O interminável desfile dos vitoriosos
Cruza anualmente a Praça Vermelha.
Eles portam as insígnias de suas fábricas
Imagens de tratores e fardos de lã
E também feixes de espigas dos moinhos de cereais.
Sobre eles, seus aviões de combate
Toldam o céu, e adiante se veem
Seus regimentos e brigadas de tanques. →

10 Agrupamentos de combatentes republicanos que lutaram contra as falanges fascistas de Franco. 11 Aviões da força aérea alemã empregados na Guerra Civil Espanhola (1936–1939) em apoio às tropas franquistas.

Auf breiten Tuchstreifen
Tragen sie ihre Losungen und
Die Bildnisse ihrer großen Lehrer. Die Tücher
Sind durchsichtig, so daß
All dies zugleich sichtbar ist.
Schmal, an dünnen Stecken
Wehen die hohen Fahnen. In den entfernten Straßen
Wenn der Zug ins Halten kommt
Leben Tänze auf und Wettspiele. Fröhlich
Ziehen die Züge, viele nebeneinander, fröhlich
Aber allen Unterdrückern
Eine Drohung.

O großer Oktober der Arbeiterklasse!

Em largas faixas de pano
Ostentam suas divisas e
Os retratos de seus grandes mestres. O tecido
É transparente, e assim
Vê-se tudo ao mesmo tempo.
Presas a finas hastes
Delgadas flâmulas tremulam bem alto. Nas ruas distantes
Quando o desfile se detém por um instante
Iniciam-se danças e jogos. Alegres
As comitivas seguem adiante, muitas delas, lado a lado. Alegres
Mas, para todos os opressores,
Uma ameaça.

Ó grande outubro da classe trabalhadora!

IV

AN DEN SCHWANKENDEN

Du sagst:
Es steht schlecht um unsere Sache.
Die Finsternis nimmt zu. Die Kräfte nehmen ab.
Jetzt, nachdem wir so viele Jahre gearbeitet haben
Sind wir in schwierigerer Lage als am Anfang.

Der Feind aber steht stärker da denn jemals.
Seine Kräfte scheinen gewachsen. Er hat ein unbesiegliches
Aussehen angenommen
Wir aber haben Fehler gemacht, es ist nicht mehr zu leugnen.
Unsere Zahl schwindet hin.
Unsere Parolen sind in Unordnung. Einen Teil unserer Wörter
Hat der Feind verdreht bis zur Unkenntlichkeit.

Was ist jetzt falsch von dem, was wir gesagt haben
Einiges oder alles?
Auf wen rechnen wir noch? Sind wir Übriggebliebene,
herausgeschleudert
Aus dem lebendigen Fluß? Werden wir zurückbleiben
Keinen mehr verstehend und von keinem verstanden?

Müssen wir Glück haben?

So fragst du. Erwarte
Keine andere Antwort, als die deine!

IV

AOS QUE HESITAM

Você diz:
A coisa vai mal para nosso lado.
A escuridão aumenta. As forças declinam.
Após o trabalho de tantos anos
Nossa situação está pior do que quando começamos.

O inimigo, porém, está mais forte do que nunca.
Suas forças parecem ter crescido. Adquiriu o aspecto da invencibilidade.
Cometemos erros, não o negamos.
Nosso grupo míngua.
Nossas palavras de ordem estão confusas. Trechos de nossas frases
Foram distorcidos pelo inimigo até se tornarem irreconhecíveis.

O que há de errado com aquilo que dissemos?
Tudo ou apenas uma parte?
Com quem ainda contamos? Fomos, os que restamos, apartados
Da viva corrente? Ficaremos para trás
Sem compreender os outros e sem sermos compreendidos por eles?

Carecemos de sorte?

Assim você pergunta. Não espere
Por outra resposta que não a sua!

AN DIE GLEICHGESCHALTETEN

Gesprochen 1935 über den
Moskauer Sender

Um sein Brot nicht zu verlieren
In den Zeiten zunehmender Unterdrückung
Beschließt mancher, die Wahrheit
Über die Verbrechen des Regimes bei der Aufrechterhaltung der Ausbeutung
Nicht mehr zu sagen, aber
Auch die Lügen des Regimes nicht zu verbreiten, also
Zwar nichts zu enthüllen, aber
Auch nichts zu beschönigen. Der so Vorgehende
Scheint nur von neuem zu bekräftigen, daß er entschlossen ist
Auch in den Zeiten zunehmender Unterdrückung
Sein Gesicht nicht zu verlieren, aber in Wirklichkeit
Ist er doch nur entschlossen
Sein Brot nicht zu verlieren. Ja, dieser sein Entschluß
Keine Unwahrheit zu sagen, dient ihm dazu, von nun an
Die Wahrheit zu verschweigen. Das kann freilich
Nur eine kleine Zeit durchgeführt werden. Aber auch zu dieser Zeit
Während sie noch einhergehen in den Ämtern und Redaktionen
In den Laboratorien und auf den Fabrikhöfen als Leute
Aus deren Mund keine Unwahrheit kommt
Beginnt schon ihre Schädlichkeit. Wer mit keiner Wimper zuckt
Beim Anblick blutiger Verbrechen, verleiht ihnen nämlich
Den Anschein des Natürlichen. Er bezeichnet
Die furchtbare Untat als etwas so Unauffälliges wie Regen
Auch so unhinderbar wie Regen.
So unterstützt er schon durch sein Schweigen
Die Verbrecher, aber bald
Wird er bemerken, daß er, um sein Brot nicht zu verlieren

AOS ENQUADRADOS[1]

Declamado em 1935, em transmissão da Rádio de Moscou

Em tempos de repressão crescente
Para não perder seu bocado de pão
Houve quem resolvesse não mais
Dizer a verdade
Sobre os crimes do regime e sua permanente rapina e também
Não propagar suas mentiras, ou seja
Nada revelar, mas também
Nada encobrir. Aquele que assim procede
Parece reafirmar sua disposição de
Não perder o bom conceito
Mesmo em tempos de opressão, mas na verdade
Resolveu apenas
Não perder seu pão. A decisão
De não dizer inverdades serve-lhe doravante
Para omitir a verdade. Evidentemente
Tal situação não pode durar. Ao circular
Nos escritórios e redações
Nos laboratórios e nos pátios das fábricas como alguém
Cuja boca não profere inverdades
Começa sua atuação nociva. Quem sequer pestaneja
Ao se defrontar com crimes sanguinários empresta-lhes
Uma aparência de naturalidade. Caracteriza
A atrocidade como algo tão inocente como a chuva
E, também, tão inevitável como a chuva.
Assim, ao se calar, sustenta
Os criminosos, mas logo
Notará que para não perder seu pão →

1 Aos enquadrados [*An die Gleichgeschalteten*]: na Alemanha nazista, aqueles que eram cooptados pelo regime, que promovia um meticuloso trabalho de uniformização do pensamento e da vontade do povo.

Nicht nur die Wahrheit verschweigen, sondern
Die Lüge sagen muß. Nicht ungnädig
Nehmen die Unterdrücker ihn auf, der da bereit ist
Sein Brot nicht zu verlieren.
Er geht nicht einher wie ein Bestochener
Da man ihm ja nichts gegeben, sondern
Nur nichts genommen hat.
Wenn der Lobredner
Aufstehend vom Tisch der Machthaber sein Maul aufreißt
Und man zwischen seinen Zähnen
Die Reste der Mahlzeit sieht, hört man
Seine Lobrede mit Zweifeln an.
Aber die Lobrede dessen
Der gestern noch geschmäht hat und zum Siegesmahl nicht geladen war
Ist mehr wert. Er
Ist doch der Freund der Unterdrückten. Sie kennen ihn.
Was er sagt, das ist
Und was er nicht sagt, ist nicht.
Und nun sagt er, es ist
Keine Unterdrückung.
Am besten schickt der Mörder
Den Bruder des Ermordeten
Den er gekauft hat, zu bestätigen
Daß ihm den Bruder
Ein Dachziegel erschlagen hat. Die einfache Lüge freilich
Hilft ihm, der sein Brot nicht verlieren will
Auch nicht lange weiter. Da gibt es zu viele
Seiner Art. Schnell
Gerät er in den unerbittlichen Wettkampf aller derer
Die ihr Brot nicht verlieren wollen: es genügt nicht mehr der Wille zu lügen
Das Können ist nötig und die Leidenschaft wird verlangt.

Além de omitir a verdade, terá
De dizer mentiras. Não é de má vontade
Que os opressores acolhem aquele que está pronto
A defender seu pão.
Ele não tem a pecha de corrupto
Pois nada lhe deram; apenas
Não lhe tomaram nada.
Quando, ao se levantar
Da mesa dos donos do poder, o adulador abre a boca
E se lhe veem os restos de comida
Entre os dentes, ouve-se
Com reticências seu discurso laudatório.
Mas o discurso daquele
Que ainda ontem desdenhava os poderosos e não fora
convidado ao banquete da vitória[2]
É mais valioso. Afinal
Ele é amigo dos oprimidos. Eles o conhecem.
Aquilo que diz é
E o que não diz não é.
E agora ele diz que
Não há opressão.
De preferência o assassino envia
O irmão do assassinado
Por ele comprado, para confirmar a versão
De que uma telha
O matou. A simples mentira não
Ajuda por muito tempo aquele
Que não quer perder seu pão, pois há muitos
De seu tipo. Ele logo
Se vê numa disputa implacável com todos aqueles
Que não querem perder seu pão: já não basta a vontade para
mentir.
Para tanto, requer-se capacidade, cobra-se paixão. →

2 Aquele que, sem ter passado nazista e sem ter de início saudado a ascensão de Hitler ao poder, acabou por se dobrar à nova ordem.

Der Wunsch, das Brot nicht zu verlieren, mischt sich
Mit dem Wunsch, durch besondere Kunst dem ungereimtesten
Gewäsch
Einen Sinn zu verleihen, das Unsagbare
Dennoch zu sagen.
Dazu kommt, daß er den Unterdrückern
Mehr Lob herbeischleppen muß als jeder andere, denn er
Steht unter dem Verdacht, früher einmal
Die Unterdrückung beleidigt zu haben. So
Werden die Kenner der Wahrheit die wildesten Lügner.
Und das alles geht nur
Bis einer daherkommt und sie doch überführt
Früherer Ehrlichkeit, einstigen Anstands und dann
Verlieren sie ihr Brot.

AUF DEN TOD EINES KÄMPFERS FÜR DEN FRIEDEN

Dem Andenken Carl von Ossietzkys

Der sich nicht ergeben hat
Ist erschlagen worden
Der erschlagen wurde
Hat sich nicht ergeben.

Der Mund des Warners
Ist mit Erde zugestopft.
Das blutige Abenteuer
Beginnt.

O desejo de não perder o pão confunde-se
Com o desejo de, engenhosamente, imprimir algum sentido
Ao palavrório inconsistente e dizer
O indizível.
Acresce que ele tem de elogiar
Os opressores mais que qualquer outro, pois
É suspeito de haver insultado
A opressão no passado. Assim
Os que conhecem a verdade tornam-se os mentirosos mais
descarados.

E assim se passam os dias
Até que venha alguém e os acuse
De um passado de honestidade e decência, e
Eles perdem seu pão.

SOBRE A MORTE DE UM COMBATENTE DA LIBERDADE

Em memória de Carl von Ossietzky[3]

O que não se rendeu
Foi batido.
O que foi batido
Não se rendeu.

Encheu-se de terra
A boca do que advertia.
Começa
A aventura sangrenta. →

3 Com Kurt Tucholsky, Carl von Ossietzky foi editor da revista *Die Weltbühne*, uma das publicações literárias e culturais mais importantes nos tempos da República de Weimar. Foi preso na noite do incêndio do Reichstag, em 27 de fevereiro de 1933, sendo em seguida internado em mais de um campo de concentração. Em 1936, ainda preso, foi laureado com o Prêmio Nobel. Morreu em 4 de maio de 1938, vítima de inúmeros maus tratos, que incluíam sessões de tortura.

Über das Grab des Friedensfreundes
Stampfen die Bataillone.

War der Kampf also vergebens?

Wenn, der nicht allein gekämpft hat, erschlagen ist
Hat der Feind
Noch nicht gesiegt.

RAT AN DIE BILDENDEN KÜNSTLER, DAS SCHICKSAL IHRER KUNSTWERKE IN DEN KOMMENDEN KRIEGEN BETREFFEND

Heute dachte ich daran
Daß auch ihr malenden und zeichnenden Freunde
Und ihr, die den Meißel führt
In den Zeiten der gewiß kommenden großen Kriege
Nichts werdet zu lachen haben.

Gründet ihr doch eure Hoffnungen
Die zu der Herstellung von Kunstwerken nötig sind
Hauptsächlich auf kommende Geschlechter!
Da werdet ihr für eure Gemälde, Zeichnungen und Steine
Die ihr unter Entbehrungen geschaffen habt
Gute Verstecke ausfindig machen müssen.

Bedenkt, daß zum Beispiel die Kunstschätze des Britischen Museums
Unter Menschen- und Geldopfern zusammengeraubt
Aus allen Himmelsgegenden, die Arbeiten
Versunkener Völker, an einer Straßenecke aufbewahrt
Durch wenige Brisanzbomben in Staub verwandelt werden können
An einem Vormittag zwischen neun Uhr und neun Uhr zehn.

Sobre o túmulo do amante da paz
Marcham os batalhões.

Lutou-se em vão?

Mesmo que se tenha batido o que não lutou sozinho
Não prevaleceu ainda
O inimigo

CONSELHO AOS ARTISTAS PLÁSTICOS SOBRE O DESTINO DE SUAS OBRAS NAS GUERRAS POR VIR

Pensei hoje
Que também vocês, amigos que desenham e pintam
E vocês, que trabalham com o cinzel
Não terão motivos para rir
No tempo das grandes guerras que certamente virão.

É sobretudo nas futuras gerações que vocês depositam
As suas esperanças
Imprescindíveis à produção das obras de arte!
Vocês terão de achar bons esconderijos
Para as pinturas, desenhos e esculturas
Que criaram em meio a privações.

Lembrem-se, por exemplo, dos tesouros artísticos do Museu
Britânico
Surrupiados aos quatro cantos do mundo
À custa do sacrifício de vidas e dinheiro, dos trabalhos
De povos desaparecidos, guardados numa esquina
E que podem virar pó quando, de manhã, entre as nove e as
nove e dez
Caírem algumas bombas incendiárias.

Wohin also mit den Kunstwerken? Nicht genug sicher
Sind die Laderäume der Schiffe, die Sanatorien in den Waldungen
Die Stahlkammern der Banken, nicht genug sicher.

Ihr müßtet versuchen, die Erlaubnis zu erlangen
Eure Gemälde in den Tunnels der Untergrundbahn anzubringen
Oder noch besser in den Hangars für die Flugzeuge
Die sieben Stockwerke tief unter dem Boden einzementiert sind.
Gemälde, geradezu an die Wände gemalt
Nehmen ja keinen Platz weg.
Und ein paar Stilleben und Landschaften
Werden die Bombenfliegermannschaften nicht stören.

Allerdings müßtet ihr dann an gut sichtbaren Stellen
Täfelchen anbringen mit leicht lesbaren Hinweisen
Daß in der und der Tiefe, unter dem und dem Gebäude (oder Steinhaufen)
Eine kleine Leinwand von euch liegt, darstellend
Das Gesicht eurer Frau.

Damit die kommenden Geschlechter, eure ungeborenen Tröster
Erst erfahren, daß es zu unserer Zeit Kunst gegeben hat
Und Nachforschungen anstellen, Schutt weggrabend, mit Schaufeln,
Während der Wächter im Bärenfell
Hoch auf dem Wolkenkratzerdach, über den Knien die Büchse
(Oder den Bogen), Ausschau hält nach dem Feind oder der Weihe
Die er ersehnt, seinen hungrigen Magen zu füllen.

Onde conservar as obras de arte? Os porões dos navios
E os sanatórios nos bosques não são suficientemente seguros
Os cofres de aço dos bancos não são suficientemente seguros.

Vocês deveriam buscar uma autorização
Para levar suas pinturas aos túneis do metrô
Ou, melhor, aos hangares dos aviões
Concretados sete andares abaixo do chão.
Quadros pintados diretamente nas paredes
Não ocupam espaço
E umas poucas naturezas-mortas e paisagens
Não irão incomodar a tripulação dos bombardeiros.

Não obstante, vocês deviam afixar em lugares bem visíveis
Pequenas placas com indicações legíveis
De que em tal ou qual profundidade, sob tal ou qual edifício (ou amontoado de pedras)
Há uma pequena tela sua, retratando
O rosto de sua mulher,

Para que as futuras gerações — seus consoladores ainda por nascer —
Saibam que houve arte em nosso tempo
E iniciem sua busca, removendo com pás os escombros
Enquanto, no alto do arranha-céu, o vigia
Metido numa pele de urso, com a carabina (ou o arco)
No colo, espreita o inimigo ou a gralha
Com que deseja forrar o estômago vazio.

ANSPRACHE DES BAUERN AN SEINEN OCHSEN

Nach einem ägyptischen Bauernlied
aus dem Jahre 1 400 v. Chr.

O großer Ochse, göttlicher Pflugzieher
Geruhe, gerade zu pflügen! Bring die Furchen
Freundlichst nicht durcheinander! Du
Gehst voraus, Führender, hü!
Wir haben gebückt gestanden, dein Futter zu schneiden
Geruhe jetzt, es zu verspeisen, teurer Ernährer! Sorg dich nicht
Beim Fressen um die Furche, friß!
Für deinen Stall, du Beschützer der Familie
Haben wir ächzend die Balken hergeschleppt, wir
Liegen im Nassen, du im Trockenen. Gestern
Hast du gehustet, geliebter Schriftmacher.
Wir waren außer uns. Willst du etwa
Vor der Aussaat verrecken, du Hund?

BEI DER GEBURT EINES SOHNES

Nach dem Chinesischen des
Su Tung-p'o 1036–1101

Familien, wenn ihnen ein Kind geboren ist
Wünschen es sich intelligent.
Ich, der ich durch Intelligenz
Mein ganzes Leben ruiniert habe
Kann nur hoffen, mein Sohn
Möge sich erweisen als
Unwissend und denkfaul.

FALA DO CAMPONÊS A SEU BOI[4]

Segundo uma canção camponesa do Egito, em 1 400 a. C.

Ó grande boi, divino puxador do arado
Digna-te a lavrar em linha reta! Não confundas
Por gentilza, os sulcos! Tu
Vais adiante, condutor, ôa!
Nós nos curvamos para cortar teu feno.
Digna-te a comê-lo, estimado provedor de nosso pão! Enquanto comes
Não te aflijas com os sulcos, come apenas!
Gementes, arrastamos as vigas para teu estábulo
Ó protetor da família. Deitamo-nos
No molhado; tu, no seco. Tossiste
Ontem, amado pioneiro.
Quase enlouquecemos. Vais
Morrer antes da semeadura, cachorro?

AO NASCIMENTO DE UM FILHO

Segundo o original chinês de Su Tung-Pô, 1036–1101

Quando nasce uma criança, as famílias
Almejam que seja inteligente.
Eu, que por meio da inteligência
Arruinei minha vida inteira,
Quero apenas que meu filho
Se mostre
Ignorante e tenha preguiça de pensar. →

4 De acordo com uma anotação de Walter Benjamin a propósito de uma conversa com Brecht, o poema refere-se a Stálin.

Dann wird er ein ruhiges Leben haben
Als Minister im Kabinett.

REDE EINES ARBEITERS AN EINEN ARZT

Wir wissen, was uns krank macht!
Wenn wir krank sind, hören wir
Daß du es bist, der uns heilen wird.

Zehn Jahre lang, heißt es
Hast du in schönen Schulen
Die auf Kosten des Volkes errichtet wurden
Gelernt, zu heilen und für deine Wissenschaft
Ein Vermögen ausgegeben.
Du mußt also heilen können.

Kannst du heilen?

Wenn wir zu dir kommen
Werden uns unsere Lumpen abgerissen
Und du horchst herum an unserm nackten Körper.
Über die Ursache unserer Krankheit
Würde dir ein Blick auf unsere Lumpen
Mehr sagen. Dieselbe Ursache zerschleißt
Unsere Körper und unsere Kleider.

Das Reißen in unserer Schulter
Kommt, sagst du, von der Feuchtigkeit, von der
Auch der Fleck in unserer Wohnung kommt.
Sage uns also:
Woher kommt die Feuchtigkeit?

Zu viel Arbeit und zu wenig Essen
Macht uns schwach und mager.

Assim, gozará uma vida tranquila
Como ministro do gabinete.

FALA DE UM TRABALHADOR A UM MÉDICO

Sabemos o que nos torna doentes!
Quando adoecemos, dizem
Que é você quem nos vai curar.

Dizem que por dez longos anos
Você aprendeu a curar
Em belas escolas erguidas
Com o dinheiro do povo, e para seu conhecimento
Você investiu todo um patrimônio.
Você é decerto capaz de curar.

Você é capaz de curar?

Quando o consultamos,
Nossas miseráveis roupas são rasgadas
E você examina nosso corpo nu.
Uma espiada em nossos trapos
Diria mais
Sobre a causa de nossa doença. A mesma causa corrói
Nosso corpo e nossa roupa.

O reumatismo de nossos ombros
Provém, diz você, da umidade, de onde
Provém igualmente o mofo em nossas casas.
Diga-nos:
De onde vem a umidade?

Trabalho de mais e comida de menos
Tornam-nos fracos e magros. →

Dein Rezept lautet:
Ihr müßt zunehmen.
Da kannst du auch dem Schilf sagen
Es soll nicht naß werden.

Wieviel Zeit wirst du haben für uns?
Wir sehen: ein Teppich in deiner Wohnung
Kostet so viel, wie dir
Fünftausend Untersuchungen einbringen.

Du sagst wahrscheinlich, daß du
Unschuldig bist. Der feuchte Fleck
An der Wand unserer Wohnungen
Sagt nichts anderes.

APPELL

1 APPELL AN EINEN KRANKEN KOMMUNISTEN

Wir haben gehört, daß du an Tuberkulose erkrankt bist.
Wir fordern dich auf: erblicke darin
Keine Fügung des Schicksals, sondern
Einen Angriff der Unterdrücker, die dich
Mangelhaft bekleidet in nassem Obdach
Dem Hunger preisgaben. So wurdest du krank gemacht.
Wir befehlen dir, den Kampf sofort aufzunehmen
Gegen die Krankheit und gegen die Unterdrückung
Mit aller List, Strenge und Zähigkeit
Als einen Teil unseres Kampfes, der
Aus der Schwäche heraus geführt werden muß
Im äußersten Elend, in dem
Alles erlaubt ist, was zum Sieg führt, welcher Sieg
Der Sieg der Menschheit über den Abschaum ist.
Wir erwarten dich baldmöglichst wieder
Auf deinem Posten, Genosse.

Diz a sua receita:
Vocês deveriam engordar.
Da mesma forma você poderia dizer ao junco
Que ele não deve se molhar.

Quanto tempo terá para se ocupar de nós?
Bem vemos: um tapete em sua casa
Custa tanto quanto o que recebe
Por cinco mil consultas.

Você provavelmente dirá que
Não tem culpa. A mancha úmida
Na parede de nossas casas
Não diz outra coisa.

APELO

1 APELO A UM COMUNISTA ENFERMO

Soubemos que está tuberculoso.
Eis o nosso desafio: não encare a doença
Como imposição do destino, mas
Como um ataque dos opressores, que o
Entregaram à fome, quase sem roupa
Numa casa toda úmida. Por isso você adoeceu.
Ordenamos-lhe que assuma imediatamente a luta
Contra a doença e a opressão
Com todo rigor, astúcia e tenacidade
Como parte integrante de nossa luta, que
Em meio à miséria extrema
Só pode ser travada a partir de nossa própria fraqueza; luta que
Admite tudo aquilo que conduz à vitória, que
É a vitória da humanidade sobre a escória.
Companheiro, contamos com você
De volta a seu posto, o mais breve possível.

Genossen, durch Hunger, schlechtes Wohnen und mangelhafte Kleidung
Wurde ich krank gemacht und aus euren Reihen entfernt.
Ich habe den Kampf um meine Wiederherstellung sofort aufgenommen.
Ich erkläre jedem, der mich sieht
Den Grund meiner Krankheit
Ich bezeichne ausdrücklich die Schuldigen.

Gleichzeitig kämpfe ich gegen die Krankenkassen
Die mich betrügen wollen um jeden kleinsten Vorteil.
Vom Bett aus kämpfe ich.

Ich habe mich informiert über die Verpflichtungen des Krankenhauses
Die alltäglichen Übergriffe gegen die Kranken der unterdrückten Klasse.
Ich wende jedes Mittel an, das mir hilft
Meine Gesundheit wiederzuerlangen.

So habe ich, obwohl getroffen und verletzt
Eure Reihen nicht verlassen. Bis zu meinem letzten Atemzug
Verbleibe ich euch. Ich gedenke nicht zu weichen.
Ich bitte euch
Weiter mit mir zu rechnen.

2 RESPOSTA DO COMUNISTA ENFERMO A SEUS COMPANHEIROS

Companheiros, em virtude da fome, da moradia ruim e da roupa precária
Caí doente e fui afastado de nossas fileiras.
Iniciei imediatamente a luta por me restabelecer.

A todos que me veem, explico
A causa de minha doença
Indico claramente os culpados.

Ao mesmo tempo, luto contra as caixas de auxílio
Que querem me enganar sobre o benefício mais modesto.
Luto a partir de meu leito.

Informei-me sobre as obrigações do hospital
Os abusos diários cometidos contra os doentes da classe oprimida.
Lanço mão de todos os meios que me auxiliem
A recuperar a saúde.

Desse modo, embora atingido e ferido
Não abandonei nossas fileiras. Estarei com vocês
Até o último suspiro. Não penso em ceder.
Peço-lhes que
Continuem a contar comigo.

3 APPELL AN DIE ÄRZTE UND KRANKENPFLEGER

Nun zu euch, Ärzte und Pfleger. Wir denken
Auch unter euch muß es etliche geben
Wenige vielleicht, aber doch etliche, die
Sich erinnern an die Verpflichtung denen gegenüber, die
Menschenantlitz tragen wie sie. Diese
Fordern wir auf, unsere Kranken zu unterstützen
In ihrem Kampf gegen die Krankenkassen und die Gebräuche
der Krankenhäuser
Die unterdrückte Klasse betreffend.
Wir wissen, dazu müßt ihr
Euch in Kämpfe verwickeln mit andern, den willfährigen
Werkzeugen
Der Ausbeutung und des Betrugs. Wir verlangen, daß ihr diese
Als eure eigenen Feinde betrachtet. Damit
Kämpft ihr doch nur euren eigenen Kampf gegen eure Ausbeuter
Die euch stündlich mit jenem Hunger bedrohen, der
Unsern Genossen gefällt hat.
Kämpft mit uns!

VERHÖHNUNG DES SOLDATEN DER REVOLUTION. SEINE ANTWORT

1

General mit dem löchrigen Schuhzeug
Sage mir: wessen
Kommando führst du? Und unter uns:
Hast du schon zu Mittag gegessen?

3 APELO AOS MÉDICOS E ENFERMEIROS

Falamos agora a vocês, médicos e enfermeiros! Pensamos que
Também em seu meio deve haver alguns,
Poucos talvez, mas assim mesmo alguns, que
Se recordam de suas obrigações com os doentes, os quais, como vocês mesmos
Também têm uma face humana.
Desafiamo-los a apoiar nossos doentes
Em sua luta contra as caixas de auxílio e as práticas dos hospitais
No seu trato com a classe oprimida.
Sabemos que para tanto vocês têm
De lutar contra outros, os condescendentes instrumentos
Da exploração e do engano. Pedimos que
Os tomem por seus próprios inimigos. Desse modo
Vocês travam seu próprio combate contra os seus exploradores
Que os ameaçam diuturnamente com a fome que
Fez o nosso companheiro cair doente.
Lutem conosco!

TROÇA DO SOLDADO DA REVOLUÇÃO. SUA RESPOSTA

1

General de botas furadas
Cá entre nós: tens toda a certeza
De que comandas? Diz também:
Acha-se pão à tua mesa?

Im Kopf hast du Pläne?
Nur: dein Magen ist leer.
Du sagst, du hast eine Fahne
Aber wo ist dein Heer?

Staatsmann mit der einen Hose
Befiehlst du ein Bügelbrett?
Oder tagt es unter dem Brückenbogen
Dein Kabinett?

Den Buben sticht der König
Den König sticht das As
Dein Name kommt in die Geschichte
Aber wo ist dein Paß?

Wenn zwei mal zwei vier ist
Dann bekommst du die Macht
(Unten wird dann oben), aber:
Wo schläfst du heut nacht?

2

Will ich ganzes Schuhzeug tragen
Denn ich gehe leider neben
Meinen Schuhen, muß ich die verjagen
Die mir keine Schuhe geben
Muß die ganzen Ledermärkte ordnen.

Meine Hosen sind zerrissen
Will ich halbwegs überwintern
Brauch ich Hosen überm Hintern
Also muß ich, wo die Hosen bleiben, wissen
Muß die ganzen Spinnereien kontrollieren.

Tua cabeça tem mil planos
Mas não tens comida no bucho.
Tu dizes portar a bandeira
Mas sobrou-te algum cartuxo?

Tens uma só calça, estadista.
Mas queres a roupa passar?
Não foi sob os arcos da ponte
Que o gabinete foi parar?

O rei vale mais que o valete
O ás vale mais do que o rei.
Teu nome já passa à história
Mas onde estará tua grei?

Se dois e dois são mesmo quatro
À glória estás predestinado
Bem alto subirás. Porém,
A noite, onde a terás passado?

2

Quero botas de qualidade
Que me sejam companheiras
Vou combater com vontade
Quem esconde as verdadeiras.
Hei de ordenar o mercado do couro.

Chegou o inverno, faz frio
Eu tenho as calças rasgadas
Desejo as de grosso fio
Onde é que estarão guardadas?
Hei de organizar as tecelagens.

Will ich auch mal gutes Brot verdrücken
Muß ich die Getreidebörsen brechen
Und mich mit den Bauern selbst besprechen
Und Traktoren auf die Acker schicken
Muß das Korn im großen produzieren.

Will ich denen, die mich niederhalten
Nicht für ihre Kriege den Soldaten machen
Muß ich über alle ihre Sprüche lachen
Und muß meine Fahne (sie ist rot) entfalten
Und muß ihnen meinen Krieg erklären.

KANTATE ZU LENINS TODESTAG

1

Als Lenin gestorben war
Sagte, so wird erzählt, ein Soldat der Totenwache
Zu seinen Kameraden: ich wollte es
Nicht glauben. Ich ging hinein, wo er liegt, und
Schrie ihm ins Ohr: »Iljitsch
Die Ausbeuter kommen!« Er rührte sich nicht. Jetzt
Weiß ich, daß er gestorben ist.

2

Wenn ein guter Mann weggehn will
Womit kann man ihn halten?
Sagt ihm: wozu er nötig ist.
Das hält ihn.

Hei de abolir, pra ter pão,
A bolsa de cereais
E falar com o peão
E empregar tratores mais
Hei de produzir em grande escala.

Se não quero ser soldado
Daquele que me espezinha
Dele vou rir com agrado
E agitar a bandeira madrinha
(Ela é vermelha). Hei de combatê-lo.

CANTATA PARA O ANIVERSÁRIO DA MORTE DE LÊNIN

1

Quando Lênin morreu
Conta-se que um soldado da guarda fúnebre
Disse a seus camaradas: não pude
Acreditar. Fui até lá onde o corpo jazia e
Gritei-lhe ao ouvido: "Ilyich[5]
Os exploradores se aproximam!" Não se moveu. Agora
Sei que está morto.

2

Quando um homem bom quer partir
Como detê-lo?
Diga-lhe por que ele é necessário.
Isso o deterá.

5 Prenome de Lênin.

3

Was konnte Lenin halten?

4

Der Soldat dachte:
Wenn er hört, daß die Ausbeuter kommen
Mag er krank sein und wird doch aufstehen.
Vielleicht wird er an Krücken kommen
Vielleicht wird er sich tragen lassen, aber
Er wird aufstehen und kommen
Um zu kämpfen gegen die Ausbeuter.

5

Der Soldat wußte nämlich, daß Lenin
Sein Leben lang gegen die Ausbeuter
Gekämpft hatte.

6

Und als der Soldat geholfen hatte
Das Winterpalais zu erstürmen
Wollte er heimgehen, weil da
Schon die Felder der Gutsherren verteilt wurden
Da hatte Lenin ihm gesagt: bleibe noch!
Es gibt noch Ausbeuter.
Und solange es Ausbeutung gibt
Muß dagegen gekämpft werden.
Solange es dich gibt
Mußt du dagegen kämpfen.

3

O que poderia deter Lênin?

4

O soldado refletiu:
Se ouvir que os exploradores se aproximam
Ainda que doente, ele se erguerá.
Talvez, venha de muletas
Talvez, venha carregado, mas
Ele se erguerá e virá
Para combater os exploradores.

5

O soldado sabia afinal que Lênin
Combatera os exploradores
A vida inteira.

6

Antes disso, porém, depois de ter lutado
No assalto ao Palácio de Inverno[6]
O soldado quisera voltar para casa, pois
Já se dividiam as terras dos grandes proprietários.
Mas Lênin disse a ele: fique!
Ainda há exploradores.
E enquanto houver exploração
É preciso combatê-la.
Enquanto estiver vivo
Você tem de combatê-la.

6 Em 7 de novembro de 1917, os bolcheviques tomaram o Palácio de Inverno, em São Petersburgo, sede do governo provisório liderado por Kerensky.

7

Die Schwachen kämpfen nicht. Die Stärkeren
Kämpfen vielleicht eine Stunde lang.
Die noch stärker sind, kämpfen viele Jahre. Aber
Die Stärksten kämpfen ihr Leben lang. Diese
Sind unentbehrlich.

8 (LOB DES REVOLUTIONÄRS)

Wenn die Unterdrückung zunimmt
Werden viele entmutigt
Aber sein Mut wächst.

Er organisiert seinen Kampf
Um den Lohngroschen, um das Teewasser
Und um die Macht im Staat.

Er fragt das Eigentum:
Woher kommst du?
Er fragt die Ansichten:
Wem nützt ihr?

Wo immer geschwiegen wird
Dort wird er sprechen
Und wo Unterdrückung herrscht und von Schicksal die Rede ist
Wird er die Namen nennen.

Wo er sich zu Tisch setzt
Setzt sich die Unzufriedenheit zu Tisch
Das Essen wird schlecht
Und als eng wird erkannt die Kammer.

Wohin sie ihn jagen, dorthin
Geht der Aufruhr, und wo er verjagt ist
Bleibt die Unruhe doch.

7

Os fracos não lutam. Os mais fortes
Lutam quiçá por uma hora.
Os ainda mais fortes lutam por muitos anos. Mas
Os mais fortes de todos lutam a vida inteira. Estes
São imprescindíveis.

8 (ELOGIO DO REVOLUCIONÁRIO)

Quando a opressão aumenta
Muitos perdem o ânimo
O dele, porém, se fortalece.

Organiza a luta
Pelo salário, pela água para o chá
E pelo poder do Estado.

Indaga a propriedade:
De onde vens?
Indaga as opiniões:
A quem servis?

Onde quer que as vozes se calem
A sua se faz ouvir
E onde reina a opressão e se fala de destino
Ele dá nome aos bois.

Ao se sentar à mesa
A insatisfação logo chega
A comida é ruim
E o cômodo, muito apertado.

No lugar para onde o expulsam
Começa a revolta. No lugar de onde foi expulso
Permanece a agitação.

9

Zu der Zeit, als Lenin starb und fehlte
War der Sieg erkämpft, aber das Land lag verwüstet.
Die Massen waren aufgebrochen, aber
Der Weg lag im dunkeln.
Als Lenin starb
Setzten sich die Soldaten auf die Randsteine und weinten
Und die Arbeiter liefen von den Maschinen und
Schüttelten die Fäuste.

10

Als Lenin ging, war es
Als ob der Baum zu den Blättern sagte:
Ich gehe.

11

Seitdem vergingen fünfzehn Jahre.
Ein Sechstel der Erde
Ist befreit von der Ausbeutung.
Auf den Ruf: die Ausbeuter kommen!
Erheben sich die Massen immer aufs Neue
Bereit zu kämpfen.

12

Lenin ist eingeschreint
In dem großen Herzen der Arbeiterklasse.
Er war unser Lehrer.
Er hat mit uns gekämpft.

9

Na época em que Lênin morreu e sua ausência foi sentida
A vitória já se consumara, mas o país fora devastado.
As massas se haviam erguido, mas
O caminho era escuro.
Quando Lênin morreu
Os soldados sentaram-se no meio-fio e choraram
E os trabalhadores deixaram as máquinas e
Deram socos no ar.

10

Quando Lênin partiu, foi como
Se a árvore dissesse às folhas:
Vou-me embora.

11

Desde então, passaram-se quinze anos.
Um sexto da terra
Está livre da exploração.
Ao grito: os exploradores se aproximam!
As massas novamente se levantam
Prontas para a luta.

12

Lênin está incrustado
No grande coração da classe trabalhadora.[7]
Foi nosso mestre.
Lutou conosco. →

7 Citação da penúltima frase de *A guerra civil na França*, de Karl Marx, a propósito dos que lutaram na Comuna de Paris em 1871: "Seus mártires estão inscrustados no grande coração da classe trabalhadora" [*Seine Märtyrer sind eingeschreint in dem großen Herzen der Arbeiter Klasse*].

Er ist eingeschreint
In dem großen Herzen der Arbeiterklasse.

GRABSCHRIFT FÜR GORKI

Hier liegt
Der Gesandte der Elendsquartiere
Der Beschreiber der Peiniger des Volkes
Sowie ihrer Bekämpfer
Der auf den Universitäten der Landstraßen ausgebildet wurde
Der Niedriggeborene
Der das System von Hoch und Niedrig hat abschaffen helfen
Der Lehrer des Volkes
Der vom Volk gelernt hat.

Está incrustado
No grande coração da classe trabalhadora.

EPITÁFIO PARA GÓRKI[8]

Aqui jaz
O enviado dos bairros miseráveis
O que descreveu os torturadores do povo
E seus adversários.
O que foi educado pela universidade da vida
O que nasceu em berço humilde.
O que ajudou a eliminar o sistema de superiores e inferiores
O mestre do povo
Que aprendeu com o povo.

8 Maksim Górki, o escritor russo (1868–1936). Brecht escreveu o poema por ocasião de sua morte, ocorrida em 18 de junho.

V
Deutsche Satiren

Für den deutschen Freiheitssender

DIE BÜCHERVERBRENNUNG

Als das Regime befahl, Bücher mit schädlichem Wissen
Öffentlich zu verbrennen, und allenthalben
Ochsen gezwungen wurden, Karren mit Büchern
Zu den Scheiterhaufen zu ziehen, entdeckte
Ein verjagter Dichter, einer der besten, die Liste der
Verbrannten studierend, entsetzt, daß seine
Bücher vergessen waren. Er eilte zum Schreibtisch
Zornbeflügelt, und schrieb einen Brief an die Machthaber.
Verbrennt mich! schrieb er mit fliegender Feder, verbrennt mich!
Tut mir das nicht an! Laßt mich nicht übrig! Habe ich nicht
Immer die Wahrheit berichtet in meinen Büchern? Und jetzt
Werd ich von euch wie ein Lügner behandelt! Ich befehle euch:
Verbrennt mich!

V
Sátiras alemãs

Para a Rádio Livre da Alemanha

A QUEIMA DE LIVROS[1]

Quando o regime ordenou que se queimassem em praça pública
Os livros de conteúdo pernicioso, e em toda parte
Obrigaram-se os bois a puxar os carros
Que os levavam ao monte de lenha
Um escritor banido[2] — um dos melhores —
Examinou a lista dos livros queimados e descobriu horrorizado
Que os seus haviam sido preteridos. Enfurecido
Correu à escrivaninha e redigiu uma carta aos poderosos.
Atirem-me à fogueira! — escreveu a toda pressa — atirem-me à fogueira!
Não façam isso comigo! Não me deixem de fora! Acaso não relatei
Sempre a verdade em meus livros? E agora
Sou tratado por vocês como um mentiroso! Ordeno-lhes:
Atirem-me à fogueira!

1 Em 10 de maio de 1933, o regime nazista organizou, em Berlim, Munique e noutras cidades alemãs, a queima de livros de escritores liberais e de esquerda, de judeus e "antialemães". A tarefa foi executada principalmente por professores e estudantes universitários. 2 Os nazistas pouparam da fogueira a obra do escritor alemão Oskar Maria Graf por considerá-la de raiz genuinamente popular [*völkisch*]. Graf escreveu em 12 de maio: "Eu não merecia tal desonra! Considerando minha vida toda e meu inteiro trabalho, tenho o direito de exigir que meus livros sejam entregues às chamas da fogueira e não venham a parar nas mãos sanguinárias e nas cabeças depravadas dos bandos de assassinos pardos (os nazistas)."

TRAUM VON EINER GROSSEN MIESMACHERIN

Zur Zeit einer
Kartoffelknappheit

Ich hatte einen Traum:
Gegenüber der Oper
In der der Anstreicher auftrat und seine große Rede hielt
Lag plötzlich eine gewaltige Kartoffel, größer als ein mittlerer
Berg
Vor dem wartenden Volk und
Hielt auch eine Rede.
Ich, sagte sie mit tiefer Stimme
Bin gekommen, euch zu warnen. Ich weiß natürlich
Ich bin nur eine Kartoffel, eine geringe
Unbedeutende Person, wenig geachtet, in den
Geschichtsbüchern
Kaum genannt, in höheren Kreisen
Ohne Einfluß. Wenn von großen Dingen
»Ehre« und »Ruhm«, die Rede ist, muß ich zurückstehen.
Es gilt nicht als edel
Mich dem Ruhm vorzuziehen. Aber, immerhin, vielen
Fristete ich bisher doch das Leben in diesem Jammertal.
Jetzt heißt es wählen
Zwischen mir und dem da drinnen! Jetzt heißt es
Er oder ich. Wenn ihr den wählt
Dann verliert ihr mich. Wenn ihr aber mich brauchen solltet
Dann müßt ihr den vertreiben. Und darum meine ich
Ihr solltet nicht allzu lange hören auf den da drinnen
Der mich noch völlig vertreibt. Wenn er euch auch bedroht mit
dem Tode
Für den Fall, daß ihr euch gegen ihn empört, so müßt ihr doch
bedenken:
Auch ohne mich sterbt ihr mit euren Kindern.

SONHO DE UMA GRANDE DESMANCHA-PRAZERES

Durante um período de
escassez de batatas

Tive um sonho:
Defronte à Ópera
Onde o pintor de paredes se apresentava e fazia seu grande
discurso
Subitamente, diante do povo que aguardava do lado de fora,
apareceu
Uma gigantesca batata, maior que uma colina, e ela
Também discursou.
Eu, disse ela com voz profunda
Vim para adverti-los. Sei naturalmente
Que sou apenas uma batata, um ser ordinário
Insignificante, pouco respeitado, uma mal notada figura
Nos livros de história, sem influência
Nas altas rodas. Quando se fala de grandes feitos
De "honra" e "glória", tenho de me afastar.
Dizem ser indecente
Que alguém me prefira à glória.
Para a sobrevivência de muitos neste vale de lágrimas.
Dizem que chegou a hora da escolha
Entre mim e o que está lá dentro! Decidam
Entre mim e ele. Se ficarem com ele
Me perderão. Se, todavia, acharem que precisam de mim
Terão de expulsá-lo. Penso, portanto
Que não devem ouvir por muito tempo o que está lá dentro
Caso contrário, ele me expulsará. Se ameaça vocês de morte
Por se insurgirem contra ele, reflitam:
Mesmo sem mim, vocês e seus filhos morrerão.

Also sprach die Kartoffel und langsam
Während der Anstreicher in der Oper weiterbrüllte
Allem Volk hörbar durch die Lautsprecher, begann sie,
gleichsam zur Probe
Eine unheimliche Demonstration, allem Volk sichtbar, indem sie
Mit jedem Wort des Anstreichers zusammenschrumpfte
Kleiner ward, elender und kränker.

DER DIENSTZUG

1

Auf ausdrücklichen Befehl des Führers
Erhält der Salonzug, der für den Nürnberger Parteitag gebaut
wird
Den schlichten Namen DIENSTZUG. Das bedeutet, daß
Die in ihm fahren, indem sie fahren, dem deutschen Volk
Einen Dienst erweisen.

2

Der Dienstzug
Ist ein Meisterstück der Wagenbaukunst. Die Zuggäste
Haben eigene Appartements. Durch breite Fenster
Sehen sie die deutschen Bauern auf den Feldern schuften.
Sollten sie in Schweiß geraten bei diesem Anblick
Können sie in gekachelten Kabinetten
Expreßbäder nehmen.
Vermittels eines raffinierten Beleuchtungssystems können sie
Sitzend, stehend und liegend nachts die Zeitungen lesen
Mit den großen Berichten über die Segnungen

Assim falou a batata, e
Enquanto na Ópera o pintor de paredes bradava seu discurso
Que todos ouviam por meio de autofalantes, ela, aos poucos,
como num ensaio, começou
Uma sinistra demonstração, que todos contemplaram:
A cada palavra do pintor de paredes, a batata encolhia
Ficava menor, mais doente e miserável.

O TREM DE SERVIÇO

1

Por ordem expressa do Führer
O trem de luxo, fabricado para o Congresso do Partido em
Nuremberg
Leva o prosaico nome TREM DE SERVIÇO.[3] Isso significa que
Aqueles que nele viajam demonstram, enquanto viajam,
serviços prestados ao
Ao povo alemão.

2

O trem de serviço
É uma obra-prima da indústria ferroviária. Os passageiros
Dispõem de cabines privativas. Através de amplas janelas
observam os lavradores alemães a se esfalfar.
Se começam a suar diante desse cenário
Podem tomar uma ducha
Num banheiro azulejado.
Por meio de um sofisticado sistema de iluminação, podem
Sentados, em pé ou deitados, ler os jornais
Com as grandes notícias sobre as dádivas →

3 Trem de luxo encomendado pelo governo nazista em 1935 e posto em operação em 1937.

Des Regimes. Die einzelnen Appartements
Sind durch Telefonleitungen miteinander verbunden
Wie die Tische in gewissen Tanzpalästen, wo die Herren
Telefonisch die Damen an den Nachbartischen nach dem Preis
fragen können.
Ohne sich von den Betten zu erheben, können die Gäste
Das Radio anstellen mit den großen Berichten
Über die Nachteile anderer Regimes. Sie bekommen ihre
Dinners
Auf Wunsch im Appartement serviert und verrichten ihre
Notdurft
In eigenen Klosetts, die mit Marmor ausgelegt sind.
Sie scheißen
Auf Deutschland.

SCHWIERIGKEIT DES REGIERENS

1

Die Minister verkünden unaufhörlich dem Volk
Wie schwer das Regieren sei. Ohne die Minister
Würde das Korn in den Boden wachsen anstatt nach oben.
Kein Stück Kohle käme aus dem Schacht
Wenn der Kanzler nicht so weise wäre. Ohne den
Propagandaminister
Ließe sich kein Weib mehr schwängern. Ohne den
Kriegsminister
Käme niemals ein Krieg. Ja, ob die Sonne früh aufginge
Ohne die Genehmigung des Führers
Ist durchaus fraglich und wenn, dann
An der falschen Stelle.

Do regime. As cabines
São ligadas entre si por linhas telefônicas
Como as mesas em certos salões de baile, onde os cavalheiros
Podem perguntar o preço às damas das mesas vizinhas.
Sem se erguerem do leito, os passageiros podem
Ligar o rádio e ouvir as grandes notícias
Sobre as desvantagens dos outros regimes. Quando solicitado
Seu jantar é servido na cabine, e eles fazem suas necessidades
Em toaletes exclusivos, revestidos de mármore.
Cagam
Sobre a Alemanha.

A DIFICULDADE PARA GOVERNAR

1

Os ministros explicam constantemente ao povo
O quão difícil é governar. Sem os ministros
O trigo iria crescer para baixo e não para cima.
Nenhum pedaço de carvão sairia da mina
Se o chanceler não fosse tão sábio. Sem o ministro da propaganda
Nenhuma mulher engravidaria.[4] Sem o ministro da guerra
Não haveria guerra nenhuma. Sim, é inteiramente duvidoso que
Sem o consentimento do Führer
O sol viesse a nascer de manhã e, se isso ocorresse
Ele o faria no lugar errado.

4 O governo nazista estimulou de diversas maneiras a reprodução feminina, com vistas a um acelerado crescimento populacional, necessário para o incremento do contingente militar e a ocupação de territórios estrangeiros.

2

Ebenso schwer ist es auch, wie sie uns sagen
Eine Fabrik zu leiten. Ohne den Besitzer
Würden die Mauern umfallen und die Maschinen verrosten,
heißt es.
Selbst wenn irgendwo ein Pflug hergestellt würde
So käme er nie auf einen Acker ohne
Die schlauen Worte, die der Unternehmer an die Bauern
schreibt: wer
Könnte es ihnen sonst mitteilen, daß es da Pflüge gibt? Und was
Würde aus einem Gutshof ohne den Gutsbesitzer? Sicher
Würde man den Roggen säen, wo schon die Kartoffeln gesetzt
sind.

3

Wenn das Regieren leicht wäre
Bräuchte man keine so erleuchteten Geister wie den Führer.
Wenn der Arbeiter wüßte, wie er seine Maschine bedienen soll
Und der Bauer einen Acker von einem Nudelbrett
unterscheiden könnte
Bräuchte man weder einen Fabrikanten noch einen Gutsbesitzer.
Nur weil alle so dumm sind
Braucht man einige, die so klug sind.

4

Oder sollte es so sein
Daß das Regieren nur so schwer ist
Weil das Ausbeuten und Betrügen gelernt sein muß?

2

Do mesmo modo é difícil, eles nos contam
Administrar uma fábrica. Sem os fabricantes, dizem
Os muros viriam a cair e as máquinas, a enferrujar.
Mesmo quando, algures, um arado fosse produzido
Ele jamais chegaria ao campo sem
As sábias palavras que o empresário dita aos lavradores: quem
Mais lhes diria que os arados existem? E o que
Seria de uma propriedade rural sem o proprietário? Decerto
O centeio seria semeado onde já se plantara a batata.

3

Se governar fosse fácil
Não precisaríamos de espíritos tão iluminados como o Führer.
Se o trabalhador soubesse como operar uma máquina
E o lavrador pudesse distinguir o campo de uma tábua de massas
Não seriam necessários o fabricante nem o proprietário rural.
É apenas por serem todos tão imbecis
Que necessitamos de alguns que sejam tão inteligentes.

4

Ou será o caso
De que governar é difícil apenas
Porque a espoliação e o engano têm de ser aprendidos?

NOTWENDIGKEIT DER PROPAGANDA

1

Es ist möglich, daß in unserem Land nicht alles so geht, wie es
gehen sollte.
Aber niemand kann bezweifeln, daß die Propaganda gut ist.
Selbst Hungernde müssen zugeben
Daß der Minister für Ernährung gut redet.

2

Als das Regime an einem einzigen Tage
Tausend Menschen erschlagen ließ, ohne
Untersuchung noch Gerichtsurteil
Pries der Propagandaminister die unendliche Geduld des Führers
Der mit der Schlächterei so lange gewartet
Und die Schurken mit Gütern und Ehrenstellen überhäuft hatte
In einer so meisterlichen Rede, daß
An diesem Tage nicht nur die Verwandten der Opfer
Sondern auch die Schlächter selber weinten.

3

Und als an einem andern Tage das größte Luftschiff des Reiches
In Flammen aufging, weil man es mit entzündbarem Gas gefüllt
hatte
Um das nicht entzündbare für Kriegszwecke zu sparen
Versprach der Luftfahrtsminister vor den Särgen der
Umgekommenen
Daß er sich nicht werde entmutigen lassen, worauf
Sich lauter Beifall erhob. Selbst aus den Särgen
Soll Händeklatschen gekommen sein.

A NECESSIDADE DA PROPAGANDA

1

É possível que em nosso país nem tudo corra como o desejado.
Não se pode, porém, duvidar de que a propaganda seja boa.
Mesmo os famintos hão de conceder
Que o ministro da alimentação fala bem.

2

Quando, num único dia
O regime massacrou milhares de pessoas, sem
Investigação ou condenação judicial[5]
O ministro da propaganda exaltou a infinita paciência do Führer
Que adiou a carnificina por longo tempo
E regalou a canalha com bens e honrarias.
O ministro discursou de maneira tão magistral que
Naquele dia, não apenas os familiares das vítimas
Mas também os carrascos choraram.

3

E quando, noutra ocasião, o maior dirigível do Reich[6]
Consumiu-se em chamas porque o abasteceram com gás
inflamável
Poupando assim o gás não inflamável, de uso bélico
O ministro da aviação, diante dos caixões dos mortos, prometeu
Não esmorecer, tendo sido
Ovacionado. Diz-se que até mesmo dos caixões
Chegaram os aplausos.

5 Referência ao assassinato de Röhm, o comandante da poderosa SA, de subordinados seus e de outros adversários de Hitler. O morticínio foi levado a cabo por tropas da SS em 30 de junho de 1934. Foram pelo menos mil os mortos pela "limpeza". 6 O dirigível Hindenburg, que se incendiou em 6 de maio de 1937, em Lakehurst, nos Estados Unidos. Para reduzir os custos de sua operação, seu balão era abastecido com hidrogênio em lugar do dispendioso hélio.

4

Und wie meisterhaft ist die Propaganda
Für den Abfall und für das Buch des Führers!
Jedermann wird dazu gebracht, das Buch des Führers aufzulesen
Wo immer es herumliegt.
Um das Lumpensammeln zu propagieren, hat der gewaltige Göring
Sich als den größten Lumpensammler aller Zeiten erklärt und
Um die Lumpen unterzubringen, mitten in der Reichshauptstadt
Einen Palast gebaut
Der selber so groß wie eine Stadt ist.

5

Ein guter Propagandist
Macht aus einem Misthaufen einen Ausflugsort.
Wenn kein Fett da ist, beweist er
Daß eine schlanke Taille jeden Mann verschönt.
Tausende, die ihn von den Autostraßen reden hören
Freuen sich, als ob sie Autos hätten.
Auf die Gräber der Verhungerten und Gefallenen
Pflanzt er Lorbeerbüsche. Aber lange bevor es soweit war
Sprach er vom Frieden, wenn die Kanonen vorbeirollten.

4

E quão magistral é a propaganda
Em torno do lixo[7] e do livro do Führer!
Todos são instados a ler o livro do Führer[8]
Sempre que haja um exemplar à mão.
Para incentivar a coleção de trapos,[9] o poderoso Göring
Declarou-se o maior colecionador de trapos de todos os tempos e
Para abrigar esses trapos, no centro da capital do Reich
Construiu um palácio
Tão grande quanto uma cidade.[10]

5

O bom propagandista
Faz de um monte de estrume um lugar de recreação.
Se não há gordura suficiente, ele prova
Que o talhe esguio embeleza todo homem.
Milhares, que o ouvem falar das autoestradas
Alegram-se, como se possuíssem automóveis.
Junto aos túmulos de quem tombou em combate ou morreu de fome
Ele planta loureiros. Todavia, muito antes de chegarmos ao ponto onde estamos
Ele falava de paz, enquanto os canhões passavam ao lado.

7 Referência à campanha oficial "Luta contra o desperdício" [*Kampf dem Verderb*], liderada por Göring. 8 *Minha luta* [*Mein Kampf*], obra de Hitler. 9 No original, *Lumpensammeln*. Referência à coleta de tecidos velhos, com vistas à reciclagem, cedo incentivada pelos nazistas e, a partir de 1935, reforçada por medidas coercitivas. 10 Era gigantesca a sede do ministério da aviação, dirigido por Göring. Antes da guerra, os nazistas tinham planos para uma ampla reurbanização de Berlim, que previa a construção de edifícios monumentais.

6

Nur durch vortreffliche Propaganda gelang es
Millionen davon zu überzeugen
Daß der Aufbau der Wehrmacht ein Werk des Friedens bedeutet
Jeder neue Tank eine Friedenstaube ist
Und jedes neue Regiment ein neuer Beweis
Der Friedensliebe.

7

Allerdings: vermögen gute Reden auch viel
So vermögen sie doch nicht alles. Manchen
Hat man schon sagen hören: schade
Daß das Wort Fleisch allein noch nicht sättigt und schade
Daß das Wort Anzug so wenig warm hält.
Wenn der Planminister eine Lobrede auf das neue
Edelgespinst hält
Darf es nicht dabei regnen, sonst
Stehen seine Zuhörer im Hemd da.

8

Und noch etwas macht ein wenig bedenklich
Über den Zweck der Propaganda: je mehr es in unserm Land
Propaganda gibt
Desto weniger gibt es sonst.

6

Apenas por meio de uma magnífica propaganda foi possível
Convencer milhões
De que a constituição da *Wehrmacht* era uma iniciativa em favor
da paz
E cada novo tanque, uma pomba da paz
E cada novo regimento, uma nova demonstração
De amor pela paz.

7

Porém, se os bons discursos podem muito
Nem por isso tudo podem. Alguém
Já disse: pena
Que sozinha a palavra carne não satisfaça e pena
Que a palavra paletó aqueça tão pouco.
Quando o ministro do planejamento elogia um novo, nobre
produto têxtil[11]
Não pode chover, pois do contrário
Os ouvintes estarão em mangas de camisa.

8

Contudo, há algo que nos faz questionar
O alcance da propaganda: em nosso país, quanto mais
propaganda se faz
Tanto menos se faz qualquer outra coisa.

11 Cf. nota 1 da p. 91.

DIE VERBESSERUNGEN DES REGIMES

1

Wenn man herumfragt, so hört man: es gibt viele
Verbesserungen.
Viele, die lange keine Arbeit hatten
Haben jetzt Arbeit. Freilich
Sie hungern noch immer. Dabei
Sind die Löhne nicht gesunken, allerdings
Die Lebensmittel sind teurer geworden. Aber einzelne Fleischer
Hat man aus ihren Läden geholt und eingesperrt
Als sie zu schnell aufschlugen. Das weiße Mehl
Das sich übrigens nicht mehr rühren läßt
Kostet nicht viel mehr als früher, nur
Muß man zu jedem Pfund Weißmehl auch ein Pfund
Schwarzmehl nehmen
Das sich zu nichts verwenden läßt. Andrerseits
Gibt es einige Fabriken, wo das Mittagessen
Nur zwanzig Pfennig kostet und reichlich ist, das
Ist eine große Verbesserung, schade
Daß diese Fabriken selten sind. Immerhin
Viele kennen einen oder den andern, der in einer solchen Fabrik
arbeitet.
Manchmal wird auch zu Weihnachten plötzlich in einer Fabrik
Geld ausgeschüttet, alle bekommen Geld, es heißt dann
Der Führer habe dies durchgesetzt.

2

Der Führer wacht auch über die Preise. Nur darum
Ist zum Beispiel ein Mantel noch für den alten Preis zu haben,
wenn er auch
Nicht mehr so lang hält wie früher. Ohne den Führer
Wäre er aber teurer geworden. Überhaupt

AS MELHORIAS DO REGIME

1

Ao indagarmos por aí, ouvimos dizer: há muitas melhorias.
Muitos, que por muito tempo ficaram sem trabalho
Agora têm trabalho, embora
Ainda passem fome. Além do mais
Os salários não baixaram, embora
A comida esteja mais cara. Alguns açougueiros
Foram detidos em seus estabelecimentos e encarcerados
Por terem sido muito afoitos ao majorar os preços. A farinha branca
Que está toda empedrada
Não custa muito mais do que antes, mas
Para cada libra de farinha branca, tem-se de levar uma de farinha escura
Que não presta para nada. Por outro lado
Há fábricas onde o almoço
Custa apenas 20 centavos e é copioso; essa
É uma grande melhoria; pena
Que tais fábricas sejam raras. Seja como for
Muitos conhecem um ou outro que trabalha nessas fábricas.
No Natal, por vezes e sem prévio aviso
Os empregados recebem algum dinheiro extra; todos recebem. Dizem
Que o Führer impôs a medida.

2

O Führer vigia também os preços. Apenas assim
Um casaco ainda pode ser comprado pelo preço antigo, embora
Não dure tanto quanto antes. Sem o Führer
Porém, ele seria mais caro. Sem dúvida →

Soll der Führer den Kapitalisten auf die Finger sehen. Natürlich
Haben sich die Dividenden erhöht, aber es heißt
Daß die Kapitalisten ihre Profite
Nur noch von Furcht erfüllt einstecken, und sie müssen
Mindestens einmal im Jahr, am Ersten Mai
Auf Staats befehl vor den einfachen Arbeitern
Die die schwere Arbeit für sie machen, öffentlich den Hut ziehen.

3

Das Regime sorgt auch für Vergnügungen.
Die Ferienfahrten auf eigenen Schiffen sind beliebt. Wenige
Denken, wenn sie auf dem Schiff sitzen, noch an die Abgaben.
Das Geld, das man ihnen abzog
Hatten sie schon für verloren gegeben. Die Abzüge
Waren zwangsweise, die Ferienfahrt
Scheint ein freiwilliges Geschenk des Staates.
Wer Geld verloren hat, freut sich auch
Wenn er einen Teil zurückbekommt.

4

So gibt es überall Verbesserungen, und die Rede davon
Stopft auch dem Hungrigen den Mund. Wenn es
Statt einem Tropfen auf den heißen Stein jetzt zwei Tropfen gibt
Ist das nicht eine Verbesserung? Nicht alle erkennen
Daß, was da verbessert wurde, nur das System der Ausbeutung ist
Daß nur das Stehlen verbessert wurde und nur die Methoden
Der Unterdrückung mit jedem Tag
Verbessert werden.

O Führer tem de ficar de olho nos capitalistas. Os dividendos
Naturalmente cresceram, mas dizem
Que é com muito receio que
Os capitalistas auferem seus lucros, e
Ao menos uma vez por ano, no Primeiro de Maio
Por determinação do Estado, eles têm, em público, de tirar o chapéu
Diante dos simples trabalhadores que executam para eles o trabalho pesado.

3

O regime cuida também da diversão.
São populares as viagens de férias em navios do Estado. Ao embarcar
Poucos se lembram das contribuições que tiveram de fazer.
O dinheiro que lhes foi tirado
Eles o deram por perdido. As contribuições
Foram compulsórias, mas a viagem de férias
Parece um voluntário presente do Estado.
Quem perdeu dinheiro fica feliz
Quando recebe uma parte de volta.

4

Desse modo, há melhorias por toda parte, e o que delas se fala
Enche a boca dos famintos. Quando
Em vez de uma, caem duas gotas no oceano
Não se trata aí de uma melhoria? Nem todos percebem
Que apenas o sistema de exploração se aprimorou
Que apenas o furto se aprimorou e que apenas os métodos
Da opressão, dia a dia
Se aprimoraram.

DIE ÄNGSTE DES REGIMES

1

Ein fremder Reisender, aus dem Dritten Reich zurückgekehrt
Und befragt, wer dort in Wahrheit herrsche, antwortete:
Die Furcht.

2

Angstvoll
Halt der Gelehrte mitten im Disput ein und betrachtet
Erblaßt die dünnen Wände seiner Studierstube. Der Lehrer
Liegt schlaflos, nachgrübelnd über
Ein dunkles Wort, das der Inspektor hingeworfen hat.
Die Greisin im Spezereiladen
Legt die zitternden Finger an den Mund, zurückzuhalten
Das zornige Wort über das schlechte Mehl. Angstvoll
Blickt der Arzt auf die Würgmale seines Patienten, voller Angst
Sehen die Eltern auf ihre Kinder wie auf Verräter.
Selbst die Sterbenden
Dämpfen noch die versagende Stimme, wenn sie
Sich von ihren Verwandten verabschieden.

3

Aber auch die Braunhemden selber
Fürchten den Mann, dessen Arm nicht hochfliegt
Und erschrecken vor dem, der ihnen
Einen guten Morgen wünscht.

OS TEMORES DO REGIME

1

Ao retornar do Terceiro Reich e ser indagado
Sobre o que realmente se passa por lá, disse um estrangeiro:
O medo.

2

Aflito
O cientista detém-se em meio à discussão e, pálido
Observa as delgadas paredes de seu gabinete de estudos. O
professor de escola
Deita-se insone, refletindo sobre
Uma palavra obscura dita pelo inspetor.
Na mercearia uma velha
Leva aos lábios os trêmulos dedos para refrear
Uma palavra dura sobre a farinha ruim. Aflito
O médico observa as marcas de estrangulamento em seu
paciente; cheios de medo
Os pais olham para os filhos como se deparassem traidores.
Mesmo os moribundos
Baixam a voz já débil quando
Se despedem de seus familiares.

3

Todavia, os próprios camisas pardas[12]
Temem o homem cujo braço não se estende[13]
E se apavoram diante daquele que
Lhes diz bom-dia. →

12 Os integrantes da SA. 13 Referência à saudação nazista.

Die hohen Stimmen der Kommandierenden
Sind von Angst erfüllt wie das Quieken
Der Ferkel, die das Schlachtmesser erwarten, und die feisten
Ärsche
Schwitzen Angst in den Bürosesseln.
Von Angst getrieben
Brechen sie in die Wohnungen ein und suchen in den Klosetts nach
Und Angst ist es
Die sie ganze Bibliotheken verbrennen läßt. So
Beherrscht die Furcht nicht nur die Beherrschten, sondern auch
Die Herrschenden.

4

Warum
Fürchten sie so sehr das offene Wort?

5

Angesichts der gewaltigen Macht des Regimes
Seiner Lager und Folterkeller
Seiner wohlgefütterten Polizisten
Eingeschüchterter oder bestochener Richter
Seiner Kartotheken mit den Listen Verdächtiger
Die ganze Gebäude bis unters Dach ausfüllen
Sollte man glauben, daß es das offene Wort
Eines einfachen Mannes nicht zu fürchten hätte.

6

Aber ihr Drittes Reich erinnert
An den Bau des Assyriers Tar, jene gewaltige Festung
Die, so lautet die Sage, von keinem Heer genommen werden
konnte, die aber
Durch ein einziges lautes Wort, im Innern gesprochen
In Staub zerfiel.

A voz altissonante dos que comandam
Estão repletas de medo, feito o guincho
Dos leitões que aguardam a faca do abate, e as bundas opulentas
Suam de medo nas poltronas dos escritórios.
Movidos por medo eles
Arrombam as casas e vasculham os banheiros
E é o medo
Que os leva a incendiar bibliotecas inteiras. Assim
O temor domina não apenas os que são mandados, mas também
Os que mandam.

4

Por que
Tanto receiam a palavra franca?

5

Em face do enorme poder do regime
De seus campos de concentração e câmaras de tortura
De seus bem nutridos policiais
De juízes intimidados ou corrompidos
De seus arquivos com as listas dos suspeitos
Que preenchem edifícios de alto a baixo
Era de imaginar que não se temeria
A palavra franca de um homem comum.

6

Mas seu Terceiro Reich lembra
A estrutura do Tar assírio, aquela formidável fortaleza[14]
Que, conta a fábula, não poderia ser tomada por nenhum
exército e, no entanto
Por uma só palavra, lá dentro proferida
Veio ao chão.

14 Trata-se de uma invenção de Brecht.

KANONEN NÖTIGER ALS BUTTER

1

Der berühmte Ausspruch des Generals Göring
Kanonen sind wichtiger als Butter
Ist insofern richtig, als die Regierung
Desto mehr Kanonen braucht, je weniger sie Butter hat
Denn je weniger sie Butter hat
Desto mehr hat sie Feinde.

2

Sonst aber wäre zu sagen, daß
Kanonen auf den leeren Magen
Nicht jedes Volkes Sache sind.
Gasschlucken allein
Soll den Durst nicht stillen
Und ohne wollene Unterhosen
Ist der Soldat vielleicht nur im Sommer mutig.

3

Wenn der Artillerie die Munition ausgeht
Bekommen die Offiziere vorn
Leicht Löcher im Hinterkopf.

CANHÕES MAIS NECESSÁRIOS QUE MANTEIGA

1

A famosa afirmação do General Göring de que
Os canhões importam mais que a manteiga
É verdadeira na medida em que quanto menos manteiga houver
Mais o regime precisará de canhões
Pois quanto menos manteiga houver
Mais inimigos terá.

2

Além do mais, é preciso dizer que
Canhões junto a estômagos vazios
Não é coisa que agrade a todo mundo.
Por si só, o mero gesto da deglutição
Não mata a sede
E sem ceroulas de lã
É provável que apenas no verão o soldado se imbua de coragem.

3

Quando se acaba a munição da artilharia
Os oficiais da vanguarda acabam por
Ganhar uns buracos na nuca.

DIE JUGEND UND DAS DRITTE REICH

1

Das Regime behauptet, die Jugend
Sei schon gewonnen für das Dritte Reich
Das bedeute, in zehn, zwanzig Jahren
Werde das ganze Volk nur noch
Aus Anhängern des Regimes bestehen.
Welch ein kindlicher Rechenfehler!

2

Die ihr Brot noch nicht verdienen müssen
Sondern es auf den Tisch gelegt bekommen, sagen:
Es ist leicht, Brot zu bekommen. Soll das bedeuten, wenn sie
In zehn Jahren ihr Brot verdienen und es ihren Kindern
Auf den Tisch legen müssen, werden sie
Immer noch sagen: es ist leicht?

3

Denen das Mark noch nicht ausgesogen ist, die
Loben das Regime, das soll bedeuten, wenn ihnen
Einmal das Mark ausgesogen sein wird, werden sie
Immer noch das Regime loben?

4

Die noch keine Kugel haben sausen hören, sagen:
Es ist schön, zu schießen. Das soll bedeuten, wenn sie
Einmal die Kugeln sausen hören, werden sie
Immer noch sagen: Krieg
Ist schön.

A JUVENTUDE E O TERCEIRO REICH

1

O regime afirma que a juventude
Foi conquistada para o Terceiro Reich
Isso significa que em dez, vinte anos
Todo o povo consistirá apenas
De adeptos do regime.
Que erro de cálculo mais pueril!

2

Os que ainda não têm de pagar pelo pão
Mas têm-no servido à mesa, dizem:
É fácil ter pão. Quer isso dizer que
Depois de dez anos pagando pelo pão e servindo-o
À mesa para seus filhos
Continuarão a dizer "é fácil"?

3

Aqueles que ainda não foram consumidos até a medula
Elogiam o regime. Quer isso dizer que quando
A medula lhes for finalmente consumida, continuarão
A elogiar o regime?

4

Aqueles que nunca ouviram o zunido de uma bala dizem:
Atirar é bom. Quer isso dizer que quando
Ouvirem as balas zunindo, continuarão
A dizer: a guerra
É boa?

5

Ja, wenn die Kinder Kinder blieben, dann
Könnte man ihnen immer Märchen erzählen
Da sie aber älter werden
Kann man es nicht.

6

Wenn das Regime händereibend von der Jugend spricht
Gleicht es einem Mann, der
Die beschneite Halde betrachtend, sich die Hände reibt und sagt:
Wie werde ich es im Sommer kühl haben mit
So viel Schnee!

DER KRIEG SOLL GUT VORBEREITET SEIN

Aus sicherer Quelle
Erfahren wir: der Krieg
Soll gut vorbereitet sein.
Ungeheure Lebensmittelvorräte
Sollen in den Kellern einer Villa
In Berchtesgaden liegen.
In den Palästen des preußischen Ministerpräsidenten
Soll es schon so viel Lumpen geben, daß das Dritte Reich
Mindestens zehn Kriege damit führen kann. In Spandau
Soll ein Förster leben, der im Fall eines großen Krieges

5

Se as crianças permanecessem crianças,
Seria possível contar-lhes histórias da carochinha para todo o sempre
Mas, como crescem
Não é possível.

6

Quando o regime esfrega as mãos ao falar da juventude
Assemelha-se ao homem que
Olhando para a encosta nevada de uma colina, igualmente esfrega as mãos e diz:
Com tanta neve
Hei de me refrescar no verão!

DIZEM QUE A GUERRA ESTÁ BEM-PREPARADA

Sabemos
De fonte segura: a guerra
Está bem-preparada.
Dizem que enormes quantidades de víveres
Abastecem as despensas de uma mansão
Em Berchtesgaden.[15]
No palácio do ministro-presidente da Prússia
Dizem, há tantos trapos[16] que, com eles
O Terceiro Reich poderá conduzir pelo menos dez guerras. Em Spandau
Dizem, vive um guarda-florestal que, em caso de uma grande guerra →

15 Referência a uma propriedade particular de Hitler em Obersalzberg, retiro de montanha contíguo ao município de Berchtesgaden, no sul da Baviera.
16 Cf. nota 9 da p. 219.

Zehn Zigarettenschachteln aus echtem Zinn
Der Reichsregierung zur Verfügung stellen will.
Das Wichtigste aber: die Kraftdurchfreudeorganisation
Soll drei Milhonen Anmeldungen von Arbeitern empfangen haben
Welche in ihren hübschen Tanks je bälder je lieber
An die Somme, in die Argonnen und nach Masuren fahren wollen.
Alles dies
Ist absolut verbürgt. Unter uns: die Nachricht
Kommt direkt aus dem Propagandaministerium.

DIE LIEBE ZUM FÜHRER

Die Liebe des Volkes zum Führer ist sehr groß.
Überall wo er hingeht
Ist er umringt von Leuten in schwarzen Uniformen
Die ihn so lieben
Daß sie kein Auge von ihm lassen.
Wenn er sich in ein Kaffeehaus setzt
Setzen sich sogleich fünf Hünen zu ihm, damit er
Unterhaltung hat.
Besonders die SS liebt ihn so leidenschaftlich
Daß sie ihn dem andern Volk kaum gönnt und ihm
Nicht von der Pelle geht, so
Eifersüchtig ist sie. Und als er einmal
Mit einigen Generälen eine Wochenendfahrt auf einem Kreuzer machte

Porá à disposição do regime
Dez caixinhas de cigarros feitas de puro estanho.
O mais importante, porém: a organização Força através da
Alegria[17]
Dizem, recebeu a inscrição de três milhões de trabalhadores
Que — quanto mais cedo melhor — irão viajar em seus belos
tanques, seguindo
Para Argonne, para o Somme e a Masúria.[18]
Tudo isso
Está absolutamente garantido. Cá entre nós: a notícia
Chega diretamente do Ministério da Propaganda.

O AMOR PELO FÜHRER

É imenso o amor do povo pelo Führer.
Em todo lugar por onde passa
Está cercado por sujeitos uniformizados de preto.[19]
Amam-no tanto
Que jamais o perdem de vista.
Quando se senta num café
Cinco brutamontes sentam-se imediatamente a seu lado para que
Ele tenha com quem conversar.
A SS ama-o tão apaixonadamente
Que mal o deixa aproximar-se do restante do povo e
Dele jamais se descola, tão
Ciumenta ela é. E quando certa vez
Embarcou com alguns generais num cruzador[20] para uma
viagem de fim de semana →

17 Força através da Alegria [*Kraft durch Freude*], instituição nazista dedicada a atividades voltadas ao entretenimento das massas. 18 Referência a localidades onde se travaram sangrentas batalhas na Primeira Guerra mundial. 19 Os soldados da SS. 20 Hitler discutiu a eliminação da liderança da SA, com o generalato do exército, a bordo do Encouraçado Alemanha, durante uma viagem a Nordland, condado da Noruega.

Und eine ganze Nacht allein mit ihnen zubrachte
Erhob sich ein Aufruhr unter der SA und er mußte
Hunderte erschießen lassen.

WAS DER FÜHRER NICHT WEISS

Nach der Ansicht vieler kleiner Leute
Weiß der Führer nicht
Daß sein Minister für Unterricht immer betrunken ist und
Sein Führer der Arbeitsfront nie nüchtern
Daß sein Propagandaminister lügt, wenn er das Maul aufmacht
Daß sein Kriegsminister den Krieg vorbereitet
Daß sein Polizeiminister Beweise gegen seinen
Luftfahrtsminister hat
Daß er gegen Bestechungsgelder seinen Industrieführern erlaubt
Daß sie dem Staat schlechte Maschinen liefern.
Nach der Ansicht vieler kleiner Leute
Weiß der Führer auch nicht
Daß in seinen Gefängnissen und Lagern Menschen totgeprügelt
werden
Daß die Kinder aus seinen Verbänden ihre Eltern der Polizei
angeben
Daß die Winterhilfsgelder verschwinden und einige Leute noch
im Sommer davon leben
Daß die Söhne deutscher Mütter nach Spanien verkauft werden
Daß die Industriellen ihre Gewinne verdreifachen.
Wenn der Führer das alles wüßte
Was er nach der Ansicht vieler kleiner Leute nicht weiß
Würde er dann
Ein paar ehrliche Leute holen lassen
(Am besten aus einem seiner Konzentrationslager)

E passou uma noite sozinho com eles
A SA alvoroçou-se[21] e ele teve de
Ordenar o fuzilamento de centenas.

O QUE O FÜHRER NÃO SABE

Na opinião de muita gente comum
O Führer não sabe
Que seu ministro da educação está sempre embriagado e
Que o chefe da Frente de Trabalho nunca está sóbrio
Que seu ministro da propaganda mente quando abre a boca
Que seu ministro da guerra prepara a guerra
Que seu chefe da polícia tem provas contra o ministro da aviação
Que, subornado por seus amigos industriais, deixa-os
Fornecer equipamento ruim ao Estado.
Na opinião de muita gente comum
Não sabe também o Führer
Que, em suas prisões e campos de concentração, pessoas são espancadas até a morte
Que as crianças de suas associações denunciam os pais à polícia
Que some o dinheiro para o auxílio de inverno, e que certos indivíduos dele vivem no verão
Que os filhos das mães alemãs são vendidos à Espanha[22]
Que os industriais triplicam seus lucros.
Se o Führer soubesse tudo
Aquilo que, na opinião de muita gente comum, não sabe
Mandaria ele, pergunto,
Buscar pessoas decentes
(De preferência de um de seus campos de concentração) →

21 Cf. nota 5 da p. 217. 22 Referência à Operação Condor, intervenção militar alemã em apoio às tropas franquistas na Guerra Civil Espanhola (1936–1939).

Und sie bitten, ihm ein Schild um den Hals zu hängen, worauf
steht:
ICH WAR EIN FÜHRER IN DEN ABGRUND
Und so, mit dem Schild um den Hals, durch das ruinierte Land
laufen
Damit alle im Bilde wären?
Würde er das? Was meint ihr?

WÖRTER, DIE DER FÜHRER NICHT HÖREN KANN

In den Ministerien ist es bekannt, daß der Führer
Zusammenzuckt
Bei allen Wörtern, die mit der Silbe PRO beginnen
Solchen wie »Prolet«, »Prosa«, »Provokation« oder »pro und
contra«.
Auch »Prostitution« und »Profit« scheinen ihn mit Unruhe zu
erfüllen.
Wenn man diese Wörter in seiner Gegenwart erwähnt
Blickt er scheu auf, mit einem gehetzten, schuldbewußten
Ausdruck
Den sich der Sprechende schwer erklären kann.
Eine andere Silbe, die ihm Schwierigkeiten bereitet
Ist die Silbe GRAM, vorkommend in dem Wort »Gramm«
Das ein kleines Gewicht bezeichnet, und in Wörtern wie
»Grammatik«. Da der Führer
Eine solche Abneigung gegen die Erwähnung dieser beiden
Silben zeigt
Ist es natürlich, daß besonders ein Wort, das beide enthält
Unter keinen Umständen in seiner Gegenwart ausgesprochen
werden darf
Weshalb bei Veranstaltungen der Partei und der Theater
Das Wort PROGRAMM stets durch die Bezeichnung
»Vortragsfolge« ersetzt wird.

E pedir-lhes que lhe pendurassem uma placa no pescoço, com a
seguinte inscrição:
FUI UM FÜHRER[23] PARA O ABISMO
E iria, com tal placa no pescoço, percorrer o país arruinado
De modo que todos viessem a sabê-lo?
Faria isso? Que pensam vocês?

PALAVRAS QUE O FÜHRER NÃO PODE OUVIR[24]

Nos ministérios é sabido que o Führer estremece
Ao ouvir quaisquer palavras iniciadas pela sílaba PRO
A exemplo de "proletário", "prosa", 'provocação" ou "pró e contra".
"Prostituição" e "proveito nos negócios" parecem também
incomodá-lo.
Quando tais palavras são mencionadas em sua presença
Intimida-se, exibindo uma expressão de culpa e constrangimento
Que seus interlocutores não sabem como interpretar.
Outra que lhe apresenta dificuldades
É a sílaba GRAM, presente na palavra "grama"
A pequena unidade de peso, e em palavras como "gramática".
Dado que o Führer
Se irrita profundamente diante da menção a essas duas sílabas
É natural que, especialmente uma palavra portadora de ambas
Não possa, em nenhuma hipótese, ser dita em sua presença
De modo que nas cerimônias do partido e no teatro
A palavra PROGRAMA sempre é substituída por "sequência de
eventos".[25]

23 A palavra alemã *Führer* significa guia, líder, condutor. 24 Em 1933 o governo nazista criou um órgão especialmente voltado ao controle da linguagem, o Centro Alemão de Assistência à Língua [*Deutsches Sprachpflegeamt*]. 25 No original, *Vortragsfolge*. O termo é fruto do empenho nazista pela germanização de termos estrangeiros ou de origem estrangeira, como é o caso de *Programm* [programa].

DIE SORGEN DES KANZLERS

1

Wenn der Propagandaminister von der Not des Volkes spricht
Halt er mitunter erschüttert ein und dann kommt ein Aufschrei:
Unser Führer
Bekommt graue Haare!

2

Wenn der Kanzler im Radio brüllt
Sagen die Leute: wie er sich anstrengt!
Da sie sich den ganzen Tag über angestrengt haben
Könnten sie selber nicht so brüllen.

3

Alle erfahren: der kommende Krieg
Läßt den Kanzler nicht schlafen.
Wie wäre es
Wenn der Kanzler sich Schlaf gönnte und
Es käme kein Krieg?

4

Die Nachbarländer
Sprechen nur mit Verachtung von unserm Land
Mißwirtschaft und Gewalttat
Werden von ihnen laut verurteilt.
Es heißt, daß der Kanzler, wenn er die fremden Zeitungen liest
Oft weint.
Dann fordert der Propagandaminister das Volk auf
Seine Tränen zu trocknen.

AS AFLIÇÕES DO CHANCELER

1

Quando o ministro da propaganda fala das agruras do povo
Detém-se comovido por um instante e então esbraveja:
Nosso Führer
Está ficando com os cabelos brancos!

2

Quando o chanceler berra no rádio
As pessoas dizem: como se esforça!
Como passam o dia inteiro a se esforçar
Não podem, elas mesmas, berrar.

3

Todos sabem: a guerra vindoura
Não deixa o chanceler dormir.
Que tal seria
Se o chanceler pudesse dormir
E não houvesse guerra?

4

Os países vizinhos
Falam de nosso país com desdém
A economia claudicante e os atos de violência
São severamente condenados por eles.
Isso significa que o chanceler amiúde chora
Quando lê os jornais estrangeiros.
O ministro da propaganda pede então ao povo
Que lhe enxugue as lágrimas.

5

Auch als der Kanzler seine Freunde abschlachtete
Weil seine Geldgeber es verlangten
Soll er sehr ernst gewesen sein.
Wenn das Volk nichts zu essen hat
Soll ihm der Magen knurren.

6

Sicher, wenn er unser Land in den Krieg gestürzt hat
Wird er weinen wie ein Kind.
Wenn eure Söhne und Männer fallen
Wird er seufzen. Wenn ihr wieder Gras freßt
Wird er ernst blicken.
Daran werdet ihr erkennen
Daß ihr einen guten Kanzler habt.

TROST VOM KANZLER

Nach schweren Schicksalsschlägen
Pflegt der Kanzler durch eine große Rede
Seine Anhänger wieder aufzurichten.
Auch der Schnitter, heißt es
Liebt die aufrechten Ähren.

DER JUDE, EIN UNGLÜCK FÜR DAS VOLK

Wie die Lautsprecher des Regimes verkünden
Sind in unserm Land an allem Unglück die Juden schuld.

5

Diz-se que o chanceler manteve-se muito sério
Mesmo quando, por exigência de seus financiadores
Sacrificou os amigos.[26]
Diz-se que sua barriga ronca
Quando o povo nada tem de comer.

6

Quando lançar o país à guerra, é certo que
Irá chorar feito uma criança.
Quando os filhos e os maridos de vocês morrerem
Ele soluçará. Quando vocês voltarem a comer capim
Ele exibirá um grave semblante.
Vocês reconhecerão então
Que têm um bom chanceler.

CONSOLO DO CHANCELER

Após severos golpes do destino
O chanceler costuma elevar o moral de seus seguidores
Com um grande discurso.
Também o ceifeiro,[27] dizem
Aprecia as espigas que se elevam no campo.

O JUDEU, UMA DESGRAÇA PARA O POVO

Como proclamam os autofalantes do regime
Os judeus são os culpados por todas as desgraças do país. →

26 Novamente uma referência a Röhm. Cf. nota 5 da p. 217. 27 Na Bíblia e em imagens produzidas na Idade Média, uma personificação da morte.

Die sich immerfort mehrenden Mißstände
Können, da die Führung sehr weise ist
Wie sie oft betont hat
Nur von den sich immerfort vermindernden Juden kommen.
Nur die Juden sind schuld, daß im Volk Hunger herrscht
Obwohl die großen Grundbesitzer sich auf den Feldern zu Tode arbeiten
Und obwohl die Ruhrkapitäne nur die Brosamen essen, die von der Arbeiter Tischen fallen.
Und nur der Jude kann dahinterstecken, wenn
Für das Brot der Weizen fehlt, weil
Das Militär für seine Übungsplätze und Kasernen
So viel Boden beschlagnahmt hat, daß er
An Umfang einer ganzen Provinz gleichkommt. Da also
Der Jude für das Volk ein Unglück ist
Kann es hiemit für das Volk nicht schwer sein
Einen Juden zu erkennen. Es braucht dazu
Weder Geburtsregister noch äußere Merkmale
— Alles dies kann ja täuschen — es braucht nur zu fragen:
Ist der oder jener Mensch ein Unglück für uns? Dann
Ist er ein Jude. Ein Unglück erkennt man
Nicht an der Nase, sondern daran, daß
Man einen Schaden hat dadurch. Es sind nicht die Nasen
Die das Unglück sind, sondern die Taten. Es braucht einer
Da doch keine besondere Nase, um
Das Volk berauben zu können, er braucht doch nur
Zum Regime zu gehören! Jeder weiß
Daß das Regime für das Volk ein Unglück ist, wenn also
Alles Unglück vom Juden kommt, muß
Das Regime vom Juden kommen. Das ist doch einleuchtend!

Uma vez que o regime, como ele próprio sempre salientou
É muito sábio
Os males que se multiplicam
Só podem advir da minguante comunidade judaica.
Apenas os judeus são culpados pela fome que assola o povo
Embora os grandes proprietários rurais se matem de trabalhar
nos campos
E embora os industriais do Ruhr comam apenas as migalhas que
caem da mesa dos trabalhadores.
Apenas o judeu pode ser responsabilizado quando
Falta trigo para o pão, uma vez que
Os militares expropriaram tanta terra
Para suas casernas e campos de exercícios que
A extensão de seus terrenos se equipara à de uma província
inteira. E dado que
O judeu é uma desgraça para o povo
Não é difícil para o povo
Reconhecer um judeu. Para isso não se precisa
Da certidão de nascimento nem de sinais exteriores
— tais coisas podem enganar —. Basta perguntar:
Será esta ou aquela pessoa uma desgraça para nós? Em caso
afirmativo
Será judia. Uma desgraça é reconhecida
Não pelo nariz,[28] mas pelo fato
De ele nos prejudicar. Não são os narizes
Que constituem a desgraça, são os feitos. Não é preciso ter
Certo nariz para
Roubar o povo, basta
Pertencer ao regime! Todos sabem
Que o regime é uma desgraça para o povo. Se
Toda desgraça provém dos judeus, o regime
Deve provir dos judeus. Isso é realmente esclarecedor!

28 Na propaganda nazista, o judeu era amiúde retratado com uma longa barba e um grande nariz.

DIE REGIERUNG ALS KÜNSTLER

1

Für den Bau von Palästen und Stadien
Wird viel Geld ausgegeben. Die Regierung
Gleicht darin einem jungen Künstler, der
Den Hunger nicht scheut, wenn es gilt
Seinen Namen berühmt zu machen. Allerdings
Ist der Hunger, den die Regierung nicht scheut
Der Hunger der andern, nämlich
Des Volkes.

2

Gleich dem Künstler
Verfügt die Regierung über allerhand übernatürliche Kräfte
Ohne daß man ihr etwas sagt
Weiß sie alles. Was sie kann
Hat sie nicht gelernt. Sie hat
Nichts gelernt. Ihre Bildung
Ist eher mangelhaft, jedoch zauberhafterweise
Ist sie fähig, bei allem mitzureden, alles zu bestimmen
Auch was sie nicht versteht.

3

Ein Künstler kann bekanntlich dumm sein und doch
Ein großer Künstler sein. Auch darin
Gleicht die Regierung dem Künstler. Wie man von Rembrandt sagt
Daß er nicht anders gemalt hätte, ohne Hände geboren, so kann man
Auch von der Regierung sagen, sie würde
Ohne Kopf geboren, nicht anders regieren.

O GOVERNO COMO ARTISTA

1

Gasta-se muito dinheiro
Na construção de estádios e palácios. Nisso
O governo se parece ao jovem artista que
Não receia a fome quando se trata de
Conquistar a fama. Entretanto
A fome que o governo não receia
É a fome alheia, a saber
A fome do povo.

2

Como o artista
O governo dispõe de toda sorte de poderes sobrenaturais.
Sem que se lhe diga nada
Ele tudo sabe. Aquilo de que é capaz
Não foi estudado.
Nada foi estudado. Sua formação
É incompleta. Todavia, num passe de mágica
É capaz de se intrometer em tudo, determinar tudo
Até mesmo aquilo que não compreende.

3

Como se sabe, um artista pode ser um idiota e, no entanto
Provar-se um grande artista. Também neste ponto
O governo se parece ao artista. O que se diz de Rembrandt
Que não teria pintado de outra forma, caso houvesse nascido
sem as mãos,[29] pode-se também
Dizer do governo: se houvesse
Nascido sem a cabeça, não governaria de outro modo.

29 No drama *Emilia Galotti*, de Lessing, diz o pintor Conti ao príncipe: "Ou pensai vós, príncipe, que Rafael não teria sido o grande gênio da pintura, caso tivesse a infelicidade de nascer sem as mãos?".

4

Erstaunlich beim Künstler
Ist die Erfindungsgabe. Wenn man der Regierung zuhört
Bei ihren Schilderungen der Zustande, sagt man
Wie sie erfindet! Für die Wirtschaft
Hat der Künstler nur Verachtung übrig, ganz so auch
Verachtet die Regierung bekanntlich die Wirtschaft. Natürlich
Hat sie einige reiche Gönner. Und wie jeder Künstler
Lebt sie davon, daß sie
Sich Geld pumpt.

DAUER DES DRITTEN REICHES

1

Der Führer versichert, daß das Dritte Reich
Dreißigtausend Jahre dauern wird. Daran
Soll höheren Ortes kein Zweifel bestehen. Zweifel
Soll höheren Ortes nur bestehen, ob das Dritte Reich
Den nächsten Winter überdauern wird.

2

Der Führer versichert, daß der kommende Krieg
Gewonnen werden wird. Daran
Soll höheren Ortes kein Zweifel bestehen. Den Krieg gewinnt
Wer die meisten Rohstoffe, die meisten Lebensmittel
Und die ausdauerndsten Soldaten hat.
Wenn also alle Soldaten, die in die Tanks steigen
Lange genug drinnen bleiben
Alle ihre Frauen und Kinder Rüben fressen und

4

No artista
Surpreende a criatividade. Quando ouvem o governo
Descrever a situação, as pessoas dizem:
Como é criativo! Os artistas
Desprezam a economia. Da mesma maneira
Como se sabe, o governo a despreza. Ele conta naturalmente
Com ricos mecenas. E, como todo artista
Vive de
Pedir dinheiro.

A DURAÇÃO DO TERCEIRO REICH

1

O Führer assegura que o Terceiro Reich
Durará trinta mil anos.[30] Nas altas rodas, dizem
Não pairam dúvidas sobre isso. Que se saiba, a única dúvida existente
Nas altas rodas é a de se o Terceiro Reich
Sobreviverá ao próximo inverno.

2

O Führer assegura que a próxima guerra
Será vitoriosa. Nas altas rodas, dizem
Não pairam dúvidas sobre isso. A guerra será vencida
Por quem tiver mais matérias-primas, mais víveres
E os soldados mais tenazes.
Se, portanto, todos os soldados embarcados nos tanques
Aí permanecerem por tempo suficiente
E suas mulheres e filhos comerem apenas nabos →

30 Apropriando-se de uma concepção religiosa da Idade Média, a propaganda nazista falava reiteradamente num Reich de mil anos.

Großvater Stilke seine Abfalltonne tüchtig nach Zinn auskratzt
Muß der Krieg, der kommen wird, gewonnen werden.

3

Den nächsten Weltkrieg werden wir gewinnen
Wenn wir genügend Abfall sammeln. Daran soll
Höheren Ortes kein Zweifel bestehen. Zweife besteht nur
Ob zum Beispiel die Leitungsdrähte
Die statt aus Kupfer aus Aluminium gemacht werden müssen
Lange genug halten werden. Der Führer versichert, sie halten
Dreißigtausend Jahre.

VERBOT DER THEATERKRITIK

Als der Propagandaminister
Die Kritik des Volkes an der Regierung verbieten wollte, verbot er
Die Theaterkritik. Das Regime
Liebt das Theater sehr. Seine Leistungen
Liegen hauptsächlich auf theatralischem Gebiet.
Der virtuosen Handhabung des Scheinwerfers
Verdankt es nicht weniger, als der
Virtuosen Handhabung des Gummiknüppels.
Seine Galavorstellungen
Werden im Radio über das ganze Reich verbreitet.
In drei Kolossalfilmen
Von denen der letzte achttausend Meter lang ist

E o vovô Stilke puder arrancar com as unhas o estanho da lata
de lixo
Será vitoriosa a guerra que virá.

3

Venceremos a próxima guerra mundial
Se coletarmos lixo[31] o suficiente. Nas altas rodas, dizem
Não pairam dúvidas sobre isso. A única dúvida existente
É a de se, por exemplo, os cabos de energia
Em que o cobre teve de ser substituído pelo alumínio
Durarão o tempo necessário. O Führer garante que durarão
Trinta mil anos.

PROIBIÇÃO DA CRÍTICA TEATRAL

Quando o ministro da propaganda
Quis proibir a crítica do povo ao governo, proibiu
A crítica teatral. O governo
Preza o teatro imensamente. Suas realizações
Se dão principalmente na esfera do teatro.[32]
Ele não deve menos ao virtuosístico uso
Dos holofotes do que ao
Virtuosístico uso dos porretes de borracha.
Suas apresentações de gala
São difundidas pelo rádio para todo o país.
Em três filmes colossais[33]
Dos quais o último tem oito mil metros de fita →

31 Cf. nota 7 da p. 219. 32 Desde os primórdios do movimento nazista, seus comícios e manifestações públicas contaram com uma série de recursos dramáticos (música, iluminação, coreografia etc.). No poder, o nazismo procurou instrumentalizar o teatro e engajá-lo em seu projeto político. 33 A cineasta alemã Leni Riefenstahl realizava à época filmes apoteóticos em torno do nazismo e suas manifestações de massa.

Hat der Hauptdarsteller den Führer gespielt.
Um den Sinn für Theater im Volk zu stärken
Wurde der Besuch der Vorstellungen zwangsmäßig organisiert.
Alljährlich am Ersten Mai
Wenn der erste Schauspieler des Reiches
Einen einstmaligen Arbeiter spielt
Werden die Zuschauer für das Zuschauen sogar bezahlt: zwei Mark
Pro Person. Keine Kosten werden gescheut für die Festspiele
Die unter dem Titel REICHSPARTEITAG in der Nähe Bayreuths stattfinden.
Der Kanzler selber
Tritt hier als reiner Tor auf und singt
Zweimal am Tage die berühmte Arie
NIE SOLLST DU MICH BEFRAGEN.
Es ist klar, daß so kostspielige Veranstaltungen
Vor jeder Kritik geschützt werden müssen.
Wo käme man hin
Wenn jeder kritisieren könnte
Daß der Reichsjugendführer Baldur zu stark geschminkt ist
Oder daß der Propagandaminister einen so falschen Ton hat, daß
Man ihm nichts mehr glaubt, nicht einmal
Seinen Klumpfuß? Überhaupt muß bei all dem Theater
Unbedingt verboten werden, daß Kritik laut wird, ja es darf

O ator principal representou o *Führer*.
Para instilar no povo o gosto pelo teatro
A ida aos espetáculos tornou-se compulsória.
Anualmente, no Primeiro de Maio
Quando o mais importante ator do país
Interpreta um sujeito que já foi trabalhador[34]
Os espectadores são até mesmo pagos para assistir ao
espetáculo: dois marcos
Por pessoa.[35] Nenhum gasto é poupado com os festivais
Que se realizam nas imediações de Bayreuth sob o título
CONGRESSO DO PARTIDO.
O próprio chanceler
Se apresenta como um rematado idiota e canta
Duas vezes por dia a famosa ária
NUNCA ME PERGUNTES.[36]
Obviamente, eventos tão dispendiosos
Têm de ser protegidos da crítica.
Onde iríamos parar
Se todos pudessem dizer
Que Baldur, o líder da juventude nacional, anda excessivamente
maquiado[37]
Ou que o tom da fala do ministro da propaganda é tão
equivocado que
Não se acredita em mais nada do que diz, nem mesmo
Em seu pé torto?[38] Em suma, esse teatro demanda
O silenciamento da crítica. Não se pode →

34 Aos trabalhadores, a propaganda nazista procurava apresentar Hitler como homem do povo, como se, no passado, houvera sido trabalhador. 35 A pedido do partido, empresas pagavam a seus empregados para que eles comparecessem às festividades nazistas em torno do Primeiro de Maio. 36 Citação da ópera *Lohengrin*, de Richard Wagner. 37 Baldur von Schirach foi *Reichsjugendführer* [Líder da Juventude Nacional] de 1935 a 1940. A despeito da intransigente defesa que fazia dos ideais nazistas de raça superior e virilidade, seus modos eram tidos por "efeminados". 38 Referência a Joseph Goebbels. Uma poliomielite contraída aos 4 anos de idade ocasionou-lhe a atrofia da perna direita e o pé torto mencionado no verso.

Nicht einmal gesagt werden, was gespielt wird
Wer die Vorstellung finanziert und
Wer die Hauptrolle spielt.

Dizer o que será encenado, nem
Quem financia a peça, nem
Quem desempenha o papel principal.

VI

Du der du, sitzend im Buge des Bootes
Siehest am unteren Ende das Leck
Wende lieber den Blick nicht weg
Denn du bist nicht aus dem Auge des Todes.

ÜBER DIE BEZEICHNUNG EMIGRANTEN

Immer fand ich den Namen falsch, den man uns gab: Emigranten.
Das heißt doch Auswandrer. Aber wir
Wanderten doch nicht aus, nach freiem Entschluß
Wählend ein andres Land. Wanderten wir doch auch nicht
Ein in ein Land, dort zu bleiben, womöglich für immer.
Sondern wir flohen. Vertriebene sind wir, Verbannte.
Und kein Heim, ein Exil soll das Land sein, das uns da aufnahm.
Unruhig sitzen wir so, möglichst nahe den Grenzen
Wartend des Tags der Rückkehr, jede kleinste Veränderung
Jenseits der Grenze beobachtend, jeden Ankömmling
Eifrig befragend, nichts vergessend und nichts aufgebend
Und auch verzeihend nichts, was geschah, nichts verzeihend.
Ach, die Stille der Sunde täuscht uns nicht! Wir hören die Schreie
Aus ihren Lagern bis hierher. Sind wir doch selber
Fast wie Gerüchte von Untaten, die da entkamen
Über die Grenzen. Jeder von uns
Der mit zerrissenen Schuhn durch die Menge geht
Zeugt von der Schande, die jetzt unser Land befleckt.
Aber keiner von uns
Wird hier bleiben. Das letzte Wort
Ist noch nicht gesprochen.

VI

Tu que te sentas na proa
E vês na popa o casco furado
Não olhes jamais para o lado
A morte não te mira à toa.

ACERCA DO TERMO EMIGRANTES

Sempre achei falsa a alcunha que nos deram: emigrantes
Estes simplesmente partem de um lugar para outro. Nós, porém
Não partimos por livre e espontânea vontade
Optando por uma nova pátria. Nem nos mudamos
Para ficar, se possível para sempre.
Pelo contrário, fugimos. Somos gente expulsa, banida.
E o país que nos acolheu não é um lar, é um exílio.
Permanecemos inquietos, tão perto da fronteira quanto possível,
Aguardando o dia do retorno, atentos
À menor mudança no lado de lá, inquirindo
Com impaciência o recém-chegado, de nada esquecendo, a nada renunciando
E nada perdoando do que aconteceu, nada perdoando.
Ah, não nos ilude a calmaria no canal! Ouvimos os gritos
Que nos chegam dos campos de concentração. Tornamo-nos
Nós mesmos, quase rumores das iniquidades que vazam
Pela fronteira. Ao caminhar em meio à multidão
Com os sapatos surrados, cada um de nós
É o testemunho vivo da desgraça que macula nosso país.
Mas nenhum de nós
Ficará aqui. Não se disse ainda
A última palavra.

GEDANKEN ÜBER DIE DAUER DES EXILS

1

Schlage keinen Nagel in die Wand
Wirf den Rock auf den Stuhl!
Warum für vier Tage Vorsorgen?
Du kehrst morgen zurück!

Laß den kleinen Baum ohne Wasser!
Wozu einen Baum pflanzen?
Bevor er so hoch wie eine Stufe ist
Gehst du froh weg von hier!

Ziehe die Mütze ins Gesicht, wenn die Leute vorbeikommen!
Wozu in einer fremden Grammatik blättern?
Die Nachricht, die dich heimruft
Ist in bekannter Sprache geschrieben.

So wie der Kalk vom Gebälk blättert
(Tue nichts dagegen!)
Wird der Zaun der Gewalt zermorschen
Der an der Grenze aufgerichtet ist
Gegen die Gerechtigkeit.

2

Sieh den Nagel in der Wand, den du eingeschlagen hast!
Wann, glaubst du, wirst du zurückkehren?
Willst du wissen, was du im Innersten glaubst?

Tag um Tag
Arbeitest du an der Befreiung
Sitzend in der Kammer schreibst du
Willst du wissen, was du von deiner Arbeit hältst?
Sieh den kleinen Kastanienbaum im Eck des Hofes
Zu dem du die Kanne voll Wasser schlepptest!

REFLEXÕES SOBRE A DURAÇÃO DO EXÍLIO

1

Não meta um prego na parede!
Atire o casaco à cadeira!
Por que provisões para quatro dias?
Você estará de volta amanhã!

Não regue a pequena árvore!
Para que plantar uma árvore?
Antes que ela chegue a um palmo de altura
Você terá partido satisfeito!

Se alguém passar por você, esconda a cara no boné!
Para que folhear uma gramática estrangeira?
A notícia que o chamar de volta
Virá escrita em língua conhecida.

Assim como a cal se descola da viga
(Nada faça para impedi-lo!)
Assim também ruirá o muro de violência
Que se ergueu na fronteira
Em desafio à justiça.

2

Veja o prego que meteu na parede!
Quando imagina estar de volta?
Quer saber em que você intimamente acredita?

Dia a dia
Você trabalha pela libertação.
Sentado no quarto, escreve.
Quer saber o que pensa de seu trabalho?
Veja a pequena castanheira no canto do pátio
Para onde você arrastou o balde cheio d'água!

ZUFLUCHTSSTÄTTE

Ein Ruder liegt auf dem Dach. Ein mittlerer Wind
Wird das Stroh nicht wegtragen.
Im Hof für die Schaukel der Kinder sind
Pfähle eingeschlagen.
Die Post kommt zweimal hin
Wo die Briefe willkommen wären.
Den Sund herunter kommen die Fähren.
Das Haus hat vier Türen, daraus zu fliehn.

UND IN EUREM LANDE?

In unserem Lande zur Jahreswende
Und wenn eine Arbeit fertig ist und zum Tag der Geburt
Müssen wir dem Guten Glück wünschen
Denn in unserem Lande der Lautere
Braucht Glück.

Wer niemanden schädigt
Kommt in unserem Lande unter die Räder
Aber die Vermögen
Werden nur durch Schurkerei erworben.

Um zu einem Mittagessen zu kommen
Braucht es der Tapferkeit
Mit der sonst Reiche gegründet werden.
Ohne dem Tod ins Auge zu sehen
Hilft niemand einem Elenden.

Wer die Unwahrheit sagt, wird auf Händen getragen
Wer dagegen die Wahrheit sagt
Der braucht eine Leibwache
Aber er findet keine.

REFÚGIO[1]

Sobre o telhado há um remo. Uma brisa ligeira
Não lhe arrancará a palha.
Para o balanço das crianças
Fincaram-se estacas no pátio.
Duas vezes por dia o correio chega
Aonde cartas seriam bem-vindas.
As balsas trafegam no canal.
A casa tem quatro portas por onde se pode fugir.

E EM SEU PAÍS?

Em nosso país, na passagem do ano
No dia de um nascimento ou ao término de um trabalho
Desejamos boa sorte aos bons
Pois em nosso país até os mais puros
Precisam de sorte.

Em nosso país
Arruína-se aquele que não prejudica ninguém
E só se adquire
Um patrimônio por meios sórdidos.

Ir a um almoço é algo que
Demanda a coragem
Necessária para se fundar um império.
Sem encarar a morte
Ninguém ajuda um miserável.

Quem profere mentiras é por todos paparicado
Quem, pelo contrário, diz a verdade
Necessita de guarda pessoal
E não a encontra.

1 O título faz referência à casa de Brecht em Svendborg, na Dinamarca.

VERJAGT MIT GUTEM GRUND

Ich bin aufgewachsen als Sohn
Wohlhabender Leute. Meine Eltern haben mir
Einen Kragen umgebunden und mich erzogen
In den Gewohnheiten des Bedientwerdens
Und unterrichtet in der Kunst des Befehlens. Aber
Als ich erwachsen war und um mich sah
Gefielen mir die Leute meiner Klasse nicht
Nicht das Befehlen und nicht das Bedientwerden
Und ich verließ meine Klasse und gesellte mich
Zu den geringen Leuten.

So
Haben sie einen Verräter aufgezogen, ihn unterrichtet
In ihren Künsten und er
Verrät sie dem Feind.

Ja, ich plaudere ihre Geheimnisse aus. Unter dem Volk
Stehe ich und erkläre
Wie sie betrügen, und sage voraus, was kommen wird, denn ich
Bin in ihre Pläne eingeweiht.
Das Lateinisch ihrer bestochenen Pfaffen
Übersetze ich Wort für Wort in die gewöhnliche Sprache, da
Erweist es sich als Humbug. Die Waage ihrer Gerechtigkeit
Nehme ich herab und zeige
Die falschen Gewichte. Und ihre Angeber berichten ihnen
Daß ich mit den Bestohlenen sitze, wenn sie
Den Aufstand beraten.

Sie haben mich verwarnt und mir weggenommen
Was ich durch meine Arbeit verdiente. Und als ich mich nicht
besserte
Haben sie Jagd auf mich gemacht, aber
Da waren
Nur noch Schriften in meinem Haus, die ihre Anschläge

EXPULSO POR UM BOM MOTIVO

Cresci como filho
De gente abastada. Meus pais
Puseram-me um colarinho no pescoço, educaram-me
Para ser servido
E me introduziram à arte de mandar. Porém
Quando me tornei adulto e olhei à minha volta
Não me agradaram as pessoas de minha classe
Nem a condição de mandar e ser servido
E abandonei minha classe e me associei
À gente comum.

Criaram, portanto
Um traidor, ensinaram-lhe
Suas artes, e ele
As entrega ao inimigo.

Sim, repasso seus segredos. Estou
No meio do povo e explico
O modo como é enganado, antecipando-lhe o que há de vir, pois
Estou inteirado de seus planos.
Palavra por palavra, traduzo para a linguagem comum
O latim de seus párocos corruptos, e
Ele se revela uma fiada de asneiras. Tomo a
Balança de sua justiça e mostro
Os pesos falsos. Seus informantes contam-lhes
Que me sento com os espoliados quando estes
Organizam a revolta.

Repreenderam-me e subtraíram
O dinheiro que me era devido por meu trabalho. E como não me corrigi
Perseguiram-me, mas
Em minha casa acharam
Apenas papéis que revelavam →

Gegen das Volk aufdeckten. So
Haben sie einen Steckbrief hinter mir hergesandt
Der mich niedriger Gesinnung beschuldigt, das ist
Der Gesinnung der Niedrigen.

Wo ich hinkomme, bin ich so gebrandmarkt
Vor allen Besitzenden, aber die Besitzlosen
Lesen den Steckbrief und
Gewähren mir Unterschlupf. Dich, höre ich da
Haben sie verjagt mit
Gutem Grund.

AN DIE NACHGEBORENEN

1

Wirklich, ich lebe in finsteren Zeiten!

Das arglose Wort ist töricht. Eine glatte Stirn
Deutet auf Unempfindlichkeit hin. Der Lachende
Hat die furchtbare Nachricht
Nur noch nicht empfangen.

Was sind das für Zeiten, wo
Ein Gespräch über Bäume fast ein Verbrechen ist
Weil es ein Schweigen über so viele Untaten einschließt!
Der dort ruhig über die Straße geht
Ist wohl nicht mehr erreichbar für seine Freunde
Die in Not sind?

Es ist wahr: ich verdiene noch meinen Unterhalt
Aber glaubt mir: das ist nur ein Zufall. Nichts
Von dem, was ich tue, berechtigt mich dazu, mich satt zu essen.
Zufällig bin ich verschont. (Wenn mein Glück aussetzt
Bin ich verloren.)

Seus golpes contra o povo. Assim
Expediram contra mim um mandado de prisão
Acusando-me de ideias baixas, ou seja
De ideias dos que estão por baixo.

Aonde quer que eu vá, sou estigmatizado
Aos olhos dos que têm posses, mas os despossuídos
Leem o mandado de prisão e
Me oferecem refúgio. Você, dizem
Foi expulso
Por um bom motivo.

AOS QUE VIEREM DEPOIS DE NÓS

1

Vivo realmente em tempos sombrios!

A palavra inocente é ridícula. Uma fronte sem rugas
Denota insensibilidade. Aquele que ri
Não recebeu ainda
A terrível notícia.

Que tempos são estes em que
Uma conversa sobre árvores é quase um crime
Por implicar o silêncio sobre tanta iniquidade!
O que caminha sossegado pela rua
Não estará ele fora do alcance dos amigos
Em apuros?

Isto é verdade: ainda ganho meu sustento
Mas, creiam: só por acaso. Nada
Do que faço justifica minha satisfação à mesa.
Fui casualmente poupado (Se minha sorte mudar
Estarei perdido).

Man sagt mir: iß und trink du! Sei froh, daß du hast!
Aber wie kann ich essen und trinken, wenn
Ich es dem Hungernden entreiße, was ich esse, und
Mein Glas Wasser einem Verdurstenden fehlt?
Und doch esse und trinke ich.

Ich wäre gerne auch weise
In den alten Büchern steht, was weise ist:
Sich aus dem Streit der Welt halten und die kurze Zeit
Ohne Furcht verbringen
Auch ohne Gewalt auskommen
Böses mit Gutem vergelten
Seine Wünsche nicht erfüllen, sondern vergessen
Gilt für weise.
Alles das kann ich nicht:
Wirklich, ich lebe in finsteren Zeiten!

2

In die Städte kam ich zu der Zeit der Unordnung
Als da Hunger herrschte.
Unter die Menschen kam ich zu der Zeit des Aufruhrs
Und ich empörte mich mit ihnen.
So verging meine Zeit
Die auf Erden mir gegeben war.

Mein Essen aß ich zwischen den Schlachten
Schlafen legte ich mich unter die Mörder
Der Liebe pflegte ich achtlos
Und die Natur sah ich ohne Geduld.
So verging meine Zeit
Die auf Erden mir gegeben war.

Die Straßen führten in den Sumpf zu meiner Zeit
Die Sprache verriet mich dem Schlächter
Ich vermochte nur wenig. Aber die Herrschenden

Dizem para mim: Coma e beba! Alegre-se por ter o que tem!
Todavia, como posso comer e beber, se
Aquilo que como eu o tiro do faminto, e se
Meu copo d'água não chega ao sedento?
Ainda assim, como e bebo.

Eu gostaria de ser sábio.
Nos velhos livros consta o que significa ser sábio:
Manter-se afastado das querelas deste mundo e consumir
Sem receio o tempo que resta
Seguir adiante sem violência
Pagar o mal com o bem
Não satisfazer os desejos, antes esquecê-los
Tais coisas são tidas por sábias.
Não sou capaz de nenhuma delas:
Vivo realmente em tempos sombrios!

2

Cheguei às cidades em tempos de desordem
Quando grassava a fome.
Vim ter com as pessoas em tempos de agitação
E indignei-me juntamente com elas.
Assim se passou o tempo
Que na Terra me foi dado viver.

Tomei minhas refeições entre as batalhas.
Para dormir, deitei-me com os assassinos.
Tratei o amor com desleixo
E contemplei a natureza com impaciência.
Assim se passou o tempo
Que na Terra me foi dado viver.

Em meu tempo, as estradas conduziam ao pântano
A língua me traía ao carrasco.
Eu pouco podia fazer. Mas os poderosos →

Saßen ohne mich sicherer, das hoffte ich.
So verging meine Zeit
Die auf Erden mir gegeben war.

Die Kräfte waren gering. Das Ziel
Lag in großer Ferne
Es war deutlich sichtbar, wenn auch für mich
Kaum zu erreichen.
So verging meine Zeit
Die auf Erden mir gegeben war.

3

Ihr, die ihr auftauchen werdet aus der Flut
In der wir untergegangen sind
Gedenkt
Wenn ihr von unsern Schwächen sprecht
Auch der finsteren Zeit
Der ihr entronnen seid.

Gingen wir doch, öfter als die Schuhe die Länder wechselnd
Durch die Kriege der Klassen, verzweifelt
Wenn da nur Unrecht war und keine Empörung.

Dabei wissen wir ja:
Auch der Haß gegen die Niedrigkeit
Verzerrt die Züge.
Auch der Zorn über das Unrecht
Macht die Stimme heiser. Ach, wir
Die wir den Boden bereiten wollten für Freundlichkeit
Konnten selber nicht freundlich sein.

Ihr aber, wenn es soweit sein wird
Daß der Mensch dem Menschen ein Helfer ist
Gedenkt unsrer
Mit Nachsicht.

Sentiam-se mais seguros sem mim, com isso eu contava.
Assim se passou o tempo
Que na Terra me foi dado viver.

As forças eram escassas. O alvo
Estava mui distante
Bem visível, mas
Fora de meu alcance.
Assim se passou o tempo
Que na Terra me foi dado viver.

3

Vós que ireis emergir da torrente
A que sucumbimos
Lembrai-vos
Quando falardes de nossas fraquezas
Dos tempos sombrios
De que fostes poupados.

Mudamos de país mais vezes do que trocamos os nossos sapatos
Em meio às guerras entre as classes, desesperados
Quando só havia injustiça e nenhuma indignação.

Contudo, sabemos:
Também o ódio à vilania
Transtorna as feições.
Também a ira contra a injustiça
Enrouquece a voz. Ah, nós
Que queríamos preparar o terreno para a gentileza
Não pudemos nós mesmos ser gentis.

Vós, porém, quando chegar o dia
Em que o ser humano for parceiro do ser humano
Lembrai-vos de nós
Com indulgência.

Anhang

Deutsche Kriegsfibel, 1937

Als der letzte Krieg vorüber war
Gab es Sieger und Besiegte.
Bei den Besiegten das niedere Volk
Hungerte. Bei den Siegern
Hungerte das niedere Volk auch.

Wenn man die Felder der Junker aufteilt
Braucht man nicht die Felder der ukrainischen Bauern zu erobern.
Wenn man die Felder der ukrainischen Bauern erobert
Haben die Junker nur noch mehr Felder.

Im Krieg wird sich vieles vergrößern.
Es werden größer werden
Die Besitztümer der Besitzenden
Und das Elend der Besitzlosen
Die Reden der Führer
Und das Schweigen der Geführten.

Anexo

Cartilha Alemã da Guerra, 1937

Ao terminar a última guerra
Havia vencedores e vencidos.
Entre os vencidos o povo
Passava fome. Entre os vencedores
Passava fome também.

Se as terras dos junkers[1] forem repartidas
Não será preciso conquistar as terras da Ucrânia.
Se as terras da Ucrânia forem conquistadas
Os *Junkers* terão ainda mais terras.

Na guerra tudo será maior
Serão maiores
As posses dos proprietários
E a miséria dos despossuídos
Os discursos dos líderes
E o silêncio dos liderados.

1 Nobres prussianos, grandes proprietários de terra.

Steffinsche Sammlung

Coleção Steffiniana

Margarete Steffin foi a principal colaboradora de Brecht durante o período europeu de seu exílio, passado quase todo na Dinamarca, Suécia e Finlândia. Em maio de 1941, com ele e sua família, ela iniciou uma viagem de fuga para os Estados Unidos que previa a travessia da União Soviética até o porto de Vladivostok. Contudo, muito debilitada por uma tuberculose contraída havia anos, foi impedida de prosseguir o caminho, tendo sido internada em Moscou, onde faleceu em 4 de junho.

Em 1940, Steffin havia selecionado e transcrito alguns poemas de Brecht, dispondo-os em três cópias sob o título *Brecht. Poemas*. Logo após sua morte, o escritor passou a chamar a seleta de *Coleção Steffiniana*. Em 1942, nos Estados Unidos, adicionou-lhe outros poemas, e nessa nova configuração a obra foi distribuída a amigos próximos por meio de cópias hectográficas.

De volta à Europa, em 1948, Brecht reorganizou mais uma vez a coleção, com vistas a uma edição que abarcaria a maior parte da produção lírica dos anos de exílio. Esse projeto, entretanto, não chegou a se concretizar, de modo que a *Coleção Steffiniana* permaneceu uma obra fragmentária, embora esteja bastante bem documentada no espólio.

À seleção realizada originalmente por Margarete Steffin, pertencem a epígrafe, as seções "Primavera de 1938" e "1940", os quatro poemas seguintes e, no anexo, os poemas "Ao pequeno aparelho de rádio", "Leio sobre a batalha de tanques", "O cachimbo" e "Paisagem finlandesa". Trata-se de uma lírica referida ao exílio a partir de experiências pessoais do autor, mas em estado de permanente tensão com o desenvolvimento histórico do fascismo e seu encaminhamento para a guerra.

A poesia que lhe foi acrescida, à exceção de "No banho", é toda em prosa e se apresenta nas seções "Das Crônicas" e "Das Visões", tratando fundamentalmente dos preparativos da Alemanha nazista para o conflito, conquanto "A parada do velho Novo" seja uma referência à guerra já iniciada e "O cavalo de Ruuskanen" retorne ao tema da luta pela emancipação da classe trabalhadora, objeto de diversos poemas inscritos na seção "Crônicas" dos *Poemas de Svendborg*.

Dies ist nun alles und ist nicht genug.
Doch sagt es euch vielleicht, ich bin noch da.
Dem gleich ich, der den Backstein mit sich trug
Der Welt zu zeigen, wie sein Haus aussah.

Isto é tudo e decerto não basta
Mas pode mostrar que aqui estou.
Sou como alguém que um tijolo arrasta
Prova da casa em que morou.

FRÜHLING 1938

1

Heute, Ostersonntag früh
Ging ein plötzlicher Schneesturm über die Insel.
Zwischen den grünenden Hecken lag Schnee. Mein junger Sohn
Holte mich zu einem Aprikosenbäumchen an der Hausmauer
Von ein'em Werk weg, in dem ich auf diejenigen mit dem Finger deutete
Die einen Krieg vorbereiteten, der
Den Kontinent, diese Insel, mein Volk, meine Familie und mich
Vertilgen muß. Schweigend
Legten wir einen Sack
Über den frierenden Baum.

PRIMAVERA DE 1938

1

Hoje, Domingo de Páscoa, pela manhã
Uma súbita nevasca desabou sobre a ilha.[1]
A neve acumulou-se entre as sebes enverdecidas. Meu filho
adolescente
Levou-me a um miúdo damasqueiro junto ao muro da casa
Apartando-me de um texto em que eu apontava com o dedo
para aqueles
Que preparam uma guerra destinada
A exterminar
O continente, esta ilha, meu povo, minha família e eu. Calados
Cobrimos com um saco
A árvore enregelada.

1 Referência à Ilha de Fiônia, na Dinamarca. De 1933 a 1939 Brecht morou nas proximidades de Svendborg, cidade aí localizada.

2

Über dem Sund hängt Regengewölke, aber den Garten
Vergoldet noch die Sonne. Die Birnbäume
Haben grüne Blätter und noch keine Blüten, die Kirschbäume
hingegen
Blüten und noch keine Blätter. Die weißen Dolden
Scheinen aus dürren Ästen zu sprießen.
Über das gekräuselte Sundwasser
Läuft ein kleines Boot mit geflicktem Segel.
In das Gezwitscher der Stare
Mischt sich der ferne Donner
Der manövrierenden Schiffsgeschütze
Des Dritten Reiches.

3

In den Weiden am Sund
Ruft in diesen Frühjahrsnächten oft das Käuzlein.
Nach dem Aberglauben der Bauern
Setzt das Käuzlein die Menschen davon in Kenntnis
Daß sie nicht lang leben. Mich
Der ich weiß, daß ich die Wahrheit gesagt habe
Über die Herrschenden, braucht der Totenvogel davon
Nicht erst in Kenntnis zu setzen.

DER KIRSCHDIEB

An einem frühen Morgen, lange vor Hahnenschrei
Wurde ich geweckt durch ein Pfeifen und ging zum Fenster.
Auf meinem Kirschbaum, Dämmerung füllte den Garten
Saß ein junger Mann mit geflickter Hose
Und pflückte lustig meine Kirschen. Mich sehend
Nickte er mir zu, mit beiden Händen

2

Sobre o canal, pairam nuvens de chuva; o sol, porém
Ainda doura o jardim. As pereiras
Têm as folhas verdes, mas nenhum botão; as cerejeiras, ao invés
Têm botões, mas nenhuma folha. As brancas umbelas
Parecem brotar dos galhos secos.
Com a vela remendada, um pequeno barco navega
Pelas águas encrespadas do canal.
Em meio ao gorjeio dos estorninhos
Imiscui-se, em suas manobras,
O troar longínquo
Dos canhões dos navios do Terceiro Reich

3

Nos salgueiros à beira do canal
A coruja grita amiúde nestas noites de primavera.
Segundo a superstição dos camponeses
Ela lembra os homens
De que não viverão por muito tempo. Em meu caso
O de alguém ciente de ter dito a verdade
Sobre os dominadores, o pássaro agourento
Não precisa reiterar o aviso.

O LADRÃO DE CEREJAS

Certa manhã, bem cedo, antes de cantar o galo
Fui despertado por um assovio e aproximei-me da janela.
Em minha cerejeira — o alvorecer tomava o jardim —
Sentava-se um rapaz com as calças remendadas
E ele colhia feliz as minhas cerejas. Ao me ver
Acenou com a cabeça. Com ambas as mãos →

Holte er die Kirschen von den Zweigen in seine Taschen.
Noch eine ganze Zeitlang, als ich wieder in meiner Bettstatt lag
Hörte ich ihn sein lustiges kleines Lied pfeifen.

1940

1

Das Frühjahr kommt. Die linden Winde
Befreien die Schären vom Wintereis.
Die Völker des Nordens erwarten zitternd
Die Schlachtflotten des Anstreichers.

2

Aus den Bücherhallen
Treten die Schlächter.
Die Kinder an sich drückend
Stehen die Mütter und durchforschen entgeistert
Den Himmel nach den Erfindungen der Gelehrten.

3

Die Konstrukteure hocken
Gekrümmt in den Zeichensälen:
Eine falsche Ziffer und die Städte des Feindes
Bleiben unzerstört.

4

Nebel verhüllt
Die Straße
Die Pappeln
Die Gehöfte und
Die Artillerie.

Tirava as cerejas dos galhos e as enfiava nos bolsos.
Depois de voltar à cama, ouvi-o por bom tempo ainda
A assoviar a pequena, alegre canção.

1940

1

É chegada a primavera. Ventos suaves
Livram os recifes do gelo invernal.
Os povos do norte aguardam trêmulos
As frotas de guerra do pintor de paredes.

2

Os verdugos
Deixam as bibliotecas.
Atônitas, abraçadas aos filhos
As mães esquadrinham
O céu, atentas às invenções dos sábios.

3

Os construtores se debruçam
Sobre as mesas nas salas de projetos:
Um dado incorreto e as cidades do inimigo
Permanecerão incólumes.

4

A neblina encobre
A estrada
Os álamos
As granjas e
A artilharia.

5

Ich befinde mich auf dem Inselchen Lidingö.
Aber neulich nachts
Träumte ich schwer und träumte, ich war in einer Stadt
Und entdeckte, die Beschriftungen der Straßen
Waren deutsch. In Schweiß gebadet
Erwachte ich und mit Erleichterung
Sah ich die nachtschwarze Föhre vor dem Fenster und wußte:
Ich war in der Fremde.

6

Mein junger Sohn fragt mich: Soll ich Mathematik lernen?
Wozu, möchte ich sagen. Daß zwei Stück Brot mehr ist als eines
Das wirst du auch so merken.
Mein junger Sohn fragt mich: Soll ich Englisch lernen?
Wozu, möchte ich sagen. Dieses Reich geht unter. Und
Reibe du nur mit der flachen Hand den Bauch und stöhne
Und man wird dich schon verstehen.
Mein junger Sohn fragt mich: Soll ich Geschichte lernen?
Wozu, möchte ich sagen. Lerne du deinen Kopf in die Erde stecken
Da wirst du vielleicht übrigbleiben.

Ja, lerne Mathematik, sage ich
Lerne Englisch, lerne Geschichte!

7

Vor der weißgetünchten Wand
Steht der schwarze Soldatenkoffer mit den Manuskripten.
Darauf liegt das Rauchzeug mit den kupfernen Aschbechern.
Die chinesische Leinwand, zeigend den Zweifler

5

Estou na ilhota de Lidingö.[2]
Mas noutro dia, à noite
Tive um pesadelo. Sonhei que estava numa cidade
E notei que as placas com os nomes de rua
Vinham grafadas em alemão. Empapado em suor
Despertei e, à janela
Vi aliviado o pinheiro negro feito a noite e constatei:
Estava no estrangeiro.

6

Meu filho adolescente pergunta: Devo estudar matemática?
Para quê, pensei responder. Que dois pedaços de pão sejam
mais que um
Você mesmo irá notar.
Meu filho adolescente pergunta: Devo estudar inglês?
Para quê, pensei responder. O império naufraga.[3]
Passe a mão espalmada pela barriga e suspire
E você será compreendido.
Meu filho adolescente pergunta: Devo estudar história?
Para quê, pensei responder. Aprenda a enfiar a cabeça na terra
Talvez você escape.

Sim, digo, aprenda matemática
Aprenda inglês, aprenda história!

7

Diante da parede caiada
Encontra-se a preta valise de soldado com os manuscritos.
Sobre ela estão os apetrechos para fumar e os cinzeiros de cobre.
A tela chinesa que exibe o cético →

2 Ilha próxima a Estocolmo, lugar onde Brecht morou de maio de 1939 a abril de 1940. 3 O Império Britânico.

Hängt darüber. Auch die Masken sind da. Und neben der Bettstelle
Steht der kleine sechslampige Lautsprecher.
In der Früh
Drehe ich den Schalter um und höre
Die Siegesmeldungen meiner Feinde.

8

Auf der Flucht vor meinen Landsleuten
Bin ich nun nach Finnland gelangt. Freunde
Die ich gestern nicht kannte, stellten ein paar Betten
In saubere Zimmer. Im Lautsprecher
Höre ich die Siegesmeldungen des Abschaums. Neugierig
Betrachte ich die Karte des Erdteils. Hoch oben in Lappland
Nach dem Nördlichen Eismeer zu
Sehe ich noch eine kleine Tür.

AN DIE DÄNISCHE ZUFLUCHTSSTÄTTE

Sag, Haus, das zwischen Sund und Birnbaum steht:
Hat, den der Flüchtling einst dir eingemauert
Der alte Satz DIE WAHRHEIT IST KONKRET
Der Bombenpläne Anfall überdauert?

Está pendurada mais acima. As máscaras estão lá também. E
junto ao leito
Acha-se o rádio de seis válvulas.
De manhã cedo
Giro-lhe o botão e ouço
As notícias das vitórias de meus inimigos.

8

Fugindo de meus compatriotas
Cheguei à Finlândia. Amigos
Que até ontem não conhecia instalaram camas
Em quartos limpos. Pelo rádio
Ouço as notícias das vitórias da escumalha. Observo
Curioso o mapa do continente. Lá em cima, na Lapônia
Na direção do Oceano Ártico
Vejo ainda uma pequena porta.

AO REFÚGIO DINAMARQUÊS

Diz, casa, junto à pereira e ao canal:
Sobreviveu às bombas, a todo mal
Aquela inscrição A VERDADE É CONCRETA[4]
Com que te marcou o fugitivo poeta?

4 Citação de Lênin que Brecht havia inscrito numa viga de sua casa nos arredores da cidade de Svendborg, na Dinamarca. Quando escreveu o poema, o país já havia sido invadido pelas tropas de Hitler.

FINNISCHE GUTSSPEISEKAMMER 1940

O schattige Speise! Einer dunklen Tanne
Geruch geht nächtlich brausend in dich ein
Und mischt sich mit dem süßer Milch aus großer Kanne
Und dem des Räucherspecks vom galten Stein.

Bier, Ziegenkäse, frisches Brot und Beere
Gepflückt im grauen Strauch, wenn Früh tau fällt!
Oh, könnt ich laden euch, die überm Meere
Der Krieg der leeren Mägen hält!

GEDENKTAFELN FÜR IM KRIEG DES HITLER GEGEN FRANKREICH GEFALLENE

1

Daß er verrecke! ist mein letzter Wille.
Er ist der Erzfeind. Hört ihr, das ist wahr!
Ich kann es sagen, denn nur die Loire
Weiß, wo ich nunmehr bin. Und eine Grille.

2

Ihr Leute, wenn ihr einen sagen hört
Er habe nun ein großes Reich zerstört
In zwanzig Tagen, fragt, wo ich geblieben!
Ich war dabei und lebte davon sieben.

DESPENSA FINLANDESA, 1940[5]

Fresca despensa! O aroma da escura
Mata vem de noite e te penetra
Ao cheiro do leite se mistura
E ao do *bacon* pousado na pedra.

Queijo, cerveja, pão fresco e fruta
Colhida cedo, ao raiar do dia!
Pudera eu nesta guerra bruta
Nutrir de alguns a barriga vazia!

LÁPIDES PARA OS QUE TOMBARAM NA GUERRA DE HITLER CONTRA A FRANÇA

1

Ele é o arqui-inimigo, o carniceiro!
Tudo o que quero: que venha a danar!
Digo-te assim, pois além do Loire
Um grilo, só, sabe o meu paradeiro.

2

Se alguém vier e disser a ti
Que em vinte dias varreu um império
Pergunta pelo meu cemitério
Lá lutei e em sete dias morri.

5 O poema foi dedicado a Hella Wuolijoki, escritora que hospedou Brecht de julho a outubro de 1940 numa quinta de sua propriedade, em Kausal, na Finlândia.

GEDENKTAFEL FÜR 4000, DIE IM KRIEG DES HITLER GEGEN NORWEGEN VERSENKT WURDEN

Wir liegen allesamt im Kattegat.
Viehdampfer haben uns hinabgenommen.
Fischer, wenn dein Netz hier viele Fische gefangen hat
Gedenke unser und laß einen entkommen!

LÁPIDE PARA QUATRO MIL QUE SE AFOGARAM NA GUERRA DE HITLER CONTRA A NORUEGA

Em Categate[6] nossa sorte foi selada
E em cargueiros afundamos neste mar
Se vossa rede, pescador, voltar lotada
Lembrai de nós, deixai um peixe escapar.

6 Estreito marítimo entre a Dinamarca e a Suécia. Em abril de 1940, batalhas navais aí ocorridas durante a invasão da Noruega custaram a vida mais de 5 mil soldados alemães.

Aus den Chroniken

DAS PFERD DES RUUSKANEN

Als der Weltkrise dritter Winter gekommen war
Schlugen die Bauern von Nivala ihren Wald so wie gewöhnlich
Und wie gewöhnlich schleiften die kleinen Pferde die Holzstämme
An die Flüsse, aber dieses Jahr
Kriegten sie für den Stamm nur fünf finnische Mark, also soviel wie
Ein Stück Seife kostet. Und als der vierte Frühling der Weltkrise kam
Wurden denen die Höfe versteigert, die die Steuern im Herbst nicht bezahlt hatten.
Die sie aber bezahlt hatten, konnten ihren Pferden
Unentbehrlich für Wald- und Feldarbeit
Nicht das Futter kaufen, so stachen den Pferden
Die Rippen aus der glanzlosen Haut, und so kam der Amtmann von Nivala
Zu dem Bauern Ruuskanen auf den Acker und sagte
Mit Autorität: Weißt du nicht, daß es da ein Gesetz gibt
Daß man die Tiere nicht quälen darf. Schau dein Pferd an. Die Rippen
Stechen ihm aus der Haut. Dieses Pferd
Ist krank und da muß es geschlachtet werden.
Damit ging er. Als er aber drei Tage später
Wieder vorbeikam, sah er den Ruuskanen

Das crônicas

O CAVALO DE RUUSKANEN[1]

Ao chegar o terceiro inverno da crise mundial
Como de costume, os camponeses de Nivala abateram as
árvores do bosque
E, como de costume, seus pequenos cavalos arrastaram os troncos
Até o rio, mas naquele ano
Por cada tronco, receberam apenas cinco marcos finlandeses, ou
seja, tanto quanto
O preço de uma barra de sabão. E, ao chegar a quarta primavera
da crise mundial,
Foram leiloadas as fazendas que no outono não haviam
recolhido os impostos.
Aquelas, porém, que os haviam recolhido não puderam comprar
para seus cavalos
A indispensável ração para o trabalho no campo e nos bosques
De modo que sob o couro sem lustro
Viam-se as costelas dos animais, e assim o intendente de Nivala
Foi ter com o camponês Ruuskanen em seu campo e falou
Com autoridade: Não conheces a lei que
Proíbe a tortura dos animais? Olha teu cavalo!
Suas costelas despontam sob o couro.
Está doente e deve ser sacrificado.
E o intendente se foi. Depois de três dias, porém
Ao retornar, viu Ruuskanen →

1 O poema alude a um episódio da história finlandesa, ocorrido em 1934, na pequena cidade de Nivala.

Mit seinem dürren Pferd wieder auf dem winzigen Acker, so als
Wäre nichts geschehen und bestünde kein Gesetz und kein
Amtmann.
Ärgerlich
Schickte er zwei Gendarmen mit der strengen Order
Dem Ruuskanen das Pferd zu nehmen und
Die mißhandelte Kreatur unverzüglich zum Schindanger zu
führen.
Die Gendarmen aber, das Pferd des Ruuskanen
Hinter sich her durch das Dorf ziehend, sahen, sich umblickend
Wie aus den Häusern immer mehr Bauern gelaufen kamen und
stetig
Hinter dem Pferd ihnen folgten und am Ende der Ortschaft
Blieben sie unsicher stehn und der Bauer Niskanen
Ein frommer Mann, Freund des Ruuskanen, machte den
Vorschlag
Der Ort sollte für das Pferd etwas Futter zusammenkratzen, so
daß
Die Schlachtung nicht nötig würde. So brachten die Gendarmen
Anstatt des Pferdes mit sich zurück zum tierfreundlichen
Amtmann
Den Bauern Niskanen mit seiner frohen Botschaft
Für das Pferd des Ruuskanen. Horch, Herr Amtmann, sagte er
Dieses Pferd ist nicht krank, sondern nur ohne Futter und
Ruuskanen
Wird verhungern ohne sein Pferd. Schlachte sein Pferd
Und du wirst bald den Mann selber schlachten müssen, Herr
Amtmann.
Wie redest du mit mir? fragte der Amtmann. Das Pferd
Ist krank und Gesetz ist Gesetz, darum wird es geschlachtet.
Bekümmert gingen
Mit dem Niskanen zurück die beiden Gendarmen
Zogen aus dem Stall des Ruuskanen das Pferd des Ruuskanen
Schickten sich an, es zum Schindanger zu führen, aber

Com seu esquálido cavalo em seu pequenino campo, como se
Nada houvesse acontecido e não houvesse nenhuma lei e
nenhum intendente.
Irritado, o intendente
Despachou dois gendarmes, com a estrita ordem
De tomar o cavalo de Ruuskanen e
Sem demora levar a maltratada criatura ao esfoladouro.
Os gendarmes, porém, ao atravessar a vila com o animal, notaram
Que camponeses, cada vez mais numerosos, deixavam suas
casas e
Seguiam o cavalo, e quando os dois chegaram à saída da vila
Pararam indecisos, e o camponês Niskanen
Homem pio, amigo de Ruuskanen, propôs que
A pequena vila juntasse uma quantidade suficiente de ração, de
modo que
O abate não fosse necessário. Assim, em vez do cavalo
Os gendarmes levaram ao intendente, um amante dos animais,
O camponês Niskanen com as boas novas
Para o cavalo de Ruuskanen. Ouça, senhor intendente, ele disse
O cavalo não está doente, apenas não tem ração, e Ruuskanen
Irá morrer de fome sem o seu cavalo. Sacrifique, senhor
intendente, o cavalo
E em breve terá de sacrificar o próprio homem.
Como ousa falar desse modo? replicou o intendente. O cavalo
Está doente, e lei é lei; ele será, portanto, sacrificado.
Aflitos,
Os dois gendarmes saíram com Niskanen
Tiraram do estábulo de Ruuskanen o cavalo de Ruuskanen
E tomaram o rumo do abatedouro, mas →

Als sie wieder zum Ausgang der Ortschaft kamen, standen da fünfzig
Bauern wie große Steine und schauten
Schweigend die beiden Gendarmen an. Schweigend
Ließen die beiden die Mähre zurück am Ausgang der Ortschaft.
Und immer noch schweigend
Führten die Bauern von Nivala die Mähre des Ruuskanen
Zurück in den Stall.
Das ist Aufruhr, sagte der Amtmann. Einen Tag später
Kamen mit dem Zug aus Oulu ein Dutzend Gendarmen
Mit Gewehren nach Nivala, dem freundlich gelegenen
Wiesenumkränzten, nur zu beweisen
Daß Gesetz Gesetz ist. An diesem Mittag
Nahmen die Bauern von den reinlichen Wandbalken
Ihre Gewehre, neben den Tafeln hängend
Die mit Bibelsprüchen bemalt sind, die alten Gewehre
Aus dem Bürgerkrieg 1918. Ihnen ausgehändigt
Gegen die Roten. Jetzt
Richteten sie sie gegen die zwölf Gendarmen
Aus Oulu. Am selben Abend schon
Belagerten dreihundert Bauern, aus vielen
Umliegenden Dörfern gekommen, das Haus des Amtmanns
Am Hügel unweit der Kirche. Zögernd
Trat der Amtmann auf die Treppe, winkte mit der weißen Hand und
Redete mit schönen Worten vom Pferd des Ruuskanen, versprechend
Es am Leben zu lassen, aber die Bauern
Redeten nicht mehr nur vom Pferd des Ruuskanen, sondern verlangten
Daß die Zwangsauktionen aufhörten und daß die Steuern
Erlassen würden. Zu Tode erschrocken
Eilte der Amtmann ans Telefon, denn die Bauern

Ao chegar à saída da vila, depararam cinquenta
Camponeses postados feito grandes pedras, e os camponeses, calados
Miravam os dois gendarmes.
Estes, calados, largaram ali o rocim.
E também calados
Os camponeses de Nivala reconduziram o rocim de Ruuskanen
Ao estábulo.
Isso é rebelião, disse o intendente. No dia seguinte
Uma dúzia de gendarmes, armados com fuzis
Foram trazidos num trem de Oulu até Nivala, a vila bem situada e
Rodeada de prados, apenas para provar
Que lei é lei. Ao meio-dia
Os camponeses buscaram em casa seus fuzis
Pendurados em polidas colunas de madeira, ao lado de painéis pintados com
Ditados bíblicos: os velhos fuzis
Da Guerra Civil de 1918,[2] entregues a eles para lutar
Contra os vermelhos. Agora
Apontavam-nos contra os doze gendarmes
De Oulu. No mesmo dia, à noite
Trezentos camponeses, de diversos
Povoados das vizinhanças, cercaram a casa do intendente
Assentada na colina perto da igreja. Hesitante
O intendente foi até a escada, acenou-lhes com a branca mão e
Empregando belas palavras, falou do cavalo de Ruuskanen. prometendo
Poupá-lo, mas os camponeses
Não mais falavam do cavalo de Ruuskanen; exigiam agora
Que cessassem os leilões e que os impostos
Fossem prescritos. Apavorado
O intendente correu ao telefone, pois os camponeses →

2 Revolução finlandesa iniciada em janeiro de 1918 e reprimida em maio desse ano, com o apoio de tropas alemãs.

Hatten nicht nur vergessen, daß es ein Gesetz gibt, sondern auch
Daß es ein Telefon gibt im Haus des Amtmanns, und nun telefonierte er
Seinen Notschrei nach Helsinki und in derselben Nacht
Kamen aus Helsinki, der Hauptstadt, in sieben Autobussen
Zweihundert Soldaten mit Maschinengewehren, an der Spitze
Ein Panzerauto. Und mit dieser Kriegsmacht
Besiegte man die Bauern, prügelte sie im Volkshaus
Schleppte ihre Wortführer vor das Gericht zu Nivala und verurteilte sie
Zu eineinhalb Jahren Gefängnis, damit die Ordnung
Wiederhergestellt werde in Nivala.
Von allen aber wurde in der Folge
Nur das Pferd des Ruuskanen begnadigt
Durch ein persönliches Eingreifen des Staatsministers
Auf Grund vieler Bittbriefe.

Não apenas se haviam esquecido de que havia leis, mas também
De que havia um telefone na casa do intendente, e agora ele telefonava
Para Helsinki, pedindo por socorro, e nessa mesma noite
Chegaram de Helsinki, em sete ônibus
Duzentos gendarmes, armados de metralhadoras, tendo à frente
Um veículo blindado. E com esse aparato de guerra
Os camponeses foram derrotados, espancados na sede de sua organização
E seus porta-vozes foram arrastados até o tribunal de Nivala e condenados
A ano e meio de prisão para que a ordem
Fosse restabelecida em Nivala.
Em seguida, porém
O cavalo de Ruuskanen — apenas ele — foi indultado
Por uma decisão pessoal do Ministro de Estado
Em resposta a inúmeras petições.

Aus den Visionen

PARADE DES ALTEN NEUEN

Ich stand auf einem Hügel, da sah ich das Alte herankommen, aber es kam als das Neue.

Es kroch heran auf neuen Krücken, die man nirgends je gesehen hatte, und stank nach neuen Dünsten der Verwesung, die man nirgends je gerochen hatte.

Der Stein rollte vorbei als die neueste Erfindung, und die Raubschreie der Gorillas, die sich die Brustkästen trommelten, gaben sich als die neuesten Kompositionen.

Allenthalben sah man geöffnete Gräber, die leer waren, als das Neue sich auf die Hauptstadt zu bewegte.

Ringsum standen solche, die Schrecken einflößten und schrien: Hier kommt das Neue, das ist alles neu, begrüßt das Neue, seid neu wie wir! Und wer hörte, hörte nur ihr Geschrei, doch wer sah, sah solche, die nicht schrien.

So schritt das Alte einher, verkleidet als das Neue, aber in seinem Triumphzug führte es das Neue mit sich und es wurde vorgeführt als das Alte.

Das Neue ging gefesselt und in Lumpen, sie entblößten die blühenden Glieder.

Und der Zug bewegte sich in der Nacht, aber es war eine Brandröte am Himmel, die wurde angesehen wie eine Morgenröte. Und das Geschrei: Hier kommt das Neue, das ist alles neu, begrüßt das Neue, seid neu wie wir! wäre noch hörbarer gewesen, wenn nicht ein Geschützdonner alles übertönt hätte.

Das visões

PARADA DO VELHO NOVO

Estava no topo de uma colina e vi o Velho chegar, mas ele vinha como o Novo.

Arrastava-se apoiado em muletas novas que jamais se haviam visto e fedia a exalações pútridas que ninguém jamais provara.

Ao passar rolando, uma pedra se afigurava como a mais nova invenção, e os gritos de guerra dos gorilas, que batiam no peito com as mãos, apresentavam-se como as mais novas composições musicais.

Por toda parte, viam-se sepulcros abertos que estavam vazios, enquanto o Novo rumava para a capital.

Em cada esquina, havia aqueles que infundiam medo e gritavam: eis que é chegado o Novo, tudo é novo, saudai o Novo, sede novos como nós! E quem ouvia, ouvia apenas seus gritos, mas quem via, via aqueles que não gritavam

Assim o Velho circulava com a roupagem do Novo, e em sua parada triunfal trazia consigo o Novo e o exibia como Velho.

O Novo caminhava acorrentado e maltrapilho, com seus farrapos deixando entrever os membros na flor da idade.

E a parada seguiu noite adentro. O céu, porém, tingiu-se de um rubor incandescente, de modo que a noite se assemelhava à aurora. E o grito — eis que é chegado o Novo, tudo é novo, saudai o Novo, sede novos como nós! — teria sido ainda mais audível se o troar dos canhões não houvesse abafado tudo o mais.

DIE NIEDERKUNFT DER GROSSEN BABEL

Als ihre schwere Stunde gekommen war, zog sie sich zurück in das Innerste ihrer Zimmer und umgab sich mit Ärzten und Wahrsagern.

Ein Gewisper entstand. In das Haus gingen gewichtige Männer mit ernsten Gesichtem und kamen heraus mit besorgten Gesichtern, die bleich waren. Und der Preis der weißen Schminke verdoppelte sich in deir Schönheitsläden.

Auf den Straßen versammelte sich das Volk und stand vom Morgen bis zum Abend, mit leerem Magen.

Das erste, was zu hören war, klang wie ein gewaltiger Furz im Dachgebälk, gefolgt von einem gewaltigen Schrei »FRIEDEN!«, worauf sich der Gestank vergrößerte.

Unmittelbar darauf spritzte Blut auf in einer schmalen, wässerigen Fontäne. Und nun kamen weitere Geräusche in unaufhörlicher Folge, eines schrecklicher als das andere.

Die große Babel kotzte und es klang wie FREIHEIT! und hustete und es klang wie GERECHTIGKEIT! und furzte von neuem und es klang wie WOHLSTAND! Und in einem blutigen Leintuch wurde ein quiekender Balg auf den Balkon getragen und dem Volk gezeigt unter Glockengeläute und es war der KRIEG. Und er hatte tausend Väter.

DER STEINFISCHER

Der große Fischer ist wieder erschienen. Er sitzt in seinem morschen Boot und fischt, wenn früh die erste Lampe aufflammt und wenn die letzte am Abend gelöscht wird.

Die Dorfbewohner sitzen auf dem Kies der Böschung und sehen ihm grinsend zu. Er fischt nach Heringen, aber er zieht nur Steine hoch.

O PARTO DA GRANDE BABEL

Chegada a hora do parto, ela se retirou para o mais íntimo de seus aposentos, cercada de médicos e adivinhos.

Murmurava-se. Homens importantes entravam na casa com o semblante sério e de lá saíam com o semblante carregado e as faces pálidas. E o preço da maquiagem branca dobrava nos salões de beleza.

Nas ruas, o povo se juntava e aí permanecia desde a manhã até a noite, com a barriga vazia.

A primeira coisa que se fez ouvir soou como um portentoso flato no vigamento do telhado, seguido por um poderoso grito — "paz!" — e o fedor aumentou.

Logo em seguida, de uma fonte jorrou sangue num fino jato, e então chegaram outros ruídos numa sequência ininterrupta, um mais assombroso que o outro.

A grande Babel vomitou, o que soou como LIBERDADE! E ela tossiu, o que soou como JUSTIÇA! E novamente produziu um flato, o que soou como PROSPERIDADE! E num pano ensanguentado trouxeram ao terraço uma criança birrenta que gritava e a exibiram ao povo, ao badalar dos sinos, e era a GUERRA. E ela tinha milhares de pais.

O PESCADOR DE PEDRAS

O grande pescador reapareceu. Está sentado em seu barco apodrecido e pesca quando, bem cedo, cintila a primeira lâmpada e, à noitinha, quando a última se apaga.

Os habitantes da vila sentam-se no cascalho da praia e o observam, com um riso sarcástico. Ele tenciona pescar arenques, mas são pedras o que tira d'água.

Alles lacht. Die Männer schlagen sich auf die Schenkel, die Weiber halten sich die Bäuche, die Kinder springen hoch in die Luft vor Lachen.

Wenn der große Fischer sein brüchiges Netz hochzieht und die Steine drin findet, verbirgt er sie nicht, sondern langt weit aus mit dem braunen starken Arm, greift den Stein, hält ihn hoch und zeigt ihn den Unglücklichen.

DER KRIEGSGOTT

Ich sah den alten Kriegsgott stehen auf einem Sumpf zwischen Abgrund und Felswand.

Er roch nach Freibier und Karbol und zeigte Halbwüchsigen seine Hoden, denn er war von einigen Professoren verjüngt worden.

Er beteuerte mit heiserer Wolfsstimme seine Liebe zu allem Jungen. Dabei stand eine schwangere Frau und zitterte.

Und ohne Scham redete er weiter und stellte sich vor als großer Ordnungsmann. Und er schilderte, wie er die Scheunen überall ordnete, indem er sie leerte.

Und wie man Spatzen Brocken hinwirft, so fütterte er arme Leute mit Brotkrusten, die er armen Leuten weggenommen hatte.

Seine Stimme war bald laut und bald leise, aber immer heiser.

Mit lauter Stimme sprach er von kommenden großen Zeiten, und mit leiser Stimme lehrte er die Weiber, wie man Krähen und Möwen kocht.

Dabei hatte er einen unruhigen Rücken und sah sich immerfort um, als fürchtete er einen Dolchstoß.

Und alle fünf Minuten versicherte er dem Publikum, daß er nur ganz kurz aufzutreten gedenke.

Todos riem. Os homens dão palmadas nas coxas, as mulheres seguram a barriga, e as crianças saltam de tanto rir.

Quando o grande pescador puxa sua rede estropiada e vê as pedras, não as esconde; antes, estende o braço forte e bronzeado, apanha uma delas, ergue-a bem alto e a exibe aos infelizes.

O DEUS DA GUERRA

Vi o velho deus da guerra num charco situado entre o precipício e o rochedo.

Cheirava a cerveja barata e fenol e exibia seus testículos adolescentes, pois fora rejuvenescido por alguns professores.

Com a rouca voz de um lobo, proclamava seu amor pela juventude. A seu lado havia uma mulher grávida, e ela tremia.

Sem enrubescer, continuou a falar e se apresentou como o grande promotor da ordem. E descreveu o modo como por toda parte ele organizara os celeiros enquanto os esvaziava.

E assim como se dá farelo aos pardais, assim também ele alimentava a gente pobre com as migalhas de pão que havia tirado da gente pobre.

Falava ora alto, ora baixo, mas a voz era sempre rouca.

Em voz alta, falava dos grandes dias vindouros e, em voz baixa, ensinava às mulheres como cozinhar corvos e gaivotas.

Remexia-se inquieto e olhava o tempo todo para os lados como se temesse uma punhalada.

E a cada cinco minutos assegurava ao público que não pretendia falar por muito tempo.

Bei der Soiree der Unterdrückung, die neulich stattfand, traten unter Posaunentuschen gewisse Prominente auf und bezeugten ihre Verbundenheit mit den Machthabern.

Die RACHSUCHT, aufgemacht und frisiert wie das Gewissen, gab Proben ihres nie versagenden Gedächtnisses. Die kleine und verkrüppelte Person erntete gewaltigen Beifall.

Die ROHEIT, hilflos um sich blickend, hatte einen unglücklichen Auftritt. Sie glitt auf der Plattform aus, aber sie machte alles gut dadurch, daß sie im Zorn so auf den Boden stampfte, daß ein Loch entstand.

Nach ihr trat der BILDUNGSHASS auf und beschwor die Unwissenden mit Schaum vor dem Maul, die Last der Erkenntnis abzuwerfen. »Gegen die Besserwisser!« hieß seine Parole, und die Nichtswisser trugen ihn auf den abgearbeiteten Schultern aus dem Lokal.

Auch die UNTERWÜRFIGKEIT erschien und produzierte sich als große Hungerkünstlerin. Bevor sie abtrat, verneigte sie sich noch vor ein paar feisten Gaunern, denen sie hohe Stellungen verschafft hatte.

Als beliebte Komikerin machte die SCHADENFREUDE Stimmung im Saal. Sie erlitt allerdings einen kleinen Unfall, indem sie sich einen Leistenbruch anlachte.

Im zweiten Teil der Werbevorstellung trat als erster der EHRGEIZ auf, der große Sportsmann, Er sprang so hoch in die Luft, daß er sich den kleinen Kopf an einem Dachbalken verletzte. Aber weder dabei, noch als ihm ein Festleiter einen Orden mit einer langen Nadel direkt ins Fleisch heftete, zückte er mit der Wimper.

Ein wenig bleich, vielleicht vom Lampenfieber, stellte sich die GERECHTIGKEIT vor. Sie sprach von Kleinigkeiten und sagte für die nächste Zukunft einen umfassenderen Vortrag zu.

À recente *soirée* da repressão acorreram algumas figuras de alta proa e, ao som de trombetas, professaram sua solidariedade aos donos do poder.

SEDE DE VINGANÇA, maquiada e penteada como a consciência, deu provas de sua memória infalível. A pequena e aleijada criatura recebeu um caloroso aplauso.

BRUTALIDADE, olhando desamparada para os lados, teve uma entrada infeliz. Escorregou e caiu no palco, mas ergueu-se e bateu enfurecida com os pés no chão até abrir-lhe um buraco.[1]

Em seguida, entrou ÓDIO À CULTURA e, espumando de raiva, conclamou os ignorantes a abandonar o pesado fardo do conhecimento. "Abaixo os sabichões!" era seu mote, e os ignorantes puseram-no sobre seus ombros fatigados e o levaram dali.

SERVILISMO também compareceu e se apresentou como grande artista da fome. Antes de sair, curvou-se diante de alguns patifes que havia auxiliado na conquista de altas posições.

A popular comediante SATISFAÇÃO COM A INFELICIDADE ALHEIA alegrou o salão. Sofreu, porém, um pequeno infortúnio: riu-se tanto que de lá saiu com uma hérnia inguinal.

Na segunda parte da exibição propagandística, a primeira a entrar foi COBIÇA, a grande esportista. Saltou tão alto que feriu a pequena cabeça numa viga do teto. Mas não deu um pio sequer, nem nessa hora nem depois, quando um animador da festa alfinetou-lhe uma condecoração no peito.

Um tanto pálida, talvez pelo nervosismo da estreia, JUSTIÇA subiu ao palco. Falou de bagatelas e prometeu, num futuro próximo, uma exposição mais abrangente.

1 No desfecho da narrativa infantil *Rumpelstilzchen*, dos Irmãos Grimm, um perverso homenzinho, cujo nome dá título à história, bate o pé no chão com tamanha força que lhe abre um buraco onde se afunda.

Der WISSENSDURST, ein junger kräftiger Kerl, berichtete, wie das Regime ihm die Augen geöffnet habe über die Schuld krummer Nasen an den öffentlichen Mißständen.

Heraus trat der OPFERSINN, ein langer, magerer Bursche mit ehrlichem Gesicht, einen großen Teller mit gefälschtem Zinn in der schwieligen Hand. Er sammelte die Pfennige der Arbeiter und sagte leise, mit erschöpfter Stimme: Denkt an eure Kinder!

Auch die ORDNUNG trat auf die Plattform, die mit dem kahlen Kopf unter der sauberen Haube. Sie verteilte Doktordiplome an die Lügner und Chirurgenlizenzen an die Mörder. An ihrem grauen Kleid war kein Stäubchen, obwohl sie in der Nacht auf den Hinterhöfen aus den Kehrichttonnen stehlen gegangen war. In langen, unabsehbaren Zügen gingen die Beraubten an ihrem Tisch vorbei, und mit Krampfadern an den Händen schrieb sie für alle Quittungen aus.

Ihre Schwester, die SPARSAMKEIT, wies einen Korb vor mit Brotkrusten, die sie den Kranken in den Spitälern vom Mund gerissen hatte.

Der FLEISS, nach Luft schnappend, wie ein zu Tode Gehetzter, mit Peitschenstriemen am Hals, gab eine Gratisvorstellung. Er drehte in weniger Zeit als man braucht, die Nase zu schneuzen, eine Granate. Und als Dreingabe kochte er, bevor man Ah! sagen konnte, Giftgas für zweitausend Familien.

Alle diese Berühmtheiten, diese Kinder und Kindeskinder der KÄLTE und des HUNGERS, traten auf unter dem Volk und bekannten sich rückhaltlos als Diener der UNTERDRÜCKUNG.

SEDE DE CONHECIMENTO, uma mulher jovem e vigorosa, relatou como o regime lhe havia aberto os olhos para a culpa dos narizes aduncos[2] pelos males da nação.

Chegou então a vez de ESPÍRITO DE SACRIFÍCIO, um longilíneo rapaz com um honesto semblante. Tinha à mão calejada um grande prato de estanho falso. Recolhia os centavos dos trabalhadores e dizia baixinho, com voz fatigada: lembrai-vos de vossas crianças!

Também ORDEM subiu ao palco, com a calva cabeça coberta por uma touca limpa. Distribuiu diplomas universitários aos mentirosos e licenças cirúrgicas aos assassinos. Não se via um único cisco em sua roupa cinza, embora de noite houvesse ido aos pátios para furtar o lixo das latas. Os que eram furtados passavam por ela em longas, intermináveis procissões, e com as veias saltando-lhe nas mãos, ela passava recibos para todos.

Sua irmã, FRUGALIDADE, mostrou um cesto com migalhas de pão que havia tirado da boca dos doentes nos hospitais.

DILIGÊNCIA, ofegando feito uma condenada à morte e com marcas de açoite no pescoço, ofereceu um espetáculo gratuito. Em menos tempo do que se precisa para assoar o nariz, destravou uma granada. E como brinde preparou — antes que se pudesse dizer "ah!" — gás venenoso para duas mil famílias.

Tais celebridades, os filhos e netos da FRIEZA e da FOME, apresentaram-se em meio ao povo e, sem escrúpulos, confessaram-se lacaios da REPRESSÃO.

2 Traço fisionômico que a propaganda nazista associava aos judeus.

Anhang

5
(IM BADE)

Der Kabinettminister liegt in der Badewanne. Er versucht mit der Hand
Die holzrückige Bürste unter den Wasserspiegel zu drücken.
Im kindlichen Spiel
Verbirgt sich ein Ernst.

Anexo

5[1]
(NO BANHO)

O ministro do gabinete está na banheira. Com a mão
Tenta empurrar a escova de madeira para o fundo d'água.
Algo de sério se esconde
Por trás da brincadeira infantil.

1 Esta numeração consta da versão de 1942.

Finnische Epigramme

AUF DEN KLEINEN RADIOAPPARAT

Du kleiner Kasten, den ich flüchtend trug
Daß seine Lampen mir auch nicht zerbrächen
Besorgt vom Haus zum Schiff, vom Schiff zum Zug
Daß meine Feinde weiter zu mir sprächen

An meinem Lager und zu meiner Pein
Der letzten nachts, der ersten in der Früh
Von ihren Siegen und von meiner Müh:
Versprich mir, nicht auf einmal stumm zu sein!

DIE PFEIFEN

Da ich die Bücher, nach der Grenze hetzend
Den Freunden ließ, entrat ich des Gedichts
Doch führt ich meine Rauchgefäße mit, verletzend
Des Flüchtlings dritte Regel: Habe nichts!

Die Bücher sagen dem nicht viel, der nun
Auf solche wartet, kommend, ihn zu greifen.
Das Ledersäcklein und die alten Pfeifen
Vermögen fürder mehr für ihn zu tun.

Epigramas finlandeses

AO PEQUENO APARELHO DE RÁDIO

Pequeno rádio, que eu trouxe comigo
Bem cuidadoso, da casa ao navio
Quebrar não podes, em ti me porfio
Tu és quem conta o que diz o inimigo.

Junto a meu leito, pra minha aflição
Ao despertar e ao me deitar te escuto
Narrar minha dor, os trunfos do bruto.
Rogo-te, pois, não me deixes na mão!

O CACHIMBO[1]

Deixei meus livros ao fugir apressado,
Viro-me bem sem a minha poesia
Mas o cachimbo eu trouxe malgrado
A lei do que foge: a bolsa vazia!

Livros não salvam do matadouro
O que foge a tamanha maldade
O cachimbo e o saquinho de couro
É que serão de utilidade.

1 No original, *Die Pfeifen*, Os cachimbos.

ICH LESE VON DER PANZERSCHLACHT

Du, Färbersohn vom Lech, im Kluckerspiele
Dich messend mit mir in verflossenen Jahren
Wo bist du in dem Staub der Panzerbile
Die nun das schöne Flandern nieder fahren?

Die fleischerne Bombe, auf Calais gefällt
Warst du das, Webersohn der Spinnerei?
Oh, Sohn des Bäckers meiner Kinderwelt
Gilt dir der blutenden Champagne Schrei?

LEIO SOBRE A BATALHA DOS TANQUES[2]

Filho do tintureiro com quem na infância
Brinquei nas horas de vacância.
Estás na poeira atrás do tanque
Que arrasa Flandres em seu arranque?

Filho do tecelão, amigo de folguedo,
Em Calais foste tu as bombas, o medo?
Filho do padeiro com quem joguei no mangue
É teu grito o do *champagne* de sangue?

2 O poema refere-se a batalhas de tanques, ocorridas em maio e junho de 1940, que antecederam a tomada de Dunquerque pelas tropas alemãs durante a invasão da França e da Bélgica.

Sonett

FINNISCHE LANDSCHAFT

Fischreiche Wässer! Schönbaumige Wälder!
Birken- und Beerenduft!
Vieltoniger Wind, durchschaukelnd eine Luft
So mild, als stünden jene eisernen Milchbehälter
Die dort vom weißen Gute rollen, offen!
Geruch und Ton und Bild und Sinn verschwimmt.
Der Flüchtling sitzt im Erlengrund und nimmt
Sein schwieriges Handwerk wieder auf: das Hoffen.

Er achtet gut der schöngehäuften Ähre
Und starker Kreatur, die sich zum Wasser neigt
Doch derer auch, die Korn und Milch nicht nährt.
Er fragt die Fähre, die mit Stämmen fährt:
Ist dies das Holz, ohn das kein Holzbein wäre?
Und sieht ein Volk, das in zwei Sprachen schweigt.

Soneto

PAISAGEM FINLANDESA

Águas piscosas, belíssimos campos!
Cheiro de bagas, de múltiplas flores!
Vento sonoro que traz tais odores
Como se abertos fossem os tampos
De mil latões com o leite mais branco!
Mas vão-se o aroma, o ruído, a bonança
O fugitivo, sentado num banco
À lida retorna: ter esperança.

Vê as espigas na camioneta
Os grandes bois a beber no valado
Bem como o pobre, sem eira nem beira
Indaga o balseiro que leva a madeira
Não é com ela que se faz a muleta?[1]
E em duas línguas vê um povo calado.[2]

1 Representação simbólica dos mutilados de guerra. 2 Referência ao sueco e o finlandês, as duas línguas faladas na Finlândia.

Aus den Visionen

DER DISPUT «ANNO DOMINI» 1938

Ich sah sie stehen auf vier Hügeln. Zwei schrien und zwei schwiegen. Sie waren alle vier umgeben von ihren Knechten, Tieren und Waren. Alle Knechte auf allen vier Hügeln waren bleich und mager.

Alle vier waren in Zorn. Zwei hatten Messer in den Händen und zwei hatten die Messer in den Stiefelschäften.

»Gebt heraus, was ihr uns geraubt habt!« schrien zwei, »sonst gibt es ein Unglück!« Und zwei schwiegen und sahen lässig nach dem Wetter.

»Wir sind hungrig«, schrien zwei, »aber wir sind bewaffnet.« Da begannen die beiden andern zu reden.

»Was wir euch weggenommen haben, war nichts wert und wenig und machte euch nicht satt«, sagten sie würdig. »Dann gebt es heraus, wenn es nichts wert ist«, schrien die beiden andern.

»Uns gefallen die Messer nicht«, sagten die Würdigen. »Legt sie weg und ihr sollt etwas bekommen.« »Leere Versprechungen«, schrien die Hungrigen. »Als wir die Messer nicht hatten, habt ihr nicht einmal etwas versprochen!«

»Warum verfertigt ihr nicht nützliche Waren?« fragten die Würdigen. »Weil ihr sie uns nicht verkaufen laßt«, antworteten die Hungrigen böse, »darum haben wir Messer verfertigt.«

Sie waren aber selber nicht hungrig, so zeigten sie denn immer auf ihre Knechte, die waren hungrig. Und die Würdigen sagten zueinander: »Unsere Knechte sind auch hungrig.«

Das visões

A DISPUTA DO «ANNO DOMINI» DE 1938

Vi-os no alto de quatro colinas. Dois gritavam e dois se calavam.[1] Os quatro vinham acompanhados de criados, animais e seus bens. Nas quatro colinas, todos os criados eram magros e pálidos.

Os quatro estavam irados. Dois traziam facas à mão e dois traziam as facas no cano das botas.

"Devolvei o que nos roubaram!", disseram dois, "caso contrário, haverá uma desgraça!" E dois se calaram e olharam para o céu indiferentes.

"Estamos famintos", dois gritaram, "mas estamos armados." Então os outros dois começaram a falar.

Com dignidade disseram: "O que tomamos de vós não valia nada e era pouco. E não nos satisfazia". "Devolvei-nos então, já que nada vale", gritaram os outros dois.

"Não gostamos de vossas facas", disseram os respeitáveis cavalheiros. "Jogai-as fora e vos daremos algo em troca." "Promessas vazias", gritaram os famintos. "Se não tivéssemos as facas, não nos prometeríeis nada!"

"Por que não fabricais coisas úteis?", indagaram os respeitáveis cavalheiros. "Porque não nos deixais vendê-las", responderam os famintos irritados, "por isso fabricamos as facas".

Mas eles mesmos não estavam famintos e por isso apontavam constantemente para os criados, que estavam deveras famintos. E os respeitáveis cavalheiros diziam entre si: "Nossos criados também estão famintos."

1 Referência às potências vencidas e vencedoras na I Guerra Mundial.

Und sie gingen hinunter von ihren Hügeln, zu verhandeln, damit das Schreien aufhöre, denn da waren zu viel Hungrige. Und die beiden andern kamen auch herab von ihren Hügeln und das Gespräch wurde leise.

»Unter uns«, sagten zweie, »wir leben von unseren Knechten.« Und zwei nickten und sagten: »Das tun wir auch.«

»Wenn wir nichts bekommen«, sagten die Kriegerischen, »werden wir unsere Knechte gegen die euren schicken und ihr werdet besiegt werden.« »Vielleicht werdet ihr besiegt werden«, lächelten die Friedlichen.

»Ja, vielleicht werden wir besiegt werden«, sagten die Kriegerischen. »Dann werden unsere Knechte sich auf uns stürzen und uns umbringen und mit euren Knechten sprechen, wie man euch umbringen kann. Denn wenn die Herren nicht miteinander sprechen, dann sprechen die Knechte miteinander.«

»Was braucht ihr?« fragten die Friedlichen erschrocken. Und die Kriegerischen zogen große Listen aus den Taschen.

Aber alle vier standen auf wie ein Mann und wandten sich zu allen Knechten und sagten laut: »Wir besprechen jetzt, wie wir den Frieden bewahren können.«

Und setzten sich und besahen die Listen und sie waren zu lang.

Also daß die Friedlichen zornrot wurden und sagten: »Wr sehen, ihr wollt auch noch von unseren Knechten leben«, und zurückgingen zu ihren Hügeln.

Da gingen auch die Kriegerischen zurück zu ihren Hügeln.

Ich sah sie stehen auf vier Hügeln und alle vier schrien. Alle vier hatten Messer in den Händen und sagten zu ihren Knechten: »Die da drüben wollen, daß ihr für sie arbeitet! Da muß der Krieg entscheiden.«

Desceram então de suas colinas a fim de negociar para que cessasse a gritaria, pois havia muitos famintos. E os outros dois também desceram de suas colinas, e a conversa transcorreu em surdina.

"Cá entre nós", disseram dois, "vivemos à custa de nossos criados." E dois assentiram: "assim se passa conosco também."

"Se nada recebermos", disseram os belicosos, "enviaremos nossos criados contra os vossos, e sereis vencidos." "Talvez, sereis vós os vencidos," responderam sorridentes os pacíficos.

"Sim, talvez sejamos nós os vencidos", replicaram os belicosos. "Mas então nossos criados investirão contra nós e nos matarão e falarão com vossos criados sobre um modo de acabar convosco. Pois se os senhores não conversarem entre si, os criados conversarão."

"De que precisais?" Perguntaram os pacíficos, assustados. E os belicosos tiraram longas listas de seus bolsos.

E então os quatro se ergueram como se fossem um só homem e se voltaram para seus criados e disseram bem alto: "conversamos sobre uma forma de preservar a paz."

E os quatro se sentaram e conferiram as listas, que eram bastante longas.

Os pacíficos, porém, irritaram-se sobremaneira e disseram: "Está muito claro, também vós quereis viver à custa de nossos criados", e retornaram às suas colinas.

Os belicosos também se retiraram para as suas colinas.

Vi-os nas quatro colinas, e os quatro gritavam. Tinham facas à mão e diziam para seus criados: "Esses aí querem que trabalheis para eles! A guerra decidirá a contenda."

Hollywoodelegien

Elegias de Hollywood

As *Elegias de Hollywood* são fruto de uma parceria de Brecht e Hanns Eisler, o compositor e amigo também exilado nos Estados Unidos. Em 1942, ao se mudar para as imediações de Los Angeles, perto de onde Brecht vivia desde o ano anterior, Eisler chamou a atenção do poeta para as possibilidades e a necessidade mesma de se dar tratamento elegíaco à experiência de viver naquele "oásis" do deserto californiano cuja artificialidade era por ambos duramente sentida. Brecht escreveu os poemas em agosto e setembro desse ano; o músico compôs a partitura logo em seguida.

Brecht não chegou a publicá-los, e, no espólio, sob a rubrica "Elegias de Hollywood", encontram-se tão somente quatro deles. A estes, os editores alemães acrescentaram aqueles em que se evidencia claramente sua pertença à pequena obra, tendo adotado a sequência estabelecida por Eisler. Além do sentimento de repulsa pela paisagem inautêntica, a coletânea constituiu uma crítica pioneira da indústria cultural, que em seguida seria analisada por Adorno e Horkheimer na *Dialética do esclarecimento*.

1

Das Dorf Hollywood ist entworfen nach den Vorstellungen
Die man hierorts vom Himmel hat. Hierorts
Hat man ausgerechnet, daß Gott
Himmel und Hölle benötigend, nicht zwei
Etablissements zu entwerfen brauchte, sondern
Nur ein einziges, nämlich den Himmel. Dieser
Dient für die Unbemittelten, Erfolglosen
Als Hölle.

2

Am Meer stehen die Öltürme. In den Schluchten
Bleichen die Gebeine der Goldwäscher. Ihre Söhne
Haben die Traumfabriken von Hollywood gebaut.
Die vier Städte
Sind erfüllt von dem Ölgeruch
Der Filme.

3

Die Engel von Los Angeles
Sind müde vom Lächeln. Am Abend
Kaufen sie hinter den Obstmärkten

1

O vilarejo de Hollywood foi arquitetado de acordo com as
representações
Que aqui se fazem do céu.
Imaginou-se então que Deus
Precisando de céu e inferno, em vez de
Projetar dois estabelecimentos
Projetou um único — o céu. Este serve
Para os despossuídos e malogrados
De inferno.

2

À beira-mar, erguem-se as torres de petróleo. Nos desfiladeiros
Branqueiam os esqueletos dos garimpeiros de ouro. Seus filhos
Edificaram as fábricas de sonho de Hollywood.
As quatro cidades
Estão impregnadas do cheiro de óleo
Dos filmes.

3

Os anjos de Los Angeles
Estão cansados de sorrir. À noite
Desesperados, compram atrás dos mercados de frutas →

Verzweifelt kleine Fläschchen
Mit Geschlechtsgeruch.

4

Unter den grünen Pfefferbäumen
Gehen die Musiker auf den Strich, zwei und zwei
Mit den Schreibern. Bach
Hat ein Strichquartett im Täschchen. Dante schwenkt
Den dürren Hintern.

Die Stadt ist nach den Engeln genannt
Und man begegnet allenthalben Engeln.
Sie riechen nach Öl und tragen goldene Pessare
Und mit blauen Ringen um die Augen
Füttern sie allmorgendlich die Schreiber in ihren
Schwimmpfühlen.

Jeden Morgen, mein Brot zu verdienen
Fahre ich zum Markt, wo Lügen gekauft werden.
Hoffnungsvoll
Reihe ich mich ein unter die Verkäufer.

Pequenos frascos
Com cheiro de sexo.

4

Sob a copa das pimenteiras
Os músicos fazem seu *trottoir*, andando de par em par
Com os escrevinhadores. Bach
Tem um quarteto devasso[1] na carteira. Dante[2] remexe
O traseiro descarnado.

A CIDADE FOI BATIZADA em memória dos anjos
Que são vistos por toda parte.
Recendem a óleo e usam pessários de ouro
E, com círculos azuis em torno dos olhos,
Durante toda a manhã alimentam os escrevinhadores em suas
piscinas de lama.

PARA ASSEGURAR meu ganha-pão, vou
Toda manhã ao mercado onde se compram mentiras
Com a esperança
De me enfileirar entre os vendedores.

1 Brecht faz um trocadilho, substituindo *Streichquartett* [quarteto de cordas] por *Strichquartett* [quarteto de *trottoir*]. 2 As figuras de Bach e Dante aludem ironicamente a Eisler e ao próprio Brecht.

DIE STADT HOLLYWOOD hat mich belehrt
Paradies und Hölle
Können *eine* Stadt sein: für die Mittellosen
Ist das Paradies die Hölle.

❧

IN DEN HÜGELN wird Gold gefunden
An der Küste findet man Öl.
Größere Vermögen bringen die Träume vom Glück
Die man hier auf Zelluloid schreibt.

❧

ÜBER DEN VIER STÄDTEN kreisen die Jagdflieger.
Der Verteidigung. In großer Höhe
Damit der Gestank der Gier und des Elends
Nicht bis zu ihnen heraufdringt.

A CIDADE DE HOLLYWOOD ensinou-me
Que paraíso e inferno
Podem ser *uma* cidade: para os despossuídos
O paraíso é o inferno.

NAS MONTANHAS, achou-se ouro
No litoral, petróleo.
Fortuna ainda maior produzem os sonhos de felicidade
Que aqui se inscrevem no celuloide.

OS CAÇAS DA DEFESA aérea sobrevoam
As quatro cidades,[3] mantendo-se em elevada altitude
Para que o fedor da cobiça e da miséria
Não os empesteie lá em cima.

3 As cidades que formavam o município de Los Angeles: Beverly Hills (que abrange Hollywood), Santa Monica, Inglewood e a própria Los Angeles.

Gedichte im Exil

Poemas no exílio

Em 1943, quando a derrota de Hitler já se anunciava no horizonte, Brecht organizou uma pequena coleção que ele denominou *Poemas no Exílio*. Um dos poemas foi extraído das *Elegias de Hollywod* e outros sete, dos *Poemas de Svendborg* e da *Coleção Steffiniana*. A despeito dessa repetição, estes *Poemas no exílio* estão aqui reproduzidos na íntegra a fim de que a leitora e o leitor possam apreciá-los no contexto de sua composição original, da maneira como Brecht concebeu o pequeno volume. Observe-se ainda que, num ou noutro poema, apresentam-se diminutas variações em relação à forma como foram publicados originalmente. A obra representa uma espécie de súmula poética de uma década de privações, de perseguição e censura, bem como de ajuda alheia, condição com que Brecht e sua família contaram para sobreviver à barbárie. Alguns dos poemas haviam sido escritos em 1938, antes, portanto, do início da guerra. A estes seguiram-se poemas escritos durante a fase inicial do conflito, marcada por sucessivas vitórias das potências do Eixo, acrescidos por fim de outros, produzidos a partir do momento em que, às portas de Stalingrado, o Exército Vermelho impunha ao nazismo seu primeiro grande fracasso militar.

GEDANKEN ÜBER DIE DAUER DES EXILS

1

Schlage keinen Nagel in die Wand!
Wirf den Rock auf den Stuhl!
Warum Vorsorgen für vier Tage?
Du kehrst morgen zurück.

Laß den kleinen Baum ohne Wasser!
Wozu noch einen Baum pflanzen?
Bevor er so hoch wie eine Stufe ist
Gehst du froh weg von hier.

Zieh die Mütze ins Gesicht, wenn die Leute vorbeigehn!
Wozu in einer fremden Grammatik fingern?
Die Nachricht, die dich heimruft
Ist in bekannter Sprache geschrieben.

So wie der Kalk vom Gebälk blättert
(Tue nichts dagegen!)
Wird der Zaun der Gewalt zermorschen
Der an der Grenze aufgerichtet ist
Gegen die Gerechtigkeit.

REFLEXÕES SOBRE A DURAÇÃO DO EXÍLIO

1

Não meta um prego na parede!
Atire o casaco à cadeira!
Por que provisões para quatro dias?
Você estará de volta amanhã.

Não regue a pequena árvore!
Para que plantar uma árvore?
Antes que ela chegue a um palmo de altura
Você terá partido satisfeito.

Quando alguém passar por você, esconda a cara no boné!
Para que folhear uma gramática estrangeira?
A notícia que o chamar de volta a casa
Virá escrita em língua conhecida.

Assim como a cal se descola da viga
(Nada faça para impedi-lo!)
Assim também ruirá o muro de violência
Que se ergueu na fronteira
Em desafio à justiça.

2

Sieh den Nagel an der Wand, den du eingeschlagen hast:
Wann, glaubst du, wirst du zurückkehren?
Willst du wissen, was du im Innersten glaubst?

Tag um Tag
Arbeitest du für die Befreiung
Sitzend in der Kammer schreibst du:
Willst du wissen, was du von deiner Arbeit hältst?
Sieh den kleinen Kastanienbaum im Eck des Hofes
Zu dem du die Kanne voll Wasser schlepptest.

DER SCHNEESTURM

Heute, Ostersonntag früh
Ging ein plötzlicher Schneesturm über die Insel.
Zwischen den grünenden Hecken lag Schnee. Mein junger Sohn
Holte mich zu einem Aprikosenbäumchen an der Hausmauer
Weg von einer Schrift, wo ich auf jene mit dem Finger deute
Welche einen Krieg vorbereiten, der
Den Kontinent, diese Insel, mein Volk, meine Familie und mich
Vertilgen muß. Schweigend
Legten wir einen Sack
Über den frierenden Baum.

2

Veja o prego que meteu na parede:
Quando imagina estar de volta?
Quer saber em que você intimamente acredita?

Dia a dia
Você trabalha pela libertação.
Sentado no quarto, escreve:
Quer saber o que pensa de seu trabalho?
Veja a pequena castanheira no canto do pátio
Para onde você arrastou o balde cheio d'água.

A TEMPESTADE DE NEVE

Hoje, Domingo de Páscoa, pela manhã
Uma súbita nevasca desabou sobre a ilha.
A neve se acumulou entre as sebes enverdecidas. Meu filho
adolescente
Levou-me a um miúdo damasqueiro junto ao muro da casa
Apartando-me de um texto em que aponto com o dedo para
aqueles
Que preparam uma guerra destinada
A exterminar
O continente, esta ilha, meu povo, minha família e eu. Calados
Cobrimos com um saco
A árvore enregelada.

DER KIRSCHDIEB

An einem frühen Morgen, lange vor Hahnenschrei
Wurde ich geweckt durch ein Pfeifen und ging zum Fenster.
Auf meinem Kirschbaum — Dämmerung füllte den Garten —
Saß ein junger Mann mit geflickter Hose
Und pflückte lustig meine Kirschen. Mich sehend
Nickte er mir zu. Mit beiden Händen
Holte er die Kirschen von den Zweigen in seine Taschen.
Noch eine ganze Zeit lang, als ich wieder in meiner Bettstatt lag
Hörte ich ihn sein lustiges kleines Lied pfeifen.

DER TOTENVOGEL

In den Weiden am Sund
Ruft in diesen Frühjahrsnächten oft das Käuzchen.
Nach dem Aberglauben der Bauern
Setzt das Käuzchen die Menschen davon in Kenntnis
Daß sie nicht lang leben. Mich
Der ich weiß, daß ich die Wahrheit gesagt habe
Braucht der Totenvogel davon
Nicht erst in Kenntnis zu setzen.

1939. AUS DEM REICH KOMMEN WENIG NACHRICHTEN

Der Anstreicher spricht von kommenden großen Zeiten.
Die Wälder wachsen noch.
Die Äcker tragen noch.
Die Städte stehen noch.
Die Menschen atmen noch.

O LADRÃO DE CEREJAS

Certa manhã, bem cedo, antes de cantar o galo
Fui despertado por um assovio e aproximei-me da janela.
Em minha cerejeira — o alvorecer tomava o jardim —
Sentava-se um rapaz com as calças remendadas
E ele colhia feliz as minhas cerejas. Ao me ver
Acenou-me com a cabeça. Com ambas as mãos
Tirava as cerejas dos galhos e as enfiava nos bolsos.
Depois de voltar à cama, ouvi-o por bom tempo ainda
A assoviar a pequena, alegre canção.

O PÁSSARO AGOURENTO

Nos salgueiros à beira do canal
A coruja grita amiúde nestas noites de primavera.
Segundo a superstição dos camponeses
Ela lembra os homens
De que não viverão por muito tempo. Em meu caso
O de alguém ciente de ter dito a verdade
O pássaro agourento
Não precisa reiterar o aviso.

1939. DO REICH CHEGAM POUCAS NOTÍCIAS

O pintor de paredes fala da grande era vindoura
Os bosques ainda vicejam.
Os campos ainda produzem.
As cidades ainda estão de pé.
A gente ainda respira.

FRAGEN EINES LESENDEN ARBEITERS

Wer baute das siebentorige Theben?
In den Büchern stehen die Namen von Königen.
Haben die Könige die Felsbrocken herbeigeschleppt?
Und das mehrmals zerstörte Babylon
Wer baute es so viele Male auf? In welchen Häusern
Des goldstrahlenden Lima wohnten die Bauleute?
Wohin gingen an dem Abend, wo die chinesische Mauer fertig
war
Die Maurer? Das große Rom
Ist voll von Triumphbögen. Wer errichtete sie? Über wen
Triumphierten die Cäsaren? Hatte das vielbesungene Byzanz
Nur Paläste für seine Bewohner? Selbst in dem sagenhaften
Atlantis
Brüllten in der Nacht, wo das Meer es verschlang
Die Ersaufenden wohl nach ihren Sklaven.

Der junge Alexander eroberte Indien.
Er allein?
Cäsar schlug die Gallier.
Hatte er nicht wenigstens einen Koch mit?
Philipp von Spanien weinte, als seine Flotte
Untergegangen war. Weinte sonst niemand?
Friedrich der Zweite siegte im Siebenjährigen Krieg. Wer
Siegte außer ihm?

Jede Seite ein Sieg.
Wer kochte den Siegesschmaus?
Alle zehn Jahre ein großer Mann.
Wer bezahlte die Spesen?

So viele Berichte
So viele Fragen.

PERGUNTAS DE UM TRABALHADOR ENQUANTO LÊ

Quem construiu a Tebas das sete portas?
Nos livros constam os nomes de reis.
Foram eles que arrastaram até lá os blocos de pedra?
E a Babilônia tantas vezes derrubada?
Quem a reergueu outras tantas? Em que casas
Moravam os construtores da Lima reluzente de ouro?
Aonde foram os pedreiros na noite em que se encerrou a construção
Da Muralha da China? A grande Roma
Está repleta de arcos do triunfo. Quem os ergueu? Sobre quem
Triunfaram os Césares? Possuía a tão decantada Bizâncio
Apenas palácios para seus habitantes? Mesmo na mítica Atlântida
Os que se afogavam clamaram por seus escravos
Na noite em que o mar tragou a cidade.

O jovem Alexandre conquistou a Índia.
Ele sozinho?
César bateu os gauleses.
Não trazia sequer um cozinheiro consigo?
Filipe da Espanha chorou quando sua armada
Sucumbiu. Ninguém mais chorou?
Frederico II venceu a Guerra dos Sete Anos. Quem mais
Com ele venceu?

Cada página, uma vitória.
Quem preparava o banquete da vitória?
Cada dez anos, um grande homem.
Quem bancava as despesas?

Tantos relatos
Tantas perguntas.

DIE ANTWORT

Mein junger Sohn fragt mich: Soll ich Mathematik lernen?
Wozu, möchte ich sagen. Daß zwei Stück Brot mehr ist als eines
Das wirst du auch so merken.
Mein junger Sohn fragt mich: Soll ich Englisch lernen?
Wozu, möchte ich sagen. Dieses Reich geht unter. Und
Reibe du nur mit der flachen Hand den Bauch und stöhne
Und man wird dich schon verstehen.
Mein junger Sohn fragt mich: Soll ich Geschichte lernen?
Wozu, möchte ich sagen. Lerne du deinen Kopf in die Erde stecken
Da wirst du vielleicht übrigbleiben.

Ja, lerne Mathematik, sage ich
Lerne Englisch, lerne Geschichte!

1941. DIE TÜR

Auf der Flucht vor meinen Landsleuten
Bin ich nun nach Finnland gelangt. Freunde
Die ich gestern nicht kannte, stellten ein paar Betten
In saubere Zimmer. Im Lautsprecher
Höre ich die Siegesmeldungen des Abschaums. Neugierig
Betrachte ich die Karte des Erdteils, Hoch oben in Lappland
Nach dem nördlichen Eismeer zu
Sehe ich noch eine kleine Tür.

A RESPOSTA

Meu filho adolescente pergunta: Devo estudar matemática?
Para quê, pensei responder. Que dois pedaços de pão sejam
mais que um
Você mesmo irá notar.
Meu filho adolescente pergunta: Devo estudar inglês?
Para quê, pensei responder. O império naufraga.[1]
Passe a mão espalmada pela barriga e suspire
E você será compreendido.
Meu filho adolescente pergunta: Devo estudar história?
Para quê, pensei responder. Aprenda a enterrar a cabeça na terra
Talvez você escape.

Sim, digo, aprenda matemática
Aprenda inglês, aprenda história!

1941. A PORTA

Fugindo de meus compatriotas
Cheguei à Finlândia. Amigos
Que até ontem não conhecia instalaram camas
Em quartos limpos. Pelo rádio
Ouço os anúncios de vitória da escumalha. Observo
Curioso o mapa do continente. Lá em cima, na Lapônia
Na direção do Oceano Ártico
Vejo ainda uma pequena porta.

1 O Império Britânico.

HOLLYWOOD

Jeden Morgen, mein Brot zu verdienen
Gehe ich auf den Markt, wo Lügen gekauft werden.
Hoffnungsvoll
Reihe ich mich ein zwischen die Verkäufer.

LEKTÜRE OHNE UNSCHULD

In seinen Tagebüchern der Kriegszeit
Erwähnt der Dichter Gide einen riesigen Platanenbaum
Den er bewundert — lange — wegen seines enormen Rumpfes
Seiner mächtigen Verzweigung und seines Gleichgewichts
Bewirkt durch die Schwere seiner wichtigsten Äste.

Im fernen Kalifornien
Lese ich kopfschüttelnd diese Notiz.
Die Völker verbluten. Kein natürlicher Plan
Sieht ein glückliches Gleichgewicht vor.

BEI DER NACHRICHT VON DER ERKRANKUNG EINES MÄCHTIGEN STAATSMANNS

Wenn der unentbehrliche Mann hustet
Wanken drei Reiche.
Wenn der unentbehrliche Mann stirbt
Schaut sich die Welt um wie eine Mutter, die keine Milch für ihr Kind hat.
Kehrte der unentbehrliche Mann eine Woche nach seinem Tode zurück
Fände sich im ganzen Reich für ihn nicht mehr die Stelle eines Portiers.

HOLLYWOOD

Para assegurar meu ganha-pão, vou
Toda manhã ao mercado onde se compram mentiras
Com a esperança
De me enfileirar entre os vendedores.

LEITURAS NÃO INOCENTES

Em seus diários de guerra
O escritor Gide menciona um gigantesco plátano
Que ele examina — detidamente — por conta de seu enorme tronco
Sua magnífica ramada e seu equilíbrio
Obtido à custa do peso dos galhos maiores.

Na distante Califórnia
Leio essa nota e balanço a cabeça.
Os povos estão exangues. Nenhum plano natural
Contempla um equilíbrio feliz.

À NOTÍCIA DO ADOECIMENTO DE UM PODEROSO ESTADISTA

Quando tosse o homem imprescindível
Três impérios vacilam.
Quando morre o homem imprescindível
O mundo olha ao redor feito a mãe sem leite para os filhos.
Caso, passada uma semana, o homem imprescindível retornasse da morte
Não se lhe acharia em todo o império nem mesmo um posto de porteiro.

ZEITUNGLESEN BEIM TEEKOCHEN

Frühmorgens lese ich in der Zeitung von epochalen Plänen
Des Papstes und der Könige, der Bankiers und der Ölbarone.
Mit dem anderen Auge bewach ich
Den Topf mit dem Teewasser
Wie es sich trübt und zu brodeln beginnt und sich wieder klärt
Und den Topf überflutend das Feuer erstickt.

DIE MASKE DES BÖSEN

An meiner Wand hängt ein japanisches Holzwerk
Maske eines bösen Dämons, bemalt mit Goldlack.
Mitfühlend sehe ich
Die geschwollenen Stirnadern, andeutend
Wie sehr es anstrengt, böse zu sein.

DEUTSCHES MISERERE

Eines schönen Tages befahlen uns unsere Obern
Die kleine Stadt Danzig für sie zu erobern.
Wir sind mit Tanks und Bombern in Polen eingebrochen
Wir eroberten es in drei Wochen.
Gott bewahr uns.

Eines schönen Tages befahlen uns unsere Obern
Norwegen und Frankreich für sie zu erobern.
Wir sind in Norwegen und Frankreich eingebrochen

LENDO O JORNAL ENQUANTO FERVE A ÁGUA DO CHÁ

De manhã cedo, leio no jornal sobre planos extraordinários
Do papa e dos reis, dos banqueiros e dos barões do petróleo.
Com o outro olho vigio
A panela com a água para o chá e vejo
Como o líquido se turva e começa a borbulhar e a clarear
novamente
E como, ao transbordar, apaga o fogo.

A MÁSCARA DO MAU

Em minha parede há uma talha japonesa em madeira[2]
Máscara de um demônio mau, revestida de laca dourada.
Compassivo, observo
Em sua fronte as veias inchadas a indicar
O quão exaustivo é ser mau.

MISERERE ALEMÃO

Certo dia ordenaram lá do alto:
Tomai Danzig[3] de assalto.
Com aviões e blindados lá chegamos
E em três semanas a tomamos.
Deus nos guarde.

Certo dia ordenaram lá do alto:
Tomai França e Noruega de assalto.
À França e à Noruega então chegamos →

2 O poema descreva uma máscara japonesa que Brecht mantinha em seu gabinete de trabalho. 3 Denominação alemã para Gdansk, cidade na Polônia.

Und haben alles erobert im zweiten Jahr in fünf Wochen.
Gott bewahr uns.

Eines schönen Tages befahlen uns unsere Obern
Serbien, Griechenland und Rußland für sie zu erobern.
Wir sind in Serbien, Griechenland, Rußland eingefahren
Und kämpfen jetzt um unser nacktes Leben seit zwei langen Jahren.
Gott bewahr uns.

Eines schönen Tages befehlen uns noch unsere Obern
Den Boden der Tiefsee und die Gebirge des Mondes zu erobern.
Und es ist schwer schon mit diesem Russenland
Und der Feind stark und der Winter kalt und der Heimweg unbekannt.
Gott bewahr uns und führ uns wieder nach Haus.

ICH, DER ÜBERLEBENDE

Ich weiß natürlich: einzig durch Glück
Habe ich so viele Freunde überlebt. Aber heute nacht im Traum
Hörte ich diese Freunde von mir sagen: »Die Stärkeren überleben«
Und ich haßte mich.

DIE RÜCKKEHR

Die Vaterstadt, wie find ich sie doch?
Folgend den Bomberschwärmen
Komm ich nach Haus.
Wo denn liegt sie? Wo die ungeheueren

E em cinco semanas as tomamos.
Deus nos guarde.

Certo dia ordenaram lá do alto:
Tomai Sérvia, Grécia e Rússia de assalto
Sérvia, Grécia e Rússia atacamos
E já por nossas vidas receamos.
Deus nos guarde.

Certo dia ordenarão lá do alto:
O fundo mar e a lua tomai de assalto
Na Rússia, porém, a campanha vai mal
O inimigo é potente e o frio é fatal.
Deus nos guarde e nos leve de volta para casa.

EU, O SOBREVIVENTE

Bem sei, foi por sorte apenas
Que sobrevivi a muitos amigos. Nesta noite, porém, em sonho
Ouvi tais amigos a falar de mim: "Os mais fortes sobrevivem"
E odiei-me.

O RETORNO

A cidade natal, como encontrá-la?
Vou para casa
Seguindo os esquadrões de bombardeiros.
Onde está a cidade? Está onde se erguem →

Gebirge von Rauch stehn.
Das in den Feuern dort
Ist sie.

Die Vaterstadt, wie empfängt sie mich wohl?
Vor mir kommen die Bomber. Tödliche Schwärme
Melden euch meine Rückkehr. Feuersbrünste
Gehen dem Sohn voraus.

Gigantescas montanhas de fumaça.
Ela é aquilo
Que jaz em meio ao fogo.

A cidade natal, como há de me receber?
Antes de mim chegam os bombardeiros. Esquadrões da morte
Anunciam-te meu retorno. Labaredas de fogo
Precedem teu filho.

Buckower Elegien

Elegias de Buckow

As *Elegias de Buckow* são uma resposta de Brecht à eclosão, no verão de 1953, de vigorosos e por vezes violentos protestos de trabalhadores na antiga República Democrática Alemã, insatisfeitos com suas condições de vida e trabalho. Foram escritas numa quinta que Brecht arrendara à beira do lago Schermützelsee, nas proximidades de Buckow, uma pequena vila distando cerca de 50 km da capital alemã, lugar em que ele podia eventualmente escapar à agitação da cidade, numa época em que sua saúde declinava.

Os poemas refletem em grande medida as decepções do escritor quanto aos rumos tomados pelo projeto socialista no país a que ele retornara depois dos longos anos de exílio. Em mais de uma elegia, Brecht aponta para a persistência da mentalidade e de hábitos fascistas, perceptíveis no próprio aparato educacional, e para o fato de perdurarem relações sociais herdadas de um passado pretensamente erradicado.

Além da crítica mais diretamente política, em certos poemas Brecht procede ao balanço de sua participação na luta contra o fascismo e a exploração. O saldo revela-se frequentemente amargo e não deixa de incluir dolorosas manifestações de autorrecriminação. Noutros poemas, reponta a obstinada convicção de que, a despeito do governo e da desorientação política dos trabalhadores, estes iriam por fim retomar a liderança do processo revolucionário, ora posto em suspensão.

Brecht publicou apenas seis das elegias, já em 1953. A edição alemã em que se baseia esta tradução, contém, além da epígrafe, um total de 22 poemas. Tom Kuhn e David Constantine, os tradutores ingleses da volumosa antologia de 2019, acrescentaram-lhe mais quatro a partir de uma anotação deixada por Käthe Rülick, colaboradora do poeta, indicativa de seu pertencimento à obra. Estes foram também aqui traduzidos e dispostos no fim da coletânea.

Ginge da ein Wind
Könnte ich ein Segel stellen.
Wäre da kein Segel
Machte ich eines aus Stecken und Plane.

Houvesse vento
Eu poderia içar uma vela.
Não a houvesse
Faria uma de lona e pedaços de pau.

DER BLUMENGARTEN

Am See, tief zwischen Tann und Silberpappel
Beschirmt von Mauer und Gesträuch ein Garten
So weise angelegt mit monatlichen Blumen
Daß er vom März bis zum Oktober blüht.

Hier, in der Früh, nicht allzu häufig, sitz ich
Und wünsche mir, auch ich mög allezeit
In den verschiedenen Wettern, guten, schlechten
Dies oder jenes Angenehme zeigen.

GEWOHNHEITEN, NOCH IMMER

Die Teller werden hart hingestellt
Daß die Suppe überschwappt.
Mit schriller Stimme
Ertönt das Kommando: Zum Essen!

Der preußische Adler
Den Jungen hackt er
Das Futter in die Mäulchen.

O JARDIM DAS FLORES

À beira do lago, entre o choupo e o pinheiro
Guardado por muros e arbustos, um jardim.
Tão sabiamente cultivado, com flores para cada mês
Que seus botões rebentam de março a outubro.

De quando em quando, sento-me aqui de manhã
E gostaria de também poder, o tempo todo
A cada estação, sob o sol ou sob a chuva
Oferecer algo que agrade.

HÁBITOS, AINDA

Os pratos são dispostos rudemente
E a sopa se derrama sobre a mesa.
Com voz estridente
Ressoa o comando: comer!

A águia prussiana[1]
Enfia goela abaixo
A comida em seus rebentos.

1 Pássaro que figurava no brasão da Prússia monárquica e, depois da unificação nacional, em 1871, no brasão do Império Alemão. Símbolo do militarismo e da máquina burocrática.

RUDERN, GESPRÄCHE

Es ist Abend. Vorbei gleiten
Zwei Faltboote, darinnen
Zwei nackte junge Männer. Nebeneinander rudernd
Sprechen sie. Sprechend
Rudern sie nebeneinander.

DER RAUCH

Das kleine Haus unter Bäumen am See
Vom Dach steigt Rauch
Fehlte er
Wie trostlos dann wären
Haus, Bäume und See.

HEISSER TAG

Heißer Tag. Auf den Knien die Schreibmappe
Sitze ich im Pavillon. Ein grüner Kahn
Kommt durch die Weide in Sicht. Im Heck
Eine dicke Nonne, dick gekleidet. Vor ihr
Ein ältlicher Mensch im Schwimmanzug, wahrscheinlich ein Priester.
An der Ruderbank, aus vollen Kräften rudernd
Ein Kind. Wie in alten Zeiten! denke ich
Wie in alten Zeiten!

REMADA, CONVERSAS

É noite. Duas canoas
Deslizam n'água, com
Dois jovens nus. Remando lado a lado
Conversam. Conversando
Remam lado a lado.

A FUMAÇA

A pequena casa entre as árvores à beira do lago
Da chaminé sobe fumaça
Não fosse ela
Quão tristes seriam
A casa, as árvores e o lago.

DIA DE CALOR

Dia de calor. Sento-me no quiosque
Com o material de escrever no colo. Uma verde canoa
Se avista por entre as ramas dos salgueiros. Na popa
Uma freira gorda, vestindo roupas pesadas. Diante dela
Um velho em trajes de banho, um padre decerto.
No banco dos remos, esforçando-se ao máximo
Uma criança. Como nos velhos tempos, penso
Como nos velhos tempos!

BEI DER LEKTÜRE EINES SOWJETISCHEN BUCHES

Die Wolga, lese ich, zu bezwingen
Wird keine leichte Aufgabe sein. Sie wird
Ihre Töchter zu Hilfe rufen, die Oka, Kama, Unsha, Wetluga
Und ihre Enkelinnen, die Tschussowaja, die Wjatka.
Alle ihre Kräfte wird sie sammeln, mit den Wassern aus
siebentausend Nebenflüssen
Wird sie sich zornerfüllt auf den Stalingrader Staudamm stürzen.
Dieses erfinderische Genie, mit dem teuflischen Spürsinn
Des Griechen Odysseus, wird alle Erdspalten ausnützen
Rechts ausbiegen, links vorbeigehn, unterm Boden
Sich verkriechen — aber, lese ich, die Sowjetmenschen
Die sie lieben, die sie besingen, haben sie
Neuerdings studiert und werden sie
Noch vor dem Jahre 1958
Bezwingen.
Und die schwarzen Gefilde der Kaspischen Niederung
Die dürren, die Stiefkinder
Werden es ihnen mit Brot vergüten.

DER RADWECHSEL

Ich sitze am Straßenhang.
Der Fahrer wechselt das Rad.
Ich bin nicht gern, wo ich herkomme.
Ich bin nicht gern, wo ich hinfahre.
Warum sehe ich den Radwechsel
Mit Ungeduld?

À LEITURA DE UM LIVRO SOVIÉTICO

Domar o Volga, leio,
Não será tarefa simples. Ele pedirá socorro
a seus filhos Oka, Kama, Unzha, Vetluga
E a seus netos, Chusovaia, Viatka.
Reunirá todas as suas forças; com as águas de sete mil afluentes
Abater-se-á colérico sobre o dique de Stalingrado.
Tal gênio da criatividade, com a diabólica sagacidade
Do grego Odisseu, meter-se-á em todas as fendas da terra
Dobrará à direita e passará pela esquerda e rastejará
Sob a terra — leio, porém, que os soviéticos
Que o amam e o cantam, estudaram-no
Recentemente e
Hão de domá-lo
Ainda antes de 1958.
E seus filhos postiços
Os negros, áridos campos da baixada do Cáspio
Irão recompensá-los com pão.

A TROCA DA RODA

Sento-me à beira da estrada.
O motorista troca a roda.
Não gosto do lugar de onde venho.
Não gosto do lugar aonde vou.
Por que observo a troca da roda
Com impaciência?

DIE LÖSUNG

Nach dem Aufstand des 17. Juni
Ließ der Sekretär des Schriftstellerverbands
In der Stalinallee Flugblätter verteilen
Auf denen zu lesen war, daß das Volk
Das Vertrauen der Regierung verscherzt habe
Und es nur durch verdoppelte Arbeit
Zurückerobern könne. Wäre es da
Nicht doch einfacher, die Regierung
Löste das Volk auf und
Wählte ein anderes?

BÖSER MORGEN

Die Silberpappel, eine ortsbekannte Schönheit
Heut eine alte Vettel. Der See
Eine Lache Abwaschwasser, nicht rühren!
Die Fuchsien unter dem Löwenmaul billig und eitel.
Warum?
Heut nacht im Traum sah ich Finger, auf mich deutend
Wie auf einen Aussätzigen. Sie waren zerarbeitet und
Sie waren gebrochen.

Unwissende! schrie ich
Schuldbewußt.

A SOLUÇÃO[2]

Após o levante de 17 de junho
O secretário da União dos Escritores fez
Distribuir panfletos na Alameda Stalin
Onde se lia que o povo
Havia traído a confiança do governo
E só poderia reconquistá-la
À custa de redobrado esforço. Não seria
Mais simples o governo
Dissolver o povo e
Eleger outro?

MANHÃ RUIM

O álamo branco, uma conhecida beldade do lugar
Hoje uma bruxa velha. O lago
Um charco de água servida, não o toque!
As fúcsias, junto à boca-de-leão, ordinárias e frívolas.
Por quê?
Nesta noite, em sonhos, vi dedos que apontavam para mim
Como para um leproso. Estavam consumidos pelo trabalho e
Quebrados.

Ignorantes! Gritei
Ciente de minha culpa.

2 O poema refere-se a um episódio político de 1953. Em 20 de junho desse ano, Kurt Barthel, secretário da Associação dos Escritores da República Democrática Alemã e membro do Comitê Central do SED (Partido Socialista Unificado da Alemanha), atacou, no jornal *Neues Deutschland*, os trabalhadores que haviam protestado, dizendo que, a partir de então, teriam de trabalhar ainda mais, "até que essa vergonha [fosse] esquecida". A reprimenda de Kuba desencadeou acerbas discussões, e ele acabou por ser destituído do secretariado.

DIE NEUE MUNDART

Als sie einst mit ihren Weibern über Zwiebeln sprachen
Die Läden waren wieder einmal leer
Verstanden sie noch die Seufzer, die Flüche, die Witze
Mit denen das unerträgliche Leben
In der Tiefe dennoch gelebt wird.
Jetzt
Herrschen sie und sprechen eine neue Mundart
Nur ihnen selber verständlich, das Kaderwelsch
Welches mit drohender und belehrender Stimme gesprochen wird
Und die Läden füllt — ohne Zwiebeln.

Dem, der Kaderwelsch hört
Vergeht das Essen.
Dem, der es spricht
Vergeht das Hören.

GROSSE ZEIT, VERTAN

Ich habe gewußt, daß Städte gebaut wurden
Ich bin nicht hingefahren.
Das gehört in die Statistik, dachte ich
Nicht in die Geschichte.

Was sind schon Städte, gebaut
Ohne die Weisheit des Volkes?

DER EINARMIGE IM GEHÖLZ

Schweißtriefend bückt er sich
Nach dem dürren Reisig. Die Stechmücken

A NOVA LÍNGUA

Quando falavam com suas mulheres sobre cebolas
E as quitandas estavam de novo vazias
Entendiam ainda os suspiros, as maldições, os gracejos
Com que a vida insuportável
No fundo do poço, era, porém, vivida.
Agora
Mandam e falam numa nova língua
Que só eles entendem, o burocratês
Que é pronunciado com voz ameaçadora e professoral
E enche as quitandas — não com cebolas.

Aquele que ouve o burocratês
Perde a comida.
Aquele que o fala
Perde a audição.

GRANDE ERA, DESPERDIÇADA

Sabia que cidades eram construídas
Não fui visitá-las.
São objeto da estatística, pensei
Não da história.

O que são cidades construídas
Sem a sabedoria do povo?

O MANETA NO BOSQUE

Empapado em suor, curva-se
Para apanhar os gravetos secos. Abanando a cabeça →

Verjagt er durch Kopfschütteln. Zwischen den Knieen
Bündelt er mühsam das Brennholz. Ächzend
Richtet er sich auf, streckt die Hand hoch, zu spüren
Ob es regnet. Die Hand hoch
Der gefürchtete S. S. Mann.

LEBENSMITTEL ZUM ZWECK

An Kanonen gelehnt
Teilen die Söhne Mac Carthys Schmalz aus.
Und in unendbarem Zug, auf Rädern, zu Fuß
Eine Völkerwanderung aus dem innersten Sachsen.

Wenn das Kalb vernachlässigt ist
Drängt es zu jeder schmeichelnden Hand, auch
Der Hand seines Metzgers.

BEI DER LEKTÜRE EINES SPÄTGRIECHISCHEN DICHTERS

In den Tagen, als ihr Fall gewiß war
Auf den Mauern begann schon die Totenklage
Richteten die Troer Stückchen grade, Stückchen
In den dreifachen Holztoren, Stückchen.
Und begannen Mut zu haben und gute Hoffnung.

Auch die Troer also…

Afasta
os mosquitos. Com grande esforço
Amarra a lenha que segura entre os joelhos. Ergue-se
Com um suspiro, estende a mão, quer saber
Se chove. Mão estendida
O temido SS.

MANTIMENTOS COM UM PROPÓSITO[3]

Apoiados em seus canhões
Os filhos de MacCarthy[4] distribuem banha de porco.
E num cortejo sem fim, de carro, a pé
Um povo migrante, dos confins da Saxônia.

Quando se vê abandonado, o bezerro
Corre atrás de toda mão que o afague, a
Do carniceiro inclusa.

À LEITURA DE UM MODERNO POETA GREGO[5]

Nos dias em que a queda estava decidida
E sobre os muros iniciavam-se os lamentos fúnebres
Os troianos passaram a empilhar pedacinhos de coisas
Junto aos tripartites portões de madeira, pedacinhos de coisas.
E começaram a se animar e ter esperança.

Assim também os troianos...

3 Em 1952, os Estados Unidos iniciaram uma distribuição massiva de alimentos para a população da República Democrática Alemã, com o fito de atraí-la para o lado ocidental. O programa foi encerrado no ano seguinte. 4 Nas décadas de 1940 e 1950, Joseph J. MacCarthy e seu filho Joe MacCarthy protagonizaram nos EUA um anticomunismo fanático e corrupto. 5 Na elegia, Brecht reproduz parcialmente o poema "Troianos", de Konstantin Kavafis.

TANNEN

In der Frühe
Sind die Tannen kupfern.
So sah ich sie
Vor einem halben Jahrhundert
Vor zwei Weltkriegen
Mit jungen Augen.

DER HIMMEL DIESES SOMMERS

Hoch über dem See fliegt ein Bomber.
Von den Ruderbooten auf
Schauen Kinder, Frauen, ein Greis. Von weitem
Gleichen sie jungen Staren, die Schnäbel aufreißend
Der Nahrung entgegen.

LAUTE

Später, im Herbst
Hausen in den Silberpappeln große Schwärme von Krähen
Aber den ganzen Sommer durch höre ich
Da die Gegend vogellos ist
Nur Laute von Menschen rührend.
Ich bin's zufrieden.

PINHEIROS

De manhã
Os pinheiros são cúpreos.
Assim os vi
Há meio século
Antes de duas guerras mundiais
Com olhos de menino.

O CÉU DESTE VERÃO

Um bombardeiro sobrevoa o lago em grande altitude.
Nos barcos a remo
Mulheres, crianças e um ancião erguem os olhos. De longe
Parecem filhotes de estorninhos de bico aberto
Para o alimento.

RUÍDOS

Mais adiante, no outono
Grandes bandos de corvos pousarão nos álamos brancos.
Durante o verão, porém, ouço
— Pois não há pássaros —
Apenas o ruído das pessoas.
Fico satisfeito.

DIE MUSEN

Wenn der Eiserne sie prügelt
Singen die Musen lauter.
Aus gebläuten Augen
Himmeln sie ihn hündisch an.
Der Hintern zuckt vor Schmerz
Die Scham vor Begierde.

VOR ACHT JAHREN

Da war eine Zeit
Da war alles hier anders.
Die Metzgerfrau weiß es.
Der Postbote hat einen zu aufrechten Gang.
Und was war der Elektriker?

EISEN

Im Traum heute nacht
Sah ich einen großen Sturm.
Ins Baugerüst griff er
Den Bauschragen riß er
Den Eisernen, abwärts.
Doch was da aus Holz war
Bog sich und blieb.

AS MUSAS

Quando o homem de ferro as espanca[6]
As musas cantam mais alto.
Com os olhos roxos
Adoram-no feito cadelas.
Os traseiros tremem de dor
As vergonhas, de desejo.

HÁ OITO ANOS

Houve tempo
Em que tudo era diferente por aqui.
A mulher do açougueiro o sabe.
O carteiro anda muito empertigado.
E que era o eletricista?

FERRO

Ao sonhar nesta noite
Vi uma grande tempestade.
Ela açoitava os andaimes
E derrubava os cavaletes
Os de ferro.
Todavia, o que era de madeira
Vergou e subsistiu.

6 Alusão a Stálin (em alemão, *der Stählerne*, homem de aço).

DIE WAHRHEIT EINIGT

Freunde, ich wünschte, ihr wüßtet die Wahrheit und sagtet sie
Nicht wie fliehende müde Cäsaren: »Morgen kommt Mehl!
« So wie Lenin: Morgen abend
Sind wir verloren, wenn nicht...
So wie es im Liedlein heißt:
    »Brüder, mit dieser Frage
    Will ich gleich beginnen:
    Hier aus unsrer schweren Lage
    Gibt es kein Entrinnen.«
Freunde, ein kräftiges Eingeständnis
Und ein kräftiges WENN NICHT!

BEIM LESEN DES HORAZ

Selbst die Sintflut
Dauerte nicht ewig.
Einmal verrannen
Die schwarzen Gewässer.
Freilich, wie wenige
Dauerten länger!

DIE STIMME DES OKTOBERSTURM

Um das kleine Haus am Schilf
Kommt mir ganz vor wie meine Stimme
Bequem

A VERDADE UNE

Amigos, eu gostaria que soubessem a verdade e a dissessem!
Não como os Césares, cansados e em fuga: "Amanhã, a farinha!"
Mas como Lênin: amanhã de noite
Estaremos perdidos, a não ser que...
Como diz a cançoneta,[7]
"Meus irmãos, eis a questão
Que lhes trago de partida:
Desta nossa situação
Não teremos nós saída."
Amigos, uma vigorosa admissão
E um vigoroso A NÃO SER QUE!

À LEITURA DE HORÁCIO[8]

Mesmo o dilúvio
Não durou para sempre.
Um dia escoaram
As águas escuras.
Quão poucos, porém,
Sobreviveram!

A VOZ DA TEMPESTADE DE OUTUBRO

Ao redor da casinha no juncal
A voz da tempestade de outubro
Lembra minha voz.
Deito-me comodamente →

7 Referência a versos do poema *Vassili Tjorkin*, de Alexander Tvardovsky.
8 Referência às *Odes* de Horácio (no caso, a primeira do Livro II).

Liege ich auf der Bettstatt und höre
Über dem See und der Stadt
Meine Stimme.

DIE SIEBEN LEBEN DER LITERATUR

Daß die Literatur keine Momose ist
Hat sich herumgesprochen. Wie oft schon
Ward sie als Göttin geladen und
Als Vettel behandelt. Ihre Herren
Fickten sie nachts und spannten sie tags vor den Holzpflug.

DANN WIEDER WAR ICH in Buckow
Dem hügeligen am See
Schlecht beschirmt von Büchern
Und der Flasche, Himmel
Und Wasser
Beschuldigten mich, die Opfer
Gekannt zu haben.

DER HUND

Mein Gärtner sagt mir: Der Hund
Ist kräftig und klug und gekauft
Die Gärten zu bewachen. Sie aber
Haben ihn erzogen zum Menschenfreund. Wofür
Bekommt er sein Fressen?

Na cama e ouço
Além do lago e da cidade
Minha voz.

❧

AS SETE VIDAS DA LITERATURA

Que a literatura não seja uma mimosa
Isso todos sabemos. Quantas vezes
Não foi convidada como deusa
E tratada como uma bruxa velha? Seus senhores
Fodiam-na de noite e, de dia, punham-na à frente do arado.

❧

ESTAVA NOVAMENTE em Buckow
O acidentado sítio à beira do lago.
Os livros e a garrafa
Mal me protegiam, o céu
E a água
Acusavam-me de ter
Conhecido as vítimas.

❧

O CÃO

Diz-me o jardineiro: o cão
É forte e inteligente e foi comprado
Para guardar o jardim. O senhor, porém,
Educou-o para ser amigo das pessoas. Por que
Ganha ele sua ração?

Índice dos poemas

Adverte-se aos curiosos que se imprimiu este livro na gráfica
Expressão e Arte, em 25 de setembro de 2025, em papel Pólen Bold 70,
composto em tipologia Minion Pro e Formular, com diversos
softwares livres, dentre eles LuaLaTeXe git.
(v. 6967433)